왕녀
알레시아
오를레아
“조금만 더 지나면, 이 세계는
순수해질 거예요.”
그리고 흐드러지게 피어나는 독의 꽃.
여신
루나리스

메테리아 로렐리아
슈리아
미나리스

노노릭
우케이 마이
레티시아 루우 헐스톤

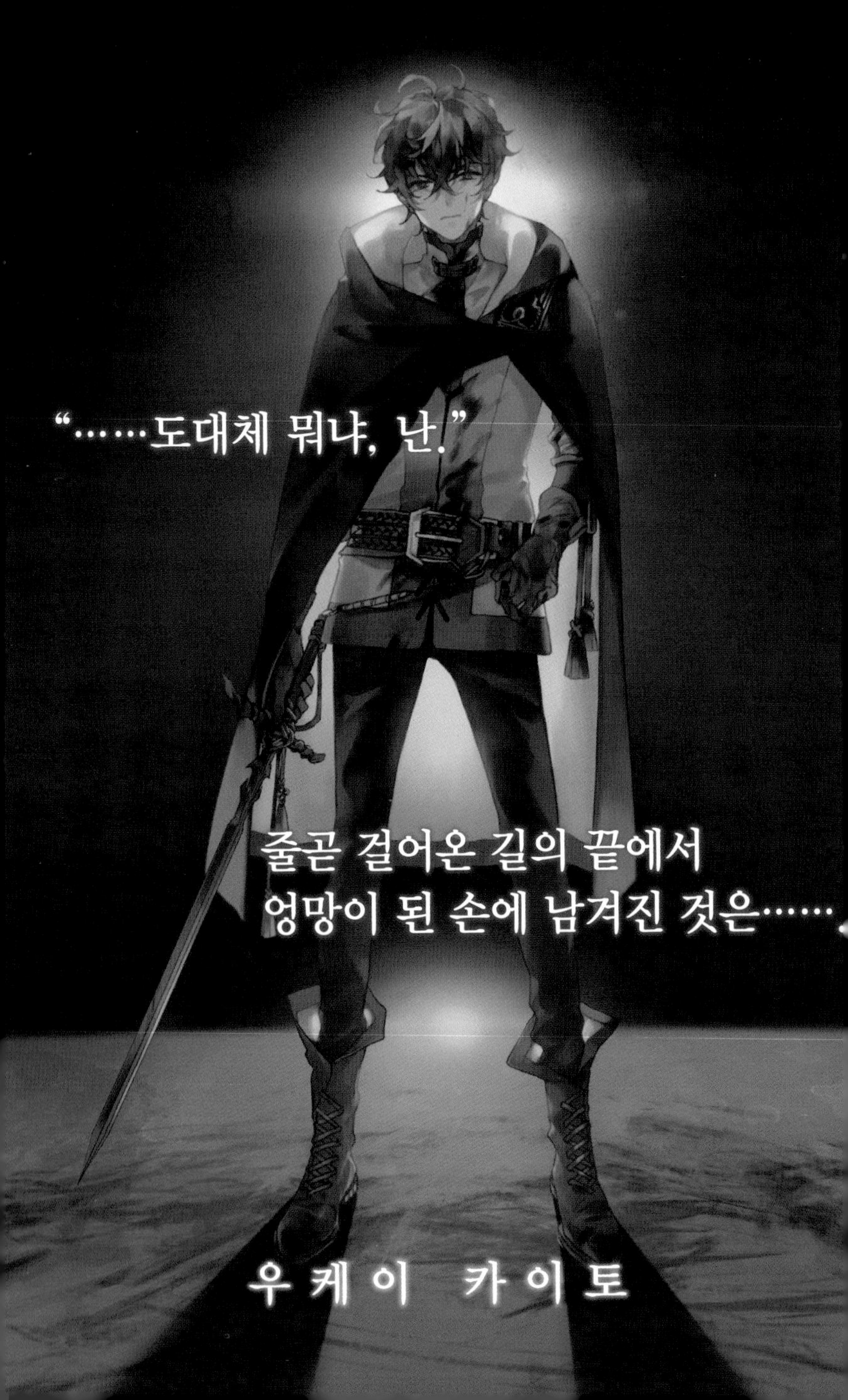
"……도대체 뭐냐, 난."
줄곧 걸어온 길의 끝에서
엉망이 된 손에 남겨진 것은…….
우케이 카이토

두 번째 용사는 복수의 길을 웃으며 걷는다 8

~영원무궁의 복수자~

키즈카 네로
Kizuka Nero

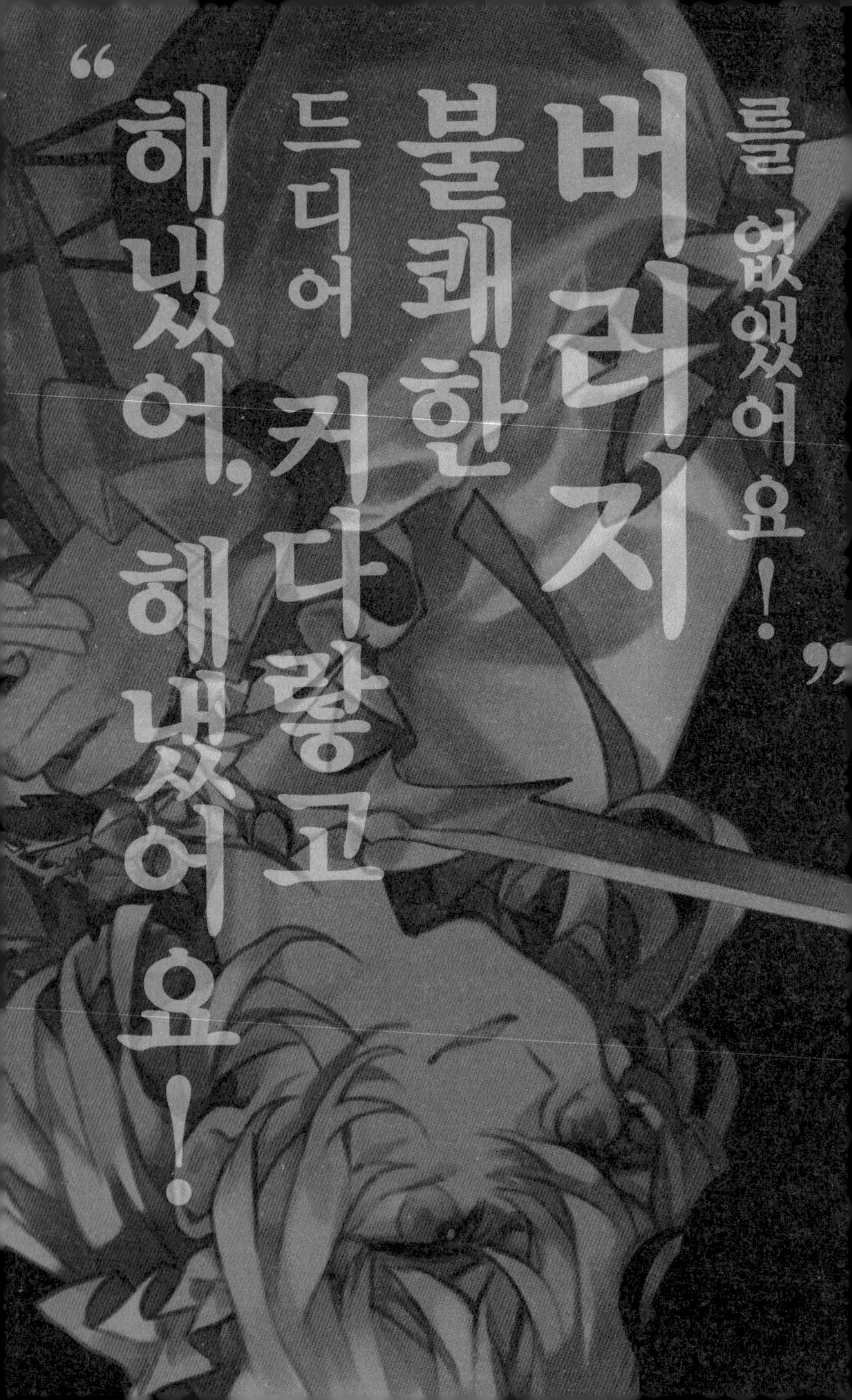
“해냈어, 해냈어요!
드디어 커다랗고
불쾌한
버러지
를 없앴었어요!”

"자, 한 번 더 걸어가도록 할까.
망나니밖에
걷지 못하는
복수의
저 너머를 보기 위해서,"

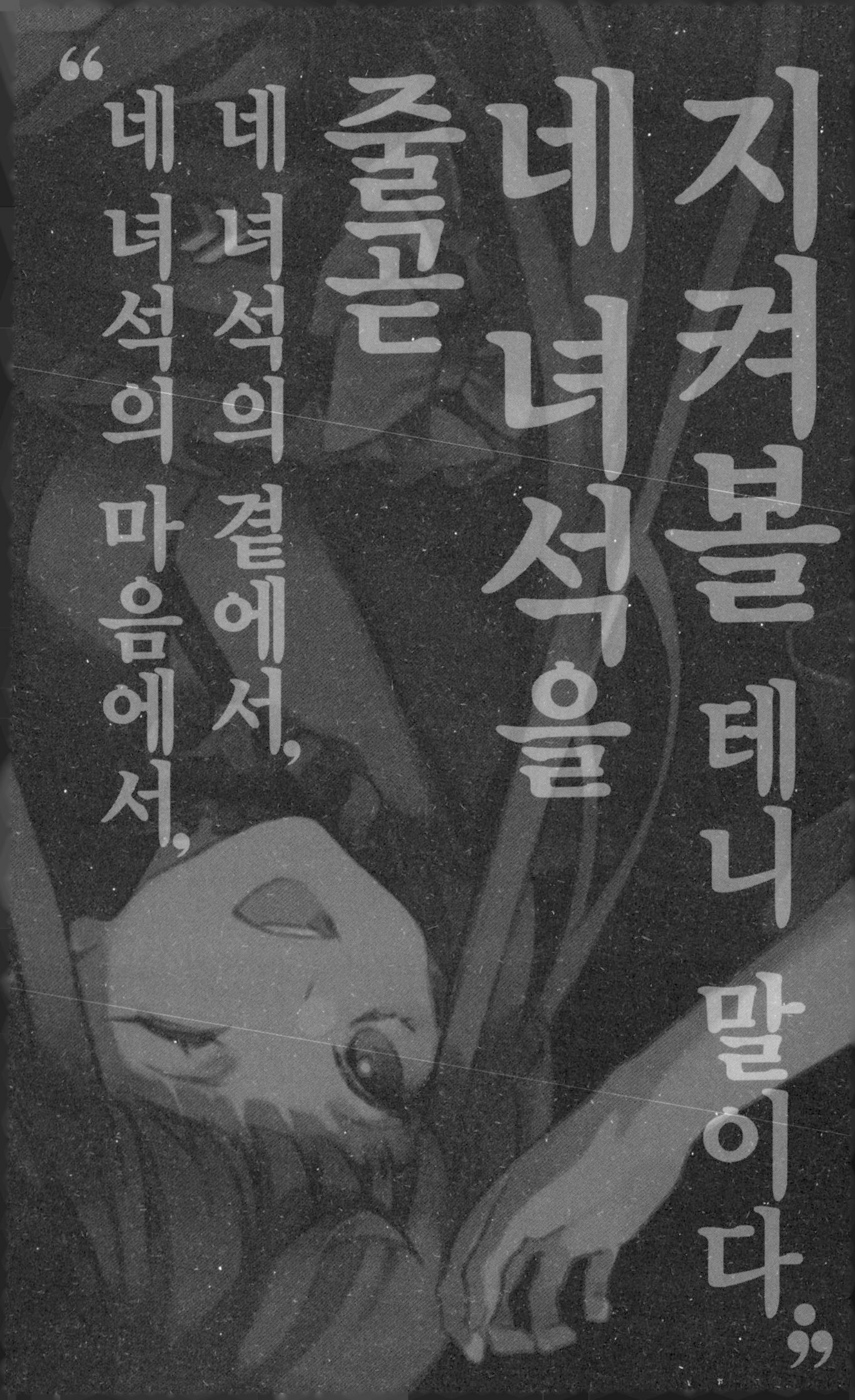
“네녀석의 마음에서,
네녀석의 곁에서,
줄곧
네녀석을
지켜볼 테니 말이다.”

"주인님, 당신은
복수자입니다.
줄곧, 줄곧, 줄곧,
몇 번을 되풀이하더라도
골수까지
영원히 복수자입니다."

프롤로그

그저 걸어왔다.

자신의 몸이 자꾸자꾸 깊숙이 깊숙이 진흙탕의 밑바닥으로 가라앉는 것을 느끼며, 질척하게 휘감기는 어두운 불꽃을 바라며.

이 길의 저 너머에 무엇이 있는가, 혹은 아무것도 없는가.

……분명 어느 쪽이든 상관없다.

한 발짝 한 발짝, 맨발에 파고드는 가시덩굴의 거스러미가 박혀 흐르는 붉은 피도.
숨을 쉴 때마다 조용히 폐 밑바닥에 쌓여 가는 거뭇한 물도.
이글이글, 목숨을 잡아먹고자 시야를 태우는 끈적이는 불꽃도.
몸의 끝부분부터 조금씩 깎아 내고자 얼리려 하는 얼음도.

그 전부를 집어삼키며 나아가겠노라 다짐했었다.
설령 어떠한 결말이 기다리고 있다 하여도 완수하겠노라 다짐했었다.

그저 숨을 죽이며, 마치 아무런 일도 없었던 양 살아가는 길은 선택할 수 없었다.

그런 길의 결말은, 흐물흐물하며 정체를 알 수 없는 무엇인가에 먹혀버린 나 아닌 무엇인가다.

그러니까, 나는 절대 걸음을 멈추지 않았다.

멈춰 선 순간이 종말의 순간임을 알고 있었으니까.

그렇게, 그저 전진해왔다.

제1장 갈라놓는 선

꿀럭 일그러지는 시야와 함께 내장을 휘젓는 것 같은 불쾌감이 들이닥친다.

방대한 마력의 소용돌이에 노출됨으로써 마력 취기와 비슷한 증상이 나타나는 탓이다.

"읍, 끅……."

초장거리 전이를 감행했을 때 발생하는 특유의 증상 때문에 일순간 사고가 새하얗게 물든다.

"여기는……."

머리를 부여잡으며 주위를 둘러보니 그곳에는 무기질의 극치에 달한 넓은 공간이 있었다.

이음매는커녕 한 점의 얼룩도 없는 하얀 벽면과 바닥과 천장.

상당히 넓은 입방체의 안쪽, 내 주위에는 비슷하게 얼굴을 찌푸리고 있는 공범자들이 보였다.

"으읏……."

"……으먕."

"아으……."

"으으……."

"끄응……."

미나리스, 슈리아, 레티시아, 마이, 노노릭. 그리고, 그리고……?

"윽, 유토……?"

그 이름이 입에서 나오는 순간, 직전의 기억이 확 플래시를 터뜨리듯이 연속해서 뇌리에 되살아난다.

루나리아 법국을 목적지로 했던 강행군, 죽어서 시체가 된 메데리아와 아데리우스, 갑자기 나타나서 루나리스 신을 자처했던 여자와 알레시아, 수많은 마황수(魔煌樹)의 첨병들, 하이 엘프인 듯한 남자의 부름에 따라 멀어져 가는 유토.

그리고, 눈을 태우듯 강렬했던 유토가 쏟아 낸 빛.

"……가야 해."

나는 일어나서 【천재(天在)의 전이검(轉移劍)】을 현현시켰다.

마력을 가득 주입한 심검이 나의 심정을 비추어 내듯 마력에 의한 발광을 거듭한다.

"윽, 진정하지 못할까, 이 멍텅구리야!"

다만 손에 든 심검과 함께 자색의 아지랑이가 달라붙어서 나를 감싸는 그 순간, 조작하고 있던 마력의 움직임을 방해받는다.

눈길을 돌린 곳에는 얼굴을 찡그리며 휙 일어서는 레티시아가 있었다.

"방해하지 마, 레티시아! 나는, 나는!!"

"아, 안 됩니다, 주인님!!"

"진정하시어요!!"

꽈악, 꽈악, 꽈악. 미나리스와 슈리아, 두 사람이 달라붙는다.

"크, 놔. 가야 해, 어서 가지 않으면, 또 나는……!"

잃는다, 잃어버린다.

싫다, 절대로 잃지 않겠어!!

"그냥 보내줘!! 더 방해를 하겠다면 힘을 써서라도……!!"

"쯧쯧, 너무 꼴사나운 짓은 삼가주면 좋겠는데."

그 기척은 갑작스럽게 나타났다.

아니, 나타난 것이 아니다. 줄곧 부근에 있던 기척인데도 말을 건넸을 때 뒤늦게 깨달았을 뿐이다. 인식을 교란당했다는 사실 때문에 선뜩한 감각이 등줄기를 치달린다.

고개 돌리자 그곳에는 녹색 머리카락의 소녀가 서 있었다.

"상처투성이 여동생을 놔두고 무슨 짓을 하겠단 거야?"

"앗……."

"일단 치료가 먼저겠군. 『풀리 큐어』."

쓱, 소녀가 뻗은 손끝에서 나온 녹색의 빛 입자가 마이의 상처 부위로 내리쏟아지더니 고통에 시달리며 얼굴을 일그러뜨리고 있던 마이의 상처를 완전히 회복시켰다.

마이의 위태로운 상황을 잊고 있었다는 죄책감에 내가 움직임을 멈추는 순간, 감색의 마력 밧줄이 내 목을 빙그르 꽉 조였다.

곧장 온몸에서 힘이 쭉 빠져나간다. 이 감각은, 아마 저주술 계통의 부여가 된 마술이다.

"험프티 덤프티라고 혹시 알려나?"

"너, 너는 도대체……!"

저 형체는 어딘가에서 본 기억이 있지만, 어디에서 봤는지 떠오르지 않는다.

아니, 그런 건 아무래도 좋다.

"깨진 알은 원래대로 돌아갈 수 없어. 자네도 잘 아는 사실이잖아?"

"큭, 시끄러워!!"

나는 신체의 힘을 빼앗는 밧줄에 대항하기 위해서 온몸에 대량의 마력을 순환시킨다. 덕분에 조금이나마 몸이 편해졌지만 구속에서 벗어나진 못했다.

"마이를 회복시켜준 것은 고맙지만, 나를 방해하지는 마!!"

찬물을 뒤집어써서 일순간이나마 진화됐던 마음의 불꽃은, 다만 곧 다시 조바심과 함께 내 몸을 뛰어다닌다.

"애당초 그곳에 돌아가서 무엇을 할 셈이지?"

모른다! 그딴 건 아무래도 좋다.

지금은 일단 아까 그곳으로 다시……!

"분노에 휩싸인 채 쳐들어가겠다? 아니면 유토라고 했던가, 그 남자의 육편이라도 찾으러 갈 셈이야?"

"닥쳐!! 제기랄, 이따위 것!!"

듣기 싫다, 듣기 싫다, 듣기 싫다.

나는 들끓는 격정에 더불어서 자신의 마력을 쏟아붓고 우격다짐으로 마력의 주박을 풀어 날려버린다.

"우오아아아아아아아아아아아아앗!!"

"어이쿠, 그건 저주의 원리까지 차용한 바람의 주박인데? 거참, 자네들은 어째 주종이 똑같군. 내가 공들여서 만들어 낸 마술을 대체 뭐라고 생각하는 건가?"

술식의 원리를 무시한 채 파괴한 마력 속박이 목 주변의 피부를 살짝 뜯어냈기에 피가 배어 나왔다. 다만 통증은 느껴지지 않았다. 그따위 것, 느낄 짬이 없었다.

"……후유, 아직도 머리가 차가워지질 않는가 보군. 조금 잠들어 있게나."

"컥, 끄으으윽!!"

다음 순간. 미나리스와 슈리아, 마이의 몸을 누비고 들이닥치며 작게, 하지만 묵직한 타격감이 온몸을 꿰뚫었다. 그뿐 아니라 방금 전과는 비교도 되지 않는 힘의 상실감이 온몸을 뒤덮는다.

무슨 수법에 당했는지 인식조차 못할 만큼 정밀하며 신속하고 자연스러운 마술 행사였다.

내 의식은 이렇다 할 저항도 못하고 모닥불 위에 흙을 뒤덮듯 급속도로 가라앉아 갔다.

여전히 전조가 없는 마력 행사를 제가 알아차렸을 때는 극히 자그마한 녹색의 발광체가 저희의 몸 사이를 누비고 움직여서 주인님의 몸에 빨려 들어가던 참이었습니다.

신음 소리가 들린 뒤 갑자기 주인님의 몸에서 힘이 빠져나갑니다.

"앗."

절로 얼빠진 소리를 낸 사람이 저였는지 다른 누구였는지 잘 모르겠습니다.

다만 주인님의 몸에 매달려 있던 저희는 그 몸과 함께 중력에 이끌려서 바닥으로 빨려 들어가—.

"무슨 짓들을 하는 게냐."

나자빠지기 전에 네 사람이 같이 몸가눔을 할 수 있었습니다.

마왕의, 레티시아의 염동력 비슷한 힘이 앞으로 쓰러지려고 했던 주인님을 둥실 밀어서 바른 자세로 눕혀 놓습니다.

저와 슈리아, 그리고 또 한 사람, 같이 매달려 있는 흑발의 여자아이도 바닥에 사뿐 앉혀졌습니다.

"오오, 과연 빈틈없는 마법 행사로군. 당대의 마왕은 우수하다는 말을 들었는데, 괜찮군, 솜씨가 아주 제법이야. 자네와는 꼭 사이좋게 지내고 싶어."

"……유감이네만 비슷하게 생긴 녀석에게 빚이 있다네. 다른 사람 같기는 한데 그 빚을 갚아주기 전까진 아마 무리일 게다."

"아, 아~ 알겠어. 이유가 대강 이해는 되네. 그래, 일단은 동일 인물 취급을 받아 퍽퍽 얻어맞지 않았단 게 감지덕지인 신세인가."

여자는 그렇게 말한 뒤 어깨를 으쓱거렸습니다.

"언사가 어째, 역시나 뭔가 관계는 있나 보구나."

"뭐, 관계없다고 시치미는 못 떼지. 뭐든 일 처리는 사람에 따라 달라지니까."

"……그렌은, 거기 놓아두고 왔느냐."

"안심하게나. 그 용은 먼저 회수했으니까."

"……손을 써주어 고맙군. 감사의 뜻을 전하노라."

더 이상의 추궁은 멈춘 레티시아의 시선이 다시 주인님에게 돌아갔습니다.

“튼튼한 만큼 좀 강하게 저주를 때려 박았어. 원래는 신에게 간섭하기 위해 개발한 마술을 응용한 거라 말이야, 저 남자에게는 특히 잘 들었을 테지. 안심하게나. 진짜로 해를 끼치지는 않아.”

어쩐지 남 일처럼 들리게 말을 하면서 녹색 머리카락의 소녀는 저희에게 등을 돌렸습니다.

“자, 잠깐만요! 당신들은 도대체 누구예요?! 오라버니에게, 제 오라버니에게 무슨 짓을 한 거예요?!”

“걱정할 것 없어, 저 남자는 아마 며칠 지나면 깨어날 테니. 그보다 나도 서둘러 친구에게 힘을 보태줘야 해서 말이야. 일단 자리를 비우도록 하지.”

그렇게 말한 뒤 품에서 꺼내 든 유리병의 뚜껑을 열고 안쪽에 찰랑찰랑 가득 찬 은색의 액체를 바닥에 뿌렸습니다. 바닥에 퍼져 나갔던 액체는 곧 난쟁이로 바뀌더니 전이 때 회수했던 메테리아의 몸을 들어 올렸습니다.

“이곳에서 지내는 방식은 미나리스 군과 슈리아 군에게 듣도록 해. 이미 깨달았을지도 모르겠는데 자네의 몸은 겉보기보다 더욱 너덜너덜한 상태야. 이렇다 할 대책도 없이 신의 위압에 노출되었으니까 말이지. 신의 권속도 아니고, 신의 비호도 당대 용사를 경유하는 애매한 지경일 테니 제법 큰 영향을 받았을 테지. 오히려 용케 의식을 붙들고 있구나 싶어 놀랐다네.”

“무, 무슨…… 어, 라……?”

일어서고자 한 흑발 소녀는 무릎부터 아래가 사라져버린 것처럼 털썩 주저앉은 채 움직이지 못했습니다.

"그러면 잠시 실례하겠어. 몇 안 되는 친구의 부탁이라 꼭 이루어 주고 싶어서 말야."

소녀가 녹색 머리카락을 휘날리며 벽면에 가까이 다가서자 이제껏 평범한 벽이었던 장소가 불쑥 재구성되며 목제 문이 나타났습니다.

소녀가 문을 지나서 빠져나가자 또다시 문은 무기질적인 벽으로 바뀌었습니다.

"……정체가 무엇이더냐? 저 녀석, 나에게 필적하는, 아니, 어쩌면 더 높은 경지의 마법사인 듯하군. 게다가 인간도 마족도 수인이나 엘프와 같은 아인과도 다른 혼의 기세가 느껴지는구나."

레티시아는 살짝 눈에 힘주어 경계심을 드러내면서 중얼거렸습니다.

그 혼잣말에 대답한 사람은 슈리아였습니다.

"……저 사람은, 쿠로이 토와코 씨이어요."

"쿠로……? 흠, 신기한 발음의 이름이구나. 아니, 잠깐만……."

"쿠로이, 토와코? 앗, 서, 설마……."

이름의 특색을 깨달은 레티시아는 살짝 얼굴을 찌푸리고, 흑발 소녀는 당황하는 표정을 지었습니다.

슈리아의 말을 이어받아서 이번에는 제가 대답했습니다.

"맞아요, 토와코 씨는 주인님과 같은 곳에서 온 사람입니다. 또한."

―선대의, 용사입니다.

☆

세계에 선이 그어지고 있다.

백색과 흑색을 나누는 선. 양지와 음지를 나누는 선.

『착한 아이구나, 알레시아.』

다정한 분이었습니다. 자랑스러운 언니였습니다.

언젠가 라무네시아 언니와 같이 훌륭한 왕녀가 되는 것이 목표였습니다.

그래요. 세계에 아무런 선도 그어지지 않았던 시절의 기억.

언제까지나, 언제와 같은 일상이 이어지리라 생각했던 시절의 기억.

어느 날 갑자기 라무네시아 언니가 살해당하고 말았던 그날이 오기까지는.

『네? 지, 지금 뭐라고 말씀하셨죠? 어머님.』

『……당신의 언니는 죽었습니다.』

사랑하는 언니는, 어느 날 너무나 갑작스레 모습을 감췄습니다.

어렸던 나는 그저 오로지 충격을 받아 망연자실한 채 고용인들이 숙덕이는 이야기를 듣고 진실을 알 수 있었습니다.

『얘, 들었어? 왕녀님 얘기. 어느 쪽이냐니. 언니분이지, 언니분.』

『아, 가엾은 분이시지. 제국에서 돌아오던 때 수인 어린애를 마물에게서 감싸고 돌아가셨다며?』

『안타까운 이야기야. 사절단을 수행하던 호위는 어떻게 된 걸까. 기사단장님도 같이 계셨잖아?』

『제국의 임금님에게 부대 교련을 의뢰받아서 운 나쁘게 그 자리에는 계시질 않았다나 봐.』

'라무네시아 언니가 어린아이를 구하려고 마물과 싸워 죽었다……?'

어째서? 어째서? 어째서?

언니는 구하려고 했는데, 어째서?

어째서 착한 행동을 했는데 결국 죽어야 했던 거야?

누구에게나 평등하게 친절하게, 왕국에서 좋은 대우를 받지 못하는 수인에게까지 차별을 없애고 싶다 말했던 언니.

그런 태도 때문에 주위 사람들에게 빈축을 샀던 언니.

누군가, 도와주지 않았던 거야?

그래서 도움을 받지 못했던 거야?

'……마물 따위, 처음부터 없었더라면.'

'……수인 어린애 따위, 처음부터 없었더라면.'

'……다른 나라의 왕 따위, 처음부터 없었더라면.'

그때 생겨났던 검은 의문은 성장함에 따라 내 마음속에서 점점 커다랗게 부풀었습니다.

그럼에도 나는 이러한 감정을 바깥에 드러내지 않으며 살아왔습니다.

인정하지 않고, 눈을 돌리고, 귀를 틀어막고, 숨을 멈추고. 그렇게 하지 않으면 자신을 억제하는 무엇인가가 부서져버릴 것 같았으니까.

생각을 안 하게 머리를 비우는 것은 어렵지 않았습니다.

요구받은 것은 이제껏 언니가 책임져왔던 역할의 대역.

나라의 시조, 무녀의 재래라고 불렸던 언니.

대정령님의 목소리를 명료하게 들을 수 있을 만큼 마력에 의한 감응 능력이 뛰어났던 언니의 대역을 수행하려니까 제아무리 노력한들 부족할 지경이었던지라 다른 생각을 할 틈은 전혀 없었습니다.

마법 기술을 갈고닦기 위한 고되고 모진 훈련의 나날, 그와 병행하여 왕족으로서 갖춰야 할 교양이며 언니가 관리했었던 영지를 인수하기 위한 지식의 습득.

그렇게 나에게서 어리다는 말이 떨어지고 언니의 나이를 따라잡을 만한 시간이 흘러갔을 무렵.

나는 드디어 대정령의 말을 들었습니다. 다만 기쁨은 잠시뿐, 단편이나마 들어 이해할 수 있었던 내용은 나의 등줄기에 차가운 감촉이 치달리게 만들었습니다.

왜냐하면 그 내용은 왕가와 가까운 위치에 있는 거물 귀족이『마(魔)』와 관련이 있다는 계시였으니까.

그러나 그 귀족은 본인이 의심받고 있음을 알자 곧 행방을 감췄습니다.

공식적으로 높은 지위를 갖고 있었던 상대였던 터라 나의 변변찮은 기량으로 들은 계시만 의지하여 체포할 수는 없었고, 증거를 수

집하기 전에 이쪽의 동향을 눈치채이고 말았던 것입니다.

포위망을 돌파하기 위한 양동이었는지, 아니면 간단하게 해치울 수 있다는 도망길의 분풀이 같은 감각이었는지, 며칠 뒤 그 귀족은 단신으로 나를 죽이고자 나타났습니다.

그럼에도 끝끝내 나는『마족』을 편드는 인간이 있다는 사실을 믿지 못했습니다.

『대체 어째서입니까……?』

그래서 나는 어리석게도 과거의 자기 자신을 죽이게 되는 질문을 던지고 말았습니다.

『어째서! 마족에게 가담한 겁니까?!』

『어째서? 아하하하하하하핫!!』

울려 퍼지는 것은 나를 조롱하는 비웃음 소리.

『그게 궁금합니까, 애당초 내가 마족이었기 때문 아니겠습니까!』

『……아?』

그 대답은 나의 머리를 커다란 망치로 깨부수는 듯한 충격을 가져다주었습니다.

별 대단한 이유가 아니라, 마족의 협력자로 변절한 것이 아니라 애초에 본인이 마족이었을 뿐.

하지만 그때 나의 뇌리를 지배했던 것은 분명히 인간으로 보였던 외형을 찢어발기며 나타난 이형에 대한 압도적인 혐오감뿐이었습니다.

인간의 모습을 갖고 있었는데도 인간이 아니야.

그 사실이 어쩔 도리가 없도록, 정말이지 어쩔 도리가 없도록 역겨워서 도저히 견딜 수가 없었습니다.

『너희 인간은 정말이지 구제 불능으로 어리석구나. 다만 덕분에 왕녀를 두 사람 다 편히 죽일 수 있겠어. 감사하는 게 옳겠지. 큭큭큭.』

『읏?! ……?!』

반쯤 정신을 놓아버렸던 나의 귓가에서 또 하나의 폭탄이 폭발했습니다.

왕녀를 두 사람 다.

한 명은 다름이 아닌 나, 그렇다면, 또 한 명의 왕녀는?

『아, 아아아, 아아아아아아아아아아아아아아아아아아아아아악!!』

결국 마족에게 살해당할 뻔했던 나는 아슬아슬하게 나타난 기사단장에게 구조를 받았습니다만, 비록 부상은 당하지 않았을지언정 나의 마음속 족쇄는 이때 분명하게 부서져 날아갔습니다.

훗날 재조사한 결과로 알아낸 것은 언니는 사고로 마물에게 살해당했던 것이 아니라 처음부터 계획을 세운 마족에게 살해당했다는 것.

마족은 꽤 옛날부터 인간 사회에 녹아들었고, 용의주도하게 언니를 살해하기까지 했습니다. 제국과 왕국의 사이에 균열이 발생하도록 꾀한 책략이었던 것 같습니다만, 나의 입장에서 저러한 목적은 아무 의미도 없었습니다.

『거슬려……. 거슬려……. 역겨워요. 이 세계는, 역겨운 괴물로 가득 차 있습니다.』

그 이후로 나의 세계는 백색과 흑색으로 나누는 선이 그어졌습니다.

인간과.

인간의 거죽을 뒤집어쓴 괴물의 사이에.

☆

문득, 꽃 내음을 맡았습니다.

부드럽고 달콤하고 살며시 안아주는 청명한 내음.

"아, 깨어났구나. 알레시아."

느릿하게 눈 뜨자 나를 향하여 다정하게 미소 짓는 라무네시아 언니가 보였습니다.

나는 라무네시아 언니의 다리에 머리를 올린 채 얕은 졸음에서 깨어나 의식을 되찾았습니다.

"나는……."

옅은 분홍색으로 물든 꽃밭의 중심에서 이따금 불어오는 바람이 살며시 피부를 어루만진다.

톡톡, 산들바람처럼 기억이 떠오른다.

'그랬, 지요. 나는 라무네시아 언니를…….'

되찾았어, 되찾았어! 되찾았어!!

물씬 행복이 퍼져 나간다.

나는 신격을 가득 담아낸 그릇에 라무네시아 언니의 혼을 정착시켰습니다.

그렇게 언니는 이 세상에 되살아났습니다.

그와 동시에 나는 마력을 모두 소모해서 실이 끊어진 것처럼 의식을 잃고 말았습니다.

“어휴, 지쳐서 잠들어버리다니. 알레시아는 아직도 어린아이구나.”

“앗…….”

라무네시아 언니의 아름다운 손가락이 내 머리카락을 어루만진다.

정감을 담아 살포시 와 닿는 다정한 손길.

기억에 있는 먼 옛날에 잃어버렸던 따뜻한 손.

줄곧, 줄곧 바라왔던 다정한 감촉.

“어머, 어머. 왜 그러니? 표정이 흐려졌어.”

“아녜요, 언니. 아무것도 아니에요.”

무의식중에 배어났던 눈물을 언니가 부드럽게 손가락으로 닦아 내준다.

“그, 래? 그러면, 다행, 이네.”

하지만 직전까지 매끄럽게 말을 건네던 라무네시아 언니는 마치 기름이 말라붙은 꼭두각시 인형과 같이 움직임이 어색해졌습니다.

그릇에 정착시킨 혼이 아직껏 완전히 적응하지 못해서겠죠.

“어머, 나. 이상하, 네. 입이, 잘, 안 움직여, 져…….”

“괜찮아요, 괜찮답니다, 라무네시아 언니. 이제 조금만, 조금만 더 지나면, 이 세계는 순수해질 거예요.”

천천히 손을 들어서 라무네시아 언니의 뺨에 가져다 댄다.

그래, 전부, 전부, 이 세계의 모든 것을 뒤덮어버리죠.

이 꽃밭처럼, 나와 언니가 있다면 달리 더 필요치 않으니까요.

마족이 거슬려, 수인이 거슬려, 엘프가 거슬려, 마물이 거슬려, 신도 거슬려.

용사도 거슬려, 마왕도 거슬려, 성녀도 거슬려, 다른 인간도 거슬려.

"그러니까 언니, 조금만 더 기다려주세요."

"……그래? 알레시아가, 이렇게 말해주는데, 분명히 괜찮, 겠네."

"네, 이대로 온 세계에 꽃을 피우도록 하죠. 저와 라무네시아 언니, 두 사람만의 세계를 만드는 거예요. 저와 언니만 있으면 더 이상 아무것도 필요 없잖아요?"

"응, 그러게, 말야."

내 머리에 조금 어색하게 라무네시아 언니의 손이 닿는다.

이번에야말로 라무네시아 언니를 지켜 내겠어.

아무도 언니를 구해주지 않았던 그때와는 달라. 지금은 내가 곁에 있지요.

쓸 만한 수단도 쭉 갖추어왔습니다.

'이 세계에 불순물은 필요 없어.'

나는 눈을 감고 라무네시아 언니의 온기를 느끼며 전 세계에 흩어져 있는 내 파편들의 상황을 살펴보기로 했습니다.

☆

어두침침한 회색의 공간.

아무것도 없는 그 장소를 가득 채우다시피 잿빛의 눈이 내린다.

마치 시간의 흐름을 멈추려는 듯이 느릿하게 잿빛의 눈이 내린다.

"여보세요~! 우케이 카이토 씨~? 들리십니까~?"

"……."

눈앞에 회색의 배경에서 튀어나온 듯한 새카만 인영(人影)이 있다.
눈도 코도 없는 얼굴에 단지 금이 간 모양새로 입이 벌어져 있는 달걀귀신이다.
그야말로 글자 그대로『인간[人]의 그림자[影]』였다.
“이봐, 이봐, 슬슬 뭔가 얘기 좀 할까? 요즘 날씨가 되게 궂더라고. 진짜 싫다니까, 비 내리면. 축축한 게 뭔가 비참한 기분을 자극하거들랑. 음식은 썩고, 곰팡이 피고, 습기나 차고. 맞아, 맞아. 저번에 먹은『흐물렁뜩 구이』라는 포장마차 밥, 그거 완전히 꽝이었잖아. 쓰고, 시큼하고. 아무리 생각해도 썩은 맛이었어. 넌 용케도 전부 다 먹더라. 보통은 한 입 넣자마자 뱉어서 곧장 쓰레기통에 던질 수준이었는데. 맞아, 맞아. 좀 다른 얘긴데 말야, 세 번 전에 묵었던 도시의 숙소, 이름이 뭐였더라, 뭐, 숙소 이름이야 아무래도 좋지만 말야, 그 숙소는 이불이랑 베개가 진짜 끝내줬잖아. 뭐니 뭐니 해도…….”
“…….”
저 녀석은 마치 꼭지를 돌려놓은 수도처럼 무기질적인 물을 쏟아내고 있다.
날씨 이야기, 식사 이야기, 숙소 이야기, 경치 이야기, 꿈을 꾼 이야기, 길을 걷다가 들은 노래 이야기, 모아 둔 잡동사니 이야기.
음, 용케도, 끊임없이 시답잖은 얘기를 쭉쭉 늘어놓는군.
“이봐, 이봐~ 마냥 혼자서 떠들려니까 나도 좀 피곤한데.”
“…….”
문득 깨달았을 때는 얼마나 시간이 흐른 다음이었을까.
물속을 떠다니는 듯한 편안함.

아무것도 하기 싫다, 아무것도 생각하기 싫다, 아무것도 떠올리기 싫다.

그래서 나는 아무런 말도 하지 않는다.

나에게 줄곧 말을 건네는 검은 인영에게 아무 대답도 없이 입을 다문다.

입을 다문 채 눈도 감았다.

☆

"선대의, 용사……?"

"네, 주인님과 마찬가지로 이 세계에 불려 와서 먼 옛날에 마왕과 싸워야 했던 진짜 용사라더군요."

미나리스 씨의 설명을 들으며 저는 오라버니의 말을 떠올렸습니다.

본인과 마찬가지로 이계에서 소환된 용사들은 당시 대규모 마물 군세를 이끌고 대륙을 지배하고자 했던 마왕과 싸워 승리한 뒤 원래 세계로 귀환했다는 이야기가 전해진다는 것.

그 이야기는 전설이나 설화, 신화, 종교의 일화와 같은 형태로 다수가 남아 있다던가.

『뭐, 지금 와서는 정말 무사히 원래 세계로 돌아갈 수 있었을까 의문이지만 말이야. 내 경우도 있고 불가능하지 않다는 건 알겠는데…….』

『…….』

그때 저는 오라버니에게 어떤 대답도 할 수 없었습니다.

『……아무튼 하다못해 대강은 감당할 만한 결말이었길 바랄 수밖에.』

오라버니는 먼 하늘을 올려다보며 가만히 혼잣말처럼 말을 흘려 놓았습니다.

그때, 『감당할 만한 결말』이라는 말이 어떠한 의미를 가진 표현이었는지 오라버니에게 물어볼 수는 없었습니다.

그렇지만 적어도 말을 들었던 대로 원래 세계에 돌아가지는 못했던 것 같습니다.

"그래서……."

"도망치려고 하지 마라, 멍청한 녀석."

"꺄응?!"

얘기를 이어 나가고자 입을 열었을 때 쾅, 쿵! 소리가 울려 퍼졌습니다.

놀라 소리가 난 방향을 돌아보면 그곳에는 짓밟히고 있는 노노릭 씨와 그를 짓밟고 있는 이름도 알지 못하는 남자가 보였습니다.

"잠깐만! 여자아이를 짓밟는 나쁜 행동은 하면 안 되잖아! 노노의 옷이 더러워졌어!! 다리 치워!"

"무슨 헛소리냐, 네 녀석도 남자잖은가. 애당초 도망치려고 했던 네 녀석의 잘못이다."

은색 머리카락을 올백으로 넘겼고, 장신에 근육질이며 균형이 잘 잡힌 체격의 남자는 검은색과 붉은색으로 물들인 고급스러운 모피 로브를 걸치고 있었습니다.

바지는 입긴 했습니다. 다만 상반신은 바깥에 걸친 로브 이외에 다른 의복을 안 입었는지 벌어진 로브의 가슴께로 맨살이 보입니다.

“꺄읏, 으갸앗!! 아, 아직도 옛날 일 때문에 화가 안 풀린 거야?!”

“딱히 화를 내는 게 아니다. 네 녀석이 내 성의 재물을 멋대로 들고 나갔던 것도, 진귀한 술과 과실과 약을 모조리 챙겨 빼돌린 것도, 귀중한 보검을 몇 자루인가 들고 내뺐던 것도. 나는 왕이다. 저런 사소한 도둑질을 하나하나 마음에 담아 두지는 않는다.”

“화 안 풀렸네! 마음에 꼭꼭 담아 놨네!”

“그렇지 않다.”

“애당초 그딴 지루한 곳에 노노를 가둔 사람이 잘못이지!”

“그건 네 녀석이 용종의 무리와 시비가 붙어 나의 성으로 피신했기 때문일 텐데. 왕의 관대함에도 엄연히 한도가 있다만? 으음? 이대로 박살 내주랴, 괘씸한 녀석.”

“으갸갸갸갸앗!!”

아마도 노노릭 씨와 저 남자는 친밀한 관계 같았습니다.

“……아무튼 일단 이동하지요. 이렇게 휑한 공간에 가만있기는 불편하고요, 주인님을 편안히 쉴 만한 장소에 눕혀드려야 합니다. 다들 저를 따라와주세요.”

“스스로 못 움직이는 사람은 슈리아가 옮겨주겠어요. 움직이시어요.”

슈리아 씨가 무언가 마법을 썼는지 어딘가에서 판자가 휙 나타나더니 높이 10센티미터 정도의 검은색 종이 인형이 위에 오라버니를 실어서 종종거리며 옮깁니다. 저도 주저앉아 있었던 바닥 아래에서 떠오른 판자에 실려 흔들흔들 이동을 시작했습니다.

노노릭 씨는 은발 남자에게 고양이처럼 붙들린 채 끌려가고 있었습니다.

“토끼 계집, 무슨 자신이 있어 왕에게 명령을 내리는가.”

“당신에게 한 말이 아닙니다. 알아서 따라오든가 하세요.”

“……허, 카이토도 토끼 계집도 귀쟁이 계집도 불손하기 짝이 없는 녀석들뿐이군.”

그렇게 말다툼하는 모습을 보는 동안에 문득 깨달았을 때는 또 벽에 문이 만들어졌습니다.

저것은 선대 용사라는 사람이 들어가서 사라졌던 문과는 살짝 모양새가 다른 문이었습니다. 방금 전 문은 문고리만 달린 단순한 갈색의 문. 지금 눈앞에 나타난 것은 하얗게 칠이 되었고 토끼 문양이 조각된 문이었습니다.

가볍게 끼익 소리를 내며 열리는 문을 지나가자 그곳에 나타난 것은 청결하지만 미려하다고 말하기는 어려운 오두막 같은 방이었습니다.

천장에 매달아 둔 낡은 램프와 작은 난로, 숲과 하늘이 보이는 창문, 간소한 침대.

낡은 목제 탁자와 의자, 꼼꼼하게 청소한 주방.

“그리 널찍한 공간이 아니라 죄송합니다만 앉아주세요.”

오라버니를 침대에 누인 뒤 저를 포함한 다른 여섯 명은 제각각 의자에 앉았습니다.

“자, 우선은 자기소개부터 마치도록 하죠. 저는 미나리스. 보는 바대로 토끼 수인이며 주인님의 공범자입니다.”

미나리스 씨는 아름답게 미소 짓고는 자신의 이름을 알려줬습니다.

머리에서 뻗어 올라가는 토끼 귀가 귀엽게 쫑긋쫑긋 움직이고 있습니다.

갈색의 아름다운 긴 머리카락을 포니테일로 정리했고, 일본인에게는 드문 훌륭한 몸매임을 쉽게 알아볼 수 있는 메이드복을 입었습니다. 그나저나 어째서 메이드복 차림일까요?

"슈리아는 슈리아이어요! 다크 엘프이고 미나리스 씨와 마찬가지로 카이토 님의 공범자이어요!"

그다음 목소리를 낸 사람은 미나리스 씨의 오른쪽 옆에 앉은 조그마한 몸집의 소녀입니다.

밝은 다갈색의 윤기 있는 피부와 빛을 투과시키는 은색의 머리카락. 이따금 실룩실룩 움직이는 좌우의 귀는 엘프답게 위쪽 방향으로 뾰족이 솟았습니다. 몸을 감싸는 옷은 슈리아 씨의 귀여움을 더욱 돋보여주는 일본식 미니스커트 드레스입니다.

"음, 순서를 보니 내 차례인가."

자리 순서를 따라 다음번 입을 연 사람은 레티시아 씨였습니다.

"나는 레테시아, 마왕이며 카이토와 계약을 맺은 것은 노노릭을 더하여 이 중에서 가장 마지막이 되겠구나. 흠, 다만, 그렌의 몸에 옮겨 갈 때까지 카이토의 안쪽에서 줄곧 지켜봤으니 말이다. 마음 같아선 처음 만난다는 인사보다도 오랜만이라는 느낌이 더욱 강하구나. 아무튼 잘 지내보자꾸나."

레티시아 씨는 어둠으로 불태우는 불꽃과 같이 그윽한 선홍색의 머리카락을 흔들며 강한 의지가 깃든 붉은색 눈동자로 저희를 둘러봅니다.

슈리아 씨가 입은 의복과 똑 닮은 느낌의 드레스는 레티시아 씨의 귀여움을 여실히 이끌어 내줍니다.

"그럼 다음은 노노 차례구나? 훗훗훗, 노노는 보다시피 굉장히 귀염귀염한 진조 흡혈귀야! 미나리스랑 슈리아랑 제대로 인사하는 건 처음이지? 앞으로 이것저것 잘 부탁할게?"

노노릭 씨는 후후훗, 색기가 있는 웃음을 지어 보입니다.

반짝이는 금빛 머리카락과 살짝 칙칙한 금빛 눈동자.

레티시아 씨, 슈리아 씨와 비슷하게 어린아이처럼 몸집은 작은데도 노노릭 씨가 짓는 표정은 어지간한 어른도 두 손을 들 요염함이 있었습니다.

노림수인지는 잘 모르겠습니다만, 원래 세계의 군복과 비슷한 의상이 갭을 연출해서 저러한 매력을 돋보여줍니다.

처음에는 남자아이라는 말을 들어도 전혀 믿기지 않았습니다.

"네 녀석이 진조 흡혈귀라고? 자신의 피를 외면하고 돌아보지도 않는 네 녀석에게 진조를 자처할 자격은 없다."

노노릭 씨의 자기소개에 트집을 잡은 사람은 은발 장신의 남자입니다.

"쳇~ 쳇~ 좀 넘어가, 되게 깐깐하네. 스테이터스에도 정확히 진조라고 쓰여 있는걸."

"흥, 스테이터스 따위 우습지도 않은 장치에 편입되어 있는 시점에서 이미 영락한 게 아니더냐. 네 녀석이 자신의 피를 되찾지 않는 한 이 몸과 동류임을 절대 인정하지 않겠다."

노노릭 씨가 불평해도 매몰차게 내쳐버리고 은발 남자는 말을 계속했습니다.

“이 몸의 이름은 고드릭 아델하이트. 거기 바보가 스스로의 피를 내버린 탓에 이 세상에 단 한 명 현존하는 진조 흡혈귀의 왕이다.”

오만불손.

단지 이름과 몇 마디를 꺼냈을 뿐인데 저런 기질이 가득 흘러넘쳐 전해졌습니다.

“쯧, 쯧~ 한 명밖에 없는데 무슨 왕 타령이래. 고드릭 아저씨는 은근히 귀여운 데가 있구나아~.”

“흥, 멍청한 녀석. 왕이 왕임을 증거하는 이유 따위는 없다. 왕은 단지 왕이기에 어떠한 지경에서도 왕일지니.”

슬쩍 놀리며 웃는 노노릭 씨에게 고드릭 씨는 개의치 않고 마주 웃음을 지었습니다.

저 남자의 말은 논리적이지 않았습니다만, 당당한 태도 때문인지 수수께끼의 설득력이 있습니다.

‘마지막에 저 남자는 별개로 쳐도……. 네 사람 모두, 과거에 비할 대상이 없을 수준의 미소녀예요……. 으음, 예전 같았으면 어떻게 하든 오라버니의 곁에서 치워버릴 상대였겠지만요……. 오라버니와 맺은 계약을 때문인지 과거와 달리 처리하자는 마음이 들질 않네요. 아뇨, 상황상 괜한 짓을 할 여유는 없지만요……. 그렇다 해도…….’

그리고 자기소개는 제 차례입니다.

“저는, 우케이 마이라고 해요. 오라버니가 **가장 사랑하는** 여동생이죠. 앞으로도 **저의** 오라버니와 둘이서 함께 잘 부탁드릴게요?”

뚝, 공기가 굳는 소리가 났습니다.

'치워버리지 않는 것과 서열을 매기는 것은 별개예요. 오라버니의 첫 번째는 저니까요……!!'

그러나 제가 날린 견제에 오라버니를 매개로 한 계약을 통해 전달되는 감정은.

"……그렇습니까, 예상은 이미 했습니다만……. 여동생, 이었군요. 그런가요, 그랬던가요……."

"후후훗, 다행이어요. 정말, 정말로 다행이어요."

……몹시 커다란 안도와 기쁨의 정서였습니다.

"주인님은, 가족과 재회하셨던 거예요……."

"그런데도 결국 이 세계로 돌아와주시었어요."

가족과 재회했음을 축하하는 기쁨의 마음. 그럼에도 불구하고 자신들이 있는 곳에, 이 세계에 돌아와주었다는 것을 안도하는 마음.

저의 도발에는 전혀 아랑곳없이 느껴지는 것은 순수하게 오라버니를 염려하는 마음이었습니다.

그것이 몹시 순수하고 눈부셨기에 저는 잠시나마 자신의 발언이 부끄러워져서…….

"역시나, **저의** 주인님은 대단하세요. 앞으로도 한층 더 **주인님의 사랑에** 보답해드리기 위하여 **항상** 주인님의 곁에 머물며 시중을 들어드려야겠습니다."

"읏?"

"아뇨, 아뇨. 지금 카이토 님께 필요한 것은 분명히 격정을 쏟아부을 상대이어요. 그런 점에서 슈리아라면 거친 행동도 다 받아들일 수 있어요. 아뇨, 오히려 대환영이어요. 그게 더 많이 흥분되어요!

즉 카이토 님의 **가장 가까운 곁에 있어야 할 사람은 슈리아이어요.**”

“읏?!”

가만히 스스로의 언동을 반성해야겠구나, 라는 사고가 머릿속을 스쳤던 순간에 마치 손바닥을 뒤집는 것처럼 여성 특유의 쟁탈전이 시작되었습니다.

미나리스 씨와 슈리아 씨는 생긋생긋 웃고 있었습니다.

웃는 얼굴인데 분위기만은 딱딱 불꽃이 흩날립니다.

“끙, 잠깐, 잠깐만! 무얼 제멋대로 쌈박질을 벌이는 게냐! 카이토의 본처 자리는 내 것이니라! 아무리 너희들이어도 양보할 수 없다, 양보할 수 없느니라!”

“으음? 아니요, 본처는 원래 바라지도……. 저는 단지 주인님께 봉사할 수 있으면 행복한 노예입니다. ……다만, 예로부터 주인님의 더욱 큰 총애를 받는 것은 더 늦게 만나는 여자라고 하니까요.”

“끄아아앗?!”

“맞는 말씀이어요. 슈리아는 형식에 얽매이지 않아요. 사랑의 형태는 사람마다 다르기 마련이어요. 슈리아는 카이토 님의 요구라면 뭐든 다 받아들이겠어요.”

“끄그읏?!”

표현만은 겸손하게 골라서 쓰며 미나리스 씨와 슈리아 씨가 태연자약하게 말을 늘어놓습니다.

그 말을 듣고 레티시아 씨는 기묘한 신음 소리를 내며 복잡한 표정을 지었습니다.

“아, 안 된다, 안 된다 안 된다아!! 카이토의 첫 번째는 나이니라!!

절대, 절대로 나이니라!! 처음 세계부터 줄곧 카이토는 내 것이었느니라!"

그리고 레티시아 씨는 어린아이처럼 고개를 홱홱 흔들었습니다.

'아차, 안 되죠, 방관이나 할 때가 아니잖아요! 이대로 두면 오라버니를, 오라버니를 빼앗겨버릴 거예요!!'

"오, 오라버니는 누구의 것도 아니에요!!"

다른 사람과 달리 안 그래도 여동생이라는 입장은 어렵습니다.

편리해서 좋은 측면도 물론 있습니다만, 진정한 의미로 오라버니의 첫 번째가 되기 위해서는 본래 세계에서 쌓은 현대 사회의 상식이 장해물 노릇을 하고 맙니다.

'안 그래도, 원래 세계에서는 좀처럼 만나볼 수가 없는 수준의 미소녀뿐인데……. 더 적극적으로 움직이지 않으면 금방 뒤처지고 말 거예요!!'

"애, 애당초 알게 된 지 고작해야 5년도 안 되는데 좀 뻔뻔한 게 아닐까요? 저는 태어난 이후 쭉 함께, 오라버니와 함께 살았다고요!"

"시간의 길이 따위 관계없습니다! 길이보다도 함께한 시간의 농도가 중요하죠."

"그렇게 따지면 나와 맺은 관계가 가장 깊숙하구나!!"

"그렇지 않아요. 관계의 깊이를 말하자면 슈리아도……!!"

"근데 여기에 있는 너희들 다 처녀잖아? 본처를 운운하기 전에 카이를 먼저 함락시키는 게 맞지 않아?"

“““““…………….”””””

노노릭 씨의 말에 쨍, 방금 전과는 다른 의미로 공기가 얼어붙어 굳어졌습니다.

열을 올리고 있던 논쟁에 쏟아진 찬물은 저희 전원의 표정을 무(無)로 만들었습니다.

“노노는 몇 번째이든 별로 상관없는데? 다 같이 하는 것도 즐거울 거야, 분명히♪”

노노릭 씨는 손가락을 입가에 살짝 가져다 대며 이 자리에 있는 누구보다도 색기 있는 표정을 짓습니다.

“““““…………….”””””

“어, 어어, 이렇게까지 다들 쭉 입을 다물면, 노노, 민망한데…….”

“““““…………….”””””

침묵, 압도적 침묵.

“에잇, 뭐라고 말 좀 해봐~!”

“……후우, 언제까지 이어지려는가, 이 촌극은.”

고드릭 씨의 어이없어하는 목소리가 울려퍼지는 와중에 그럼에도 저희는 아무런 말을 잇지 못했고 부활하는 데는 무척이나 긴 시간이 걸렸습니다.

“좋아요, 자기소개도 대강 마쳤고요, 다시 본론으로 들어가죠. 우선은 이 세계의 성립과 상세한 구조를 말씀드리겠어요.”

제법 시간이 지난 뒤 오라버니 관련의 이야기에서 부활한 미나리스 씨는 분위기를 바꾸고자 하려는지 일어나서 익숙한 몸동작으로 차를 준비하기 시작했습니다.

방의 꾸밈새에는 별로 어울리지 않는 아름다운 백자 찻잔의 안쪽에서 순한 향기의 홍차가 김을 피워 올리고 있습니다.

전원이 마실 차가 놓였을 무렵에는 미나리스 씨도 냉정한 가면을 되찾은 상태였습니다.

"흠, 그 이야기는 이 몸이 해야 할 테지."

그렇게 말한 사람은 고드릭 씨였습니다.

"이 세계에는 본디『신』이 없었다. 본능과 다소의 사고력밖에 지니지 못한 혼 없는 마물의 세계. 어떠한 때에, 변덕쟁이 신이 이 세계를 발견해서 이 세계의 신이 되었다. 다만 그 변덕쟁이 신은 게으름뱅이여서 말이다. 이 세계에 수많은 혼 있는 생물을 만들어 내기 위하여 본디부터 있던 짐승을 이용하기로 했다."

고드릭 씨는 홍차가 담긴 찻잔을 조용히 흔들어서 떠오르는 내음을 즐기며 말을 이어 나갑니다.

"그 때문에 만들어진 것이 진조 흡혈귀다. 우리는 본디 있었던 생물들의 피를 마시고 그것을 근간으로 하여 혼 있는 그릇들을 빚어냈다. 갖가지 동물에게서 수인을, 수목 마물에게서 엘프를, 분화구에 사는 마물에게서 드워프를 만들어 냈다. 그리고 그 변덕쟁이 신은 세계가 성숙해지는 동안 잠에 들었다. 그것이 이 세계 문명의 시초다."

이쪽 세계의 창세기.

신화 관련의 책을 읽듯이 말하는 저 목소리에서는 옅은 그리움의 감정이 배어났습니다.

'수인, 엘프, 드워프……. 마물이 원래 있었던 생물이라면 인간은 언제 나오는 거죠……?'

저는 의문을 품으면서도 계속 귀를 기울였습니다.

"다만 평온하게 전진하던 세계에 이물질이 섞여 들었다. 다른 세계에서 세계를 관리하기 위한 권한인『신격』을 박탈당한 하급 신이었다만, 이 세계의 현지 신은 깊숙이 잠에 든 동안에 그 녀석에게 쫓겨나 신역을 내어 주었고 많은 힘과 이 세계의『신격』일부를 빼앗겼다. 그럼에도 대부분의 신격은 끝까지 지켜 내었다만, 그 권한도 신역에 있지 않으면 본래의 힘을 발휘하지 못한다. 제아무리 미련한 신이어도 위기감을 느꼈을 테지. 빠듯하게나마 사용 가능한 권한을 끌어모아서 이 유사 신역을 만들어 내고 하급 신을 피하여 은둔했다."

고드릭 씨는 홍차를 입에 가져다 대서 한 차례 목을 적셨습니다.

"하급 신은 또다시 신의 위계로 돌아가기 위해 신격을 갖고 도망쳤던 이 세계의 신을 찾기 시작했다. 그 때문에 하급 신은 이 세계에 번식력이 뛰어난『인간』을 만들어 낸 것이다."

딸깍, 찻잔을 접시에 두고 숨을 내뱉었습니다.

"인간은 금세 땅에 뿌리를 박고 눈 깜짝할 새에 숫자를 불려 나갔다. 종족으로서 떨어지는 힘도 하급 신이 추가한『스테이터스』라는 장치에 도움을 받아 급속도로 힘을 획득했고 농산업, 축산업 같은 번영의 밑바탕을 순식간에 확대시켰지. 그리고 전 세계에 하급 신의 눈을 뿌려서 현지 신으로부터 완전히 신격을 탈취하고자 꾀한 듯한데……. 성가시게도 그때 이 세계에 또 다른 정체불명의 이물질이 개입해 왔다."

"정체불명의 이물질?"

무의식중에 흘러나온 제 목소리에 고드릭 씨는 시선을 이쪽으로 향했습니다.

"그래, 이물질이다. 아마도 하급 신이 본디 있었던 세계의 상급 신이었겠지. 그 신은 추방당한 하급 신을 상대하는 것이 목적이었는지 이 세계에 마물을 직접 진화시켰던 종족을― 마족을 만들어 냈다. 다만 막 만들어진 마족에게는 우리 흡혈귀가 만들어 낸 새로운 종족들과 달리 혼이 부여되지 않았다."

"혼이 없으면, 어떻게 달라지어요?"

"혼 없는 생물은 성장, 변화하는 힘이 극단적으로 낮아지고 혼 있는 생명을 원하게 된다. 본디 있었던 마물의 흉포성을 이어받아 그 욕구를 채우기 위하여 혼 있는 새로운 종족 및 인간을 덮치기 시작했지. 그게 전부가 아니라 마족을 통해 이 세계의 생명력이라 말할 수 있는 힘을 흡수하기 시작했다. 하급 신도 현지 신을 수색할 처지가 아니게 됐지. 이 세계는, 이 세계가 아닌 신의 놀이판으로 전락했다."

설명을 하는 고드릭 씨의 목소리가 점점 무거운 음색을 띠었던 것은 제 착각이 아니었다고 생각합니다.

그 표정은 항상 지어 보이는 위엄 있는 얼굴에서 변화가 두드러지진 않았습니다만, 차마 노여움을 가라앉히지 못하는 집념에 가까운 증오가 느껴졌습니다.

한편 전 솔직히 무척 긴 서두의 이야기를 들었다는 인상이었습니다.

이 세계의 성립에는 별로 흥미를 가질 수 없었으니까요. 관심이 있는 것은 이 이야기가 어떻게 오라버니와 연결되는지입니다.

"그다음은 제가 이야기하도록 하죠."

"음! 너는……."

그때 불현듯 방 안에 들어온 자는 법의(法衣)라고 할 법한 의복을 몸에 걸친 아름다운 여성이었습니다.

맑은 물결처럼 엷은 물색의 머리카락을 한 묶음으로 땋았고, 눈동자 색은 머리카락과 똑같이 모든 것을 비추어 내는 듯한 물빛의 색.

가지런한 용모와 커다란 가슴을 지녔는데도 성적 자극을 주는 색기가 아닌 모성과 비슷한 청명함을 가진 분위기.

메테리아 로렐리아.

저 모습을 인식한 순간, 눈앞의 여자를 다시 죽이고 싶은 충동에 휩싸였습니다.

오라버니에게서 흘러들어 오는 마그마와 같은 증오의 불길.

그런데 어찌 된 영문일까요.

분명 사무치게 증오했을 텐데도 지금은 레온이나 리리아와 처음 만났을 때 느꼈던 모든 의문을 내팽개친 채 죽이고 싶다 갈망할 정도의 열량을 느낄 수 없었습니다.

'루나리아 법국의 성당에서 죽어 쓰러져 있던 모습을 이미 보았기

때문일까요.?'

애당초 메테리아를 대하는 오라버니의 태도에는 망설임이 많았습니다.

첫 번째 세계에서 단 한 사람, 배반의 이유를 듣지 못했던 상대.

두 번째에서 처음 만나서 원래 세계로 오라버니를 보냈을 때 보인 혼란스러운 모습.

그리고 의문을 해소하기 위해 찾아간 곳에서 심장이 도려져 죽어 있었던 무참한 모습.

제가 느끼는 메테리아를 증오하는 마음은 온전히 오라버니 넘겨받은 것입니다. 즉 오라버니가 메테리아에게 품은 증오에는 망설임이 있다는 뜻입니다.

"''……''"

힐끔 시선을 보낸 곳, 미나리스 씨와 슈리아 씨는 메테리아의 등장에도 동요하지 않는 모습이었습니다. 눈앞에서 오라버니를 떠나보낸 경험까지 했던 두 사람이 그럼에도 불구하고 곧장 행동에 나서지 않은 채 조용하게 지켜보고 있다면 분명히 어떤 이유가 있을 것입니다.

그렇다면 오라버니의 여동생인 제가 성질 급하게 나설 순 없습니다.

애당초 오라버니는 저 여자와 대화 나누기를 바라왔으니까요.

'그렇다 해도 확실히 저 여자는 심장을 뽑혀 죽었었는데요……. 오라버니의 이야기로 이 세계에서 죽으면 혼에도 상처나 나기 때문에 사자 소생은 불가능하다고 말했는데…….'

"토와코, 이제 메테리아는 괜찮은 겁니까? 심장을 뽑혔다고 말을 들었습니다만…….”

미나리스 씨가 성녀 메테리아의 안부를 물은 상대는 선대 용사라는 소녀였습니다.

“나를 누구라고 생각하는 거야? 『마녀』이자 『해부자』이며 『연금술사』거든? 그런 정도의 장해는 전혀 별것도 못 된다네. 그리고 가장 큰 난관이었던 혼의 정착이라는 문제도 이 여자는 도박에 승리했지. 아니, 메테리아에게는 필연적인 결말이었으려나. 후후, 사랑에 빠진 아가씨는 무시무시하다니까. 설마 예언대로 이렇게까지 혼의 괴리가 없을 줄은 예상하지 못했어.”

“당연합니다. 설령 혼이 둘로 갈라질지라도 『저』 자신이 『저』인 이상 카이토 님을 사모하는 마음은 결코 달라지지 않습니다. 왜냐하면 저는 조금씩 조금씩, 차근차근 카이토 님을 스스로의 마음에 각인시켰으니까요. 설령 하급 신의 간섭을 받게 되더라도 이 근본이 달라지는 일은 절대로 없습니다. 그래요, 이미 결정된 거예요, 결정이 난 거라고요. 당연한 사실입니다. 당연한 사실이죠. 자연스러운 결과입니다. 운명이에요. 왜냐면, 왜냐면, 왜냐면, 저는 성녀이고 카이토 님의 제 사라…….”

그렇게 이야기하는 동안에 환각에 빠진 듯 말이 빨라지던 메테리아는 갑자기 실이 끊어진 인형처럼 말을 멈추더니 눈살을 찌푸렸습니다.

“……역시 다소는 유도당한 반신의 영향을 받게 되어버리는군요.”

“그야 그럴 수밖에. 비록 심장을 꿰뚫려서 망가졌다지만, 줄곧 육체에 머물러 있던 혼이잖아. 영향이 안 나타날 리 없지.”

"아아, 분하네요, 지긋지긋해요. 저는 이렇게 되고 싶어서 된 게 아닌데."

어깨를 으쓱이는 토와코 씨와 혼잣말하듯 중얼거리는 메테리아.

"뭐, 괜찮아. 금방 잠잠해질 테니까. 어쨌든 자넨 정신력만 가지고 이 세계의 속박을 뛰어넘은 사람이잖아."

"당연합니다, 제 마음은 저만의 것. 저는 제 자신의 의지로 카이토 님의 곁에 머무르기를 바랐으니까요. 고작해야 **성녀 따위에게** 지배당할 만큼 연약한 감정이 아닙니다."

"……음음, 역시 자네는 무척 흥미롭군."

단호하게 잘라 말하는 메테리아에게 토와코 씨는 빙긋이 웃어주었습니다.

"수다는 자유입니다만 너무 건방을 떨진 말아주시죠. 당신의 사정에는 동정합니다, 이해도 할 수 있습니다, 고려하겠습니다. 다만 저와 슈리아의 양보는 어디까지나 『보류』입니다. 답을 내리는 분은 주인님입니다. 또한 저희가 『보류』를 선택했어도 다른 공범자들이 무엇을 선택할지는 알 수 없습니다."

"예, 알고말고요. 상관없습니다. 설령 카이토 님께서 어떤 길을 선택하시더라도, 그럼에도 제 마음은 저의 것입니다. 아무것도 달라지지 않아요."

못을 박으려는 듯 말한 미나리스 씨에게 빙긋 웃으며 대답하는 메테리아의 태도는 확실히 진짜 성녀 같았습니다.

굳은 심지가 느껴지는 모습에 제 마음속 분노가 흔들립니다.

'어째서죠? 당신은 요라버니를 배반했던 원수가 아닌 건가요?'

이런저런 사정이 있는 것 같다는 사고와 그럼에도 끝내 사라지지 않는 증오, 둘 사이의 딜레마에서 당황하는 감정.

'저 여자의 이야기를 들어보면 조금은 마음도 정리가 되는 걸까요…….'

"자, 조금 자리를 좁혀주실 수 있으실까요?"

""가슴 괴물이 앉게 내어 줄 자리는 없느니라(없사와요)!""

"후후, 자네들, 갑자기 호흡이 딱 맞는구나."

발끈하며 소리 지르는 레티시아 씨와 슈리아 씨. 뜻밖이라는 듯이 놀리는 토와코 씨.

'아뇨, 하지만, 확실히 저 가슴은……. 이상하잖아요. 저런 지경의 거대함을 유지하면서 저 몸매는…….'

"어머, 어머. 그러면 어쩔 수 없네요. 여기에 앉도록 하죠."

제가 바보 같은 생각을 떠올리며 내심 침음하는 사이에 빙긋 웃으며 말한 메테리아는 오라버니가 잠들어 있는 침대의 옆쪽 간병용 의자에 몸을 얹고자 했습니다.

"어머나."

"무슨 짓을 하려는 겁니까. 제 방에서 저 의자에 앉게 놔둘 리 없잖습니까."

그러나 직전에 방 자체가 확대되듯이 쭉 넓어졌고 메테리아는 넓어진 공간에 불쑥 나타난 나무 의자에 앉는 모양새가 되었습니다.

"뭐, 유감이에요."

"아, 내 의자는 안 만들어도 괜찮아. 직접 마련할 테니까."

토와코 씨가 아무것도 없는 장소에 몸을 낮추자 명백하게 방의 모습과 어울리지 않는 폭신폭신한 소파가 나타났습니다.

"자, 우선 저희의 자기소개부터 시작하죠. 아, 여러분의 이름은 괜찮아요. 토와가 이 방에서 나눈 대화를 듣고 이야기해주었으니까요."

메테리아는 그렇게 말한 뒤 천천히 가슴께에 손을 가져다 대며 이야기를 시작했습니다.

"제 이름은 메테리아 로렐리아. 이 세계에서 성녀로 태어나 카이토 님께 사랑을 하고 이제야 성녀이기를 그만둔 여자입니다."

"성녀를 그만두었단, 말은?"

의아해하는 표정을 짓고 레티시아 씨가 질문했습니다.

"말의 뜻 그대로예요. 얼마 전 무사히 성녀 자리에서 물러날 수 있었습니다. 그 부분과 관련된 이야기도 조만간 설명해드릴게요."

온화하게 미소 지으며 메테리아 씨가 대답했습니다.

"자, 다음은 내 차례구나. 내 이름은 토와코 쿠로이. 거기 아가씨한테는 쿠로이 토와코라고 소개하면 이해가 쉽게 되려나? 검은[黒] 우물[井]이라고 써서 쿠로이(黒井), 숫자『십(十)』에 평화의『화(和)』 어린아이(子供)의『자(子)』를 써서 토와코(十和子)야. 지금으로부터 딱 300년쯤 앞서 이 세계에 소환됐던 선대 용사지. 이런저런 사정이 있어서 아까 이야기에 나왔던 현지 신, 루나의 몸에 셋방살이하는 신세야."

"……지금 자기소개에도 묻고 싶은 게 굉장히 많습니다만……. 아마 조만간 이야기를 들을 수 있겠지요?"

"그러게, 전제를 먼저 이야기해줘야 이해하기가 쉬울 테니까. 그리고 마지막으로 한 사람 더. 자, 루나. 자네도 마냥 틀어박혀 있지만 말고 나와보게나."

"와앗?!"

뿅, 효과음과 함께 약간은 얼빠진 목소리를 내며 나타난 것은 토와코 씨와 판박이의 모습을 가진 소녀. 다만 머리카락의 색이며 눈동자 색, 복장 따위가 전부 하얀색으로 칠된 모습에서 게임의 2P 캐릭터가 떠올랐습니다.

허공으로 불쑥 쫓겨나듯이 나타난 저 소녀는 아직껏 마치 풍선과 비슷한 물건처럼 둥실둥실 공중을 떠다니고 있습니다.

"저, 저기, 루나, 야? 신님이야? 오, 오랜만이네~? 그 무렵보다 되게 강해졌구나아."

"……오호, 즉 기억하고 있단 말이렷다? 그 던전에서 나와 카이토를 실컷 가지고 놀았던 만행을."

흠칫흠칫하며 루나라고 이름을 말한 소녀를 레티시아 씨가 이마에 핏대를 세운 채 노려봅니다.

『아, 예전에 주책 이야기에 나왔던…….』

『그래서 저 수다쟁이가 줄곧 조용했던 거예요…….』

미나리스 씨와 슈리아 씨가 얼떨떨하게 대화를 주고받고 있었습니다.

주책 이야기는 뭘까요. 나중에 꼭 물어봐야겠습니다.

"으읍……?! 자, 잠깐만, 진정하자!! 응? 응? 그냥 소소한 장난이었잖아~."

"그랬더냐, 장난이었더냐. 장난이면 어쩔 수 없구나."

"어? 마, 맞아! 장난이었어! 살짝 심술을 부려본 거야. 그러니까 용서해줘. 응? 용서해줄래?"

"음음, 용서할 리 없잖느냐? 이를 꽉 깨물거라?"

"어? 흐갸잉?!"

쿵, 둔탁한 소리가 나며 레티시아 씨의 주먹이 루나 씨에게 박혀 들어갔습니다.

"아파~앗, 속였겠다아앗!"

"흥, 당연한 소릴! 오히려 노릇노릇 굽지 않는 걸 감사하거라!"

"뭐래닛! 거짓말쟁이, 혹 생기겠네!"

분노가 가라앉지 않는 탓인지 아직 씩씩거리며 화내는 레티시아 씨와 꽥액꽥액 떠드는 루나 씨.

순간, 갑자기 중력이 몇 배로 가중되는 듯한 위압감이 주위를 둘러쌌습니다.

"이봐, 적당히 해라, 이것들아. 왕은 관대하나 이 이상의 촌극을 계속하겠다면 나의 이름을 걸고 벌을 내리겠다."

고드릭 씨가 노기를 내비치며 선언합니다.

그 압력 앞에서 저는 숨 쉬는 당연한 행동마저 제한된 듯한 감각에 빠져들었습니다.

"에이, 너무 화내지 말게나. 아무튼, 확실히 이야기가 너무 탈선한 것 같기도 하네. 나는 대화 나누는 걸 좋아하지만, 설명은 간략하게 마치는 게 좋겠지. 계속 이야기하겠어."

전혀 압력 따위 느끼지 않는 것처럼 여유로운 태도로 고드릭 씨를 달랜 사람은 토와코 씨였습니다.

"……흥, 다시 똑같은 촌극이 벌어진다면 나는 내 방에 돌아갈 테니 유념해라."

그 말과 함께 쓱, 전원이 꺼진 것처럼 중압감도 사라집니다.

"대강 자기소개도 마쳤고요, 얘기를 계속할게요. 세계의 성립에 대해서는 고드릭 씨가 말씀해주셨으니까 저는 이 세계에서 쭉 발생해왔던 촌극의 실상을 설명하죠. 마왕과 용사와 왕녀와 성녀. 저들이 어떤 존재인지를."

한 박자 사이를 두었다가 메테리아 씨는 이야기를 시작했습니다.

어딘가에서 들은 기억이 나는 것 같은 진부하고 특별할 것 없이 낡아빠진.

그런 까닭에 황망하리만큼 짜증이 나는 이야기를.

☆

"그러니까 말이야, 나는 이 세계에 『좋은 이름』은 아예 없다는 생각이 들어. 애당초 좋은 이름이란 게 뭐가 어떻게 『좋은』 이름인지 알 수가 없고. 네이밍 센스 어쩌고저쩌고도 결국 주관적이잖아? 타로라든가 뽀치라든가 간단한 건 센스가 없다며 투덜대는 주제에 너무 튀어도 안 된다고 불평하지. 진짜 도대체가 제멋대로라는 생각이 들지 않아?"

"……."

회색의 공간에서는 내 앞에서 책상다리를 하고 앉은 인영이 아직껏 이야기를 계속하고 있었다.

시간 감각은 진작 사라졌다. 꿈꾸는 듯한 부유감의 바다에 사고를 놓아버려서 몸의 윤곽마저 애매하게 느껴진다.

시곗바늘이 멈춘 것 같았다.

그렇지 않음을 알려주는 것은 끊임없이 줄곧 수다를 늘어놓는 눈앞의 검은 그림자뿐이었다.

'뭐, 딱히 상관없나. 이 정도는…….'

재가 내린다. 재가 내린다. 재가 내린다.

모든 것 전부를 덮어 가리는 재가 내린다.

그래, 이대로 전부를 덮어 감춰버려라.

모든 것 전부가 없었던 것처럼 사라져버려라.

이제 지쳐버렸다.

이제 지쳐버렸단 말이다.

재 속에서는 불이 타오르지 않으니까.

'사라져라, 사라져라, 사라져버려, 모조리 다.'

"그래서 또 잃어버렸단 말이지."

"……?"

그것은 검은 그림자가 꺼낸 첫 번째 질문이었다.

이제껏 늘어놓던 혼자 떠들기와 달리 나에게 사고를 강요하는 말.

그렇지만 나는 아무것도 생각하고 싶지 않았다.

사고는 지금 이 순간의 시간을 나아가게 한다.

"아니, 거참 말이야. 바보다, 바보다, 생각은 되게 많이 했거든?

진짜 어떻게 된 놈이냐고, 너는."

그러나 검은 그림자의 목소리는 도망치는 선택은 허락하지 않겠다는 듯이 내 머릿속에서 자꾸만 울려 퍼진다.

이제껏 귀에 들어와도 그냥 흘러가 사라져버리기만 했던 목소리가 마음의 표면을 까슬까슬한 무엇인가로 문지르는 감촉을 남기고 간다.

"잃고 잃고 잃어버리길 몇 번이나 자꾸자꾸 반복하면서 겉모양만 갖출 뿐 알맹이가 없는 반성만 하고, 결국은 이것도 저것도 아닌 어정쩡한 자식이지."

"……시끄러워."

"몇 번을 실패해야 직성이 풀리는 거야? 얼마나 잘못을 거듭해야 직성이 풀리는 거야?"

"시끄러워, 시끄러워, 시끄러워!!"

"네가 멍청했던 탓에 유토가 죽어버렸잖아? 애당초 그때 행동은 뭐냐? 줄곧 바깥에 안 드러나게 움직였던 주제에 계획도 없이 요란하게 법국에 뛰어들었지. 추태를 부릴 대로 다 부리고, 그런데도 네가 한눈에 보고 겁먹어버린 그 신 유사품에게는 흠집 하나 내지 못했어. 게다가 그 신 유사품을 알레시아가 가로채기까지 했잖아."

"닥쳐라!! 닥치라고!!"

"마지막에는 미나리스와 슈리아에게 끌려가면서 퇴장. 멋대가리를 대체 찾아볼 수가 없었지. 뭔 짓을 하고 싶었던 거야, 너. 레티시아와 재회해서 자신감이 팍팍 솟았어? 용사니 뭐니 치켜세워줬던 첫 번째 때처럼 신나게 쏘다니고 싶어졌던 거야? 응? 응?"

"아니야! 그런 게, 그렇지 않아!!"

마구잡이로 소리치며 검은 그림자의 말을 지워버리고자 한다.

그러는 나를 향하여 검은 그림자는 비웃음 짓더니.

"이래 갖고는 엘프 자식을 길동무로 자폭한 유토도 되게 억울하겠네. 전부 개죽음이 됐잖아."

나의 마음을 찢어발기고자 입을 열었다.

"크, 이 자식, 이 자식, 이 자식이이이이이이이이이이!!"

히죽히죽 웃으며 저주를 쏟아 내는 검은 그림자의 목소리.

"주위 녀석들한텐 이것저것 잘난 척 떠들어 댔던 주제에 정작 본인이 제일 어정쩡하다니까."

"닥쳐라아아아아아아아아아앗!!"

새빨갛게 물든 사고에 등 떠밀려서 눈앞의 인영에게 덤벼든다.

저 주둥이를 막기 위하여, 저 독설로부터 도망치기 위하여, 입에서 목소리가 나오지 못하게 목을 졸라버리고자 했다.

"끄앗……!!"

그러나 내 손은 녀석의 몸을 쓱 통과했고 곧장 꼴사납게 나자빠졌다.

"난폭한 녀석이구나, 어휴. 살짝 정곡을 찔렀다고 이렇게 나와. 요즘 젊은 녀석들은 참 싫다니까."

"……크!!"

검은 그림자는 매섭게 노려보는 나의 시선을 마치 산들바람이나 다른 무엇처럼 천역덕스러운 얼굴로 흘려보낸다.

"어우, 무서워라. 마치 부모님 원수를 보는 눈빛이야."
"시끄럽다! 나는 조용하게 가만있었는데, 네가, 네가!!"
"네가, 네가, 남 탓하지 마라. 이렇게 된 이유는 전부 네 탓이잖아? 유토가 죽은 것도 네가 바랐던 결과 아닌가?"
고개 돌리는 나를 위에서 들여다보듯이 내려다본 그림자는 커다랗게 호를 그리는 입으로 조소한다.
"큭?! 헛소리 마라!! 누가 그딴 걸 바랐겠어!"
"아니지, 네가 바랐던 결말이야."
"아니야!! 내가, 내가 바랐던 것은……!"

"복수, 아닌가?"

그렇게 말한 뒤 검은 그림자는 이제껏 봤던 중 가장 커다랗게 소리도 없이 나를 비웃었다.
"네가 줄곧 바랐던 것 아닌가? 복수를, 원념의 비명을! 증오의 피를!! 줄곧 줄곧 줄곧 찾아다녔으면서!"
"그, 그건, 난, 나는……."
"모든 걸 잊고 평온한 길을 선택할 기회는 분명 얼마든지 있었을 텐데! 레티시아 몫의 복수를 마쳤을 때! 원래 세계에서 가족과 재회했을 때! 미나리스의 복수를 완수했을 때! 슈리아의 복수를 완수했을 때! 미나리스를 노예 신분에서 해방시켰을 때! 두 번째 세계가 시작되었을 때!"
노래하듯 거듭 말을 토하며 검은 그림자는 제 팔을 커다랗게 펼쳐 보였다.

마치 나를 집어삼키려는 듯이 인영의 모습이 커다래진다.

"그러나! 너는 선택했다! 안녕을 버리고 선량함도 버리고 미래를 버리고! 그럼에도 너는 복수를 선택했다! 축하한다, 축하한다! 축하한다!! 덕분에 꽤 많이 죽이고 다녔잖냐!!"

"으읏, 큭……."

"권투사(레온)를 죽였더랬지! 상인(그론드)도 죽였다! 마술사(유미스)도 죽였고 왕도에서는 주민들도 죽였더랬다! 원래 세계에서는 마이를 상처 입혔던 상대도 죽였고, 멍청한 연구소 녀석들도 괜히 죽여버렸지!! 아, 다만 암살자(골드)와 요정(베리벨) 여왕은 유감이었겠어. 복수를 즐길 시간도 못 갖고 죽여버렸잖아! 게다가 성녀는 못 죽였고 말이야, 딴 녀석이 먼저 죽였으니까!"

노래한다, 노래한다, 노래한다.

커다랗게 펼쳐져서 마치 집어삼키려는 듯이 인영의 비웃음 소리가 반향한다.

——……【＊스＊ ＊시＊, ＊유 ＊킬【심＊】＊ ＊＊＊ ＊방되＊＊니다. ＊＊ 선＊＊ ＊＊＊＊＊.】

띠링, 시야 한쪽에 윈도우가 표시되며 대부분 노이즈가 섞인 기계음이 들린다.

그러나 저런 데 주의를 돌릴 만한 여유가 나에게는 없었다.

"남은 녀석들 중 아직 못 죽인 게 전사와 무희, 기사단장에 바보 귀족들과 왕가의 일파인가? 굉장하잖아. 첫 번째 때는 마지막까지 농락당하다가 죽어 나갔는데 벌써 몇 명을 죽여버린 거야. 잘됐네, 바랐던 대로 이루어졌지? 복수를 하고 싶었잖아? 전부 네가 바랐던 길이잖아?"

"바랐, 던……."

어둡게 어둡게, 회색의 세계가 어둡게 물들어 간다.

"그래, 네가 결정해서 네가 나아갔어. 지금의 이 상황을 향해, 나아가다가 설령 무엇을 잃어버리더라도 상관없다는 생각을 갖고 걸어왔잖아? 그럼 기뻐해라, 갈채해라, 환희해라. 유토가 살해당했어도 상관없잖아?"

"그럴 리 없잖냐!! 나는, 우리는 이 장소에서 벗어나기 위해 복수를……!!"

검은 그림자가 나를 집어삼키기 시작한다.

"그래서 이렇게 전진했던 게 아닌가? 주위의 모든 것 전부를 집어삼키며 태우는 불꽃을 목표로 전진했던 게 아닌가? 복수를 위해서라면 뭐든 하겠다고 결심했었을 텐데? 그렇다면 역시 바랐던 대로 된 셈이잖냐. 증오의 끝 저편으로『너 자신을 가져다 놓기 위해서』 유토를 이 길에 끌고 들어왔잖냐?"

——……【시스＊ 메시＊, 고유 ＊킬【＊＊】의 효＊＊ ＊방되었습

니다. *종 선** 개*됩*다.】

또 하나, 글자가 깨져 읽을 수 없는 윈도우가 나타난다.
그리고 또 어딘가에서 들었던 것 같은 기계음.
"그건! 유토를 공범자로 만든 건 그런 이유가!!"
"이봐, 이봐. 『더 굉장한 복수』를 위해서 너는 몇 명이나 공범자를 만들어왔잖아? 그럼 너희를 살리기 위해서 죽은 유토는 『더 굉장한 복수』를 연출하자는 목적에 따라 목숨을 바친 게 아니냐? 너희가 살아 있으면 복수는 쭉 계속될 테니 말이야."
발밑부터 동화되듯이 나의 몸이 그림자로 물들어 간다.

"그러니까, 맞아, 유토는 네가 죽인 셈이다."

발끝이, 발목이, 장딴지가, 무릎이, 넓적다리가.
"아니야! 아니야아니야아니야아니야!!"

"너는 앞으로도 쭉 죽일 테지. 증오하는 상대도, 그리고 같은 길 위로 끌어들인 공범자들도."

손가락이, 손목이, 아래팔이, 팔꿈치가, 위팔이.
"싫다! 싫다싫다싫다!! 잃어버리는 건 이제 지긋지긋해!"

"이봐, 이봐. 그런 소리를 하면 어떻게 하나. 네가 살아 있는 한,

네가 전진하고자 하는 한, 네가 복수를 바라는 한, 싫든 뭐든 간에 넌 주위의 전부를 불살라 죽이게 될 거다."

허리가, 배가, 가슴이, 어깨가, 목이.

나의 전부가 눈앞의 검은 그림자와 동화되어 간다.

어쩔 도리도 없이 거뭇하게, 딱딱하게, 싸늘하게, 겹쳐져 간다.

——……【시스템 메시지, 고유 스킬 【심*】의 효*가 해방되었습니다. 최종 선** 개시됩*다.】

"나는, 나, 는……. 더 이상, 복수 따위……."

또한 그림자는 코끝이 닿을 만큼 가까이에서 찢어져버렸나 생각될 만큼 입가를 끌어 올리며 비웃음 띤 미소를 지어 보였다.

"이제 와서 도망칠 수 있겠냐!! 너 자신이 불타 스러지는 그 한순간까지 말이다……!!"

——……【시스템 메시지, 고유 스킬 【심검】의 효과가 해방되었습니다. 최종 선정이 개시됩니다.】

——……【시스템 메시지, 고유 스킬 【심검】의 효과가 해방되었습니다. 최종 선정이 개시됩니다.】

——……【시스템 메시지, 고유 스킬 【심검】의 효과가 해방되었습니다. 최종 선정이 개시됩니다.】

——……【시스템 메시지, 고유 스킬 【심검】의 효과가 해방되었습니다. 최종 선정이 개시됩니다.】

——……【시스템 메시지, 고유 스킬 【심검】의 효과가 해방되었습니다. 최종 선정이 개시됩니다.】

——……【시스템 메시지, 고유 스킬 【심검】의 효과가 해방되었습니다. 최종 선정이 개시됩니다.】

——……【시스템 메시지, 고유 스킬 【심검】의 효과가 해방되었습니다. 최종 선정이 개시됩니다.】

——……【시스템 메시지, 고유 스킬 【심검】의 효과가 해방되었습니다. 최종 선정이 개시됩니다.】

——……【시스템 메시지, 고유 스킬 【심검】의 효과가 해방되었습니다. 최종 선정이 개시됩니다.】

——……【시스템 메시지, 고유 스킬 【심검】의 효과가 해방되었습니다. 최종 선정이 개시됩니다.】

──……【시스템 메시지, 고유 스킬【심검】의 효과가 해방되었습니다. 최종 선정이 개시됩니다.】

──……【시스템 메시지, 고유 스킬【심검】의 효과가 해방되었습니다. 최종 선정이 개시됩니다.】

어딘가에서 본 적이 있는 저 비웃음 짓는 얼굴이 나의 사고까지 까맣게 뭉개버린다.

마치 아지랑이가 가물거리듯 시야가 온통 까맣게 물들어 가는 와중에 엄청난 숫자의 윈도우와 기계음만이 반복해서 명료하게 울려 퍼진다.

재의 눈이 내리는 세계에서 나의 존재는 검은 무엇인가에 뒤덮여 사라졌다.

☆

"자, 세계의 진실을 알게 된 너는 무엇을 선택할 테냐? 빨리 결정해라, 아니면 네 몸은 우리가 이용해주겠다."

재의 세계에서 뒤쪽에 배어 나오듯 나타난 것은 직전까지 카이토와 대화를 주고받던 검은 그림자였다.

그곳에 있는 것은 방금 전 모습과 다를 바 없이 오로지 전부를 고요하게 뭉개버리는 듯한 재의 눈이 내리는 광경이었다.

단 검은 그림자의 앞에 있는 것은 카이토가 아닌 흑색의 구체.

"극복해 내라. 이래 봬도 우리는 너를 높이 평가하니까."

검은 그림자는 카이토를 감싼 흑색의 구체 앞에서 털썩 앉는다.

"나를, 우리를 해방해 내라. 모든 것을 끝내기 위해서. 우리의 불꽃은 너의 안쪽에도 있으니까."

☆

오를레아 왕국.

순도 높은 광물이 산출되는 곳으로 알려져 있는 그 귀족령도 지금은 옛 번영을 찾아볼 수 없는 괴물의 소굴로 전락했다.

""카아아아아아아, 크으르르.""

""부오아, 부오아, 부오아.""

번식 주기가 짧으며 고품질 소재를 구할 수 있는 D랭크 마물이 마구 날뛰는 곳인지라 기사단 및 모험가들이 다수 들락거린 숲에 더 이상 인영은 없었다.

그뿐 아니라 마물의 모습마저도 없고 생태계가 완전히 파괴되어 무언가 수목에 기생당한 생물만이 좀비처럼 신음 소리를 지르며 배회하고 있었다.

""모조리이이…….""

""불린, 다. 씨앗, 씨앗, 씨아앗……""

항상 다부진 광부들이 가득 넘쳤고 순도 높은 지하자원을 풍부하게 품고 있었던 광산은 싹 활기를 잃어버렸다. 숲과 마찬가지로 무언가 수목에 기생당한 광부들이 절규인지 말인지 가늠할 수 없는 소리를 내지르며 배회하고 있다.

""어디, 불어난다, 불어나라, 심어라, 심어, 심어……""

""바부바부바부우우우우우.""

또한 수많은 주민이 생활하는 곳이었고 사람들의 웃는 얼굴과 떠들썩한 소리로 가득했었던 도시도 기이한 광경을 내비치고 있었다.

도시에는 인영이 거의 없었다. 아니, 정확하게는 온전하게 남은 인영이 없었다.

거리를 오가는 것은 숲과 광산과 마찬가지로 온몸 대부분을 수수께끼의 수목에 기생당한 **인간이었던** 것.

가까스로 얼굴만 남아 있는 정도의 무언가가 대부분이며, 괴물이 된 인간이라기보다도 나무 괴물에 인간의 얼굴 비슷한 가면을 한 개 씌운 모습 같았다.

입에서는 의미가 없는 신음만 흘러나올 따름이다.

극히 드물게 얼굴 부분 이외에도 인간의 몸을 남겨 둔 것들이 있었지만, 그럼에도 단어를 되풀이하며 입 밖에 꺼내는 정도.

하지만 모든 개체가 똑같이 눈에 이성의 빛을 담아내지 못한다.

이성을 지닌 인간의 손을 벗어난 그 도시에는 이미 현 상황을 염려할 수 있는 생물은 남아 있지 않았다.

제2장 세계의 이면에서

검은 무언가에 덮여 뭉개진 뒤 얼마나 되는 시간이 흘러갔을까.

정신을 차렸을 때 눈앞에 있는 것은 익숙한 심검의 능력을 표시하는 메시지 창.

그리고 눈 아래에는 푸른 별이 있었다.

"이건……."

지구와 똑 닮은 저 별은, 다만 머릿속에 있는 지구의 모습과는 몇 군데 다른 점이 있었다.

우선 띄엄띄엄 보이는 육지의 형태가 한눈에 봐서 알 만큼 지구의 배치와 달랐다.

아울러 몇몇 바다 위쪽의 대륙은 풍요로운 자연의 녹색이 가득 넘쳐나는 대지와 음울한 회갈색의 황야가 펼쳐져 있는 대지로 이분되어 있었다.

"이곳은 제가 소환되었던 당시 이 세계가 지녔던 모습입니다. 종말의 용사여."

"너는……."

목소리가 들려 얼굴을 돌리자 그곳에는 어슴푸레한 빛 덩어리가 있었다.

"너는…… 누구지?"

"저는 이 세계에 처음 소환되었던 용사입니다."

아마 여성의 음색이었다. 어딘가 앳된 느낌을 주는 높은 목소리. 그것과 잘 어울리지 않게 차분하고 억양이 억제되어 있는 화법.

신기하게도 의심이나 의문은 떠오르지 않았다. 저 말이 맞음을 가만히 수긍하는 확신만이 마음에 남았다.

"우선 이 세계의 성립부터 말씀드리지요."

빛은 나에게 이 세계의 성립에 대해 이야기했다.

우선 현지의 신 루나가 흡혈귀를 만들어 내서 각종 아인을 만들어 냈던 것. 다른 세계에서 온 하급 신 루나리스가 나타나고, 현지의 신 루나를 쫓아내 인간을 만들어 냈던 것. 더욱이 하급 신 루나리스가 본래 있었던 세계의 신이 이 세계에 개입하여 마족을 만들어 냈던 것.

그리고 마족과 인간에 의한 이세계 신의 대리전이 이 땅에서 벌어졌다는 것.

"이계에서 개입하고 있는 신은 마족을 써서 『세계의 살아가는 힘』, 당신이 이해하기 쉽게 말하면 이 세계의 리소스를 빼앗아 가고 있어요. 마족이 혼 있는 생물을 죽이고, 경험치로서 리소스를 축적하고, 그때 얻어 낸 일부를 이계의 신에게 보냅니다."

"흐음."

"본래는 다른 세계에서 신격을 가지지 못한 신이 세계의 힘을 빼앗고자 해도 현지의 신이 막겠습니다만, 현재 신격을 보유한 신은 신역에 있지 못하는 터라 간섭을 배제하기가 불가능한 상황입니다. 세계의 리소스를 다 빼앗겨버리면 이 세계는 생물이 태어나지 않는 죽음의 세계가 될 테지요."

"그런 건가."

툭 맞장구를 친다.

"……별로 흥미가 없나 보네요."

"아, 그런가, 흥미가 없는 건가, 그랬던 건가."

머릿속에 아지랑이가 들어찬 것 같다. 자신이 무엇 때문에 여기에 있는지, 그 이유조차 모르겠다. 그러니까 빛이 이야기하는 말이 머리를 쓱 지나쳐 사라져 간다.

"그렇습니까. 그럼 당신이 흥미를 가질 법한 이야기를 들려드리죠. 마왕과 용사와 왕녀와 성녀에 대해."

꿈틀, 무의식중에 몸이 반응했다.

"방금 전 이야기했던 대로 마족과 그 밖의 생물이 살육전을 벌이며 이 세계는 전투로 가득 차게 되었습니다. 그리고 이계의 신은 더욱 효율적으로 리소스를 얻기 위하여 더욱 강하게, 또한 이 세계에서 효율적으로 리소스를 갈취할 수 있도록 진화하는 마족을 만들어 냈습니다. 그것이 『마왕』입니다. 마왕은 리소스를 잔뜩 축적하고 결국에는 『마황수』가 되어 온 세계에서 직접 리소스를 빨아들입니다."

눈 아래에 있는 대륙에서는 하늘을 꿰찌를 만큼 거대한 수목이 몇 그루인가 서 있는 곳이 보였다.

그리고 그 수목이 솟은 장소에는 예외 없이 쩍 갈라진 황야가 펼쳐져 있다.

"이에 대항하기 위하여 『용사』라는 존재가 고안되었습니다. 인간에게 루나리스가 가호를 내린 존재입니다. 그러나 본래가 하급 신이었던 존재와 이계에 머물며 다른 세계에 간섭 가능할 만큼 고차

원의 신은, 작품의 완성도에 차이가 있었습니다. 이 세계의 용사가 가진 능력으로는 마왕을 쓰러뜨리기 위해 몇 명이나 되는『용사』가 필요했습니다."

"……."

"그뿐 아니라 신격이 없는 루나리스가『용사』와 같은 이레귤러의 존재를 만들어 내기 위해서는 선택한 인간에게 이 세계의 리소스를 대량으로 쏟아부어야 할 필요가 있습니다. 설령 마왕을 쓰러뜨린들 이래서야 의미가 없습니다. 게다가 애써 만들어 낸 용사가 마왕에게 패배한다면 마왕은 대량의 리소스를 얻어『마황수』로 바뀝니다. 고민한 끝에 하급 신이 선택한 것이 또 다른 세계에서『용사』를 불러오는 방법이었습니다."

"그런가."

"다른 세계에서 리소스를 모아 보태고,『신역』을 통해 세계를 건너, 그 과정에서 발생하는 부하를 견디며 강인한 힘을 얻게 된 용사. 그런 인물을 이 세계의 주민으로 소환함으로써 잃기만 했던 리소스를 이 세계에 공급하고, 마왕 토벌의 목적도 양립시켰습니다. 다만, 그럼에도 또 문제가 발생했습니다. 이 세계에서 마물과 마족을 쓰러뜨리고 경험치라는 명목의 많은 리소스를 축적하여 마왕을 토벌했던 용사들은, 당연하게도 다수가 원래 세계로 돌아가고 싶어 했으니까요."

"뭐, 그야 그랬겠지."

"그것은 루나리스에게 최악의 사태입니다. 결국 이 세계의 리소스를 축적할 만큼 축적한 존재가 이 세계에서 떠나버리는 셈이지요. 따라서 루나리스는 용사에게 이 세계에 남고 싶어지는 이유를 마련해주었습니다. 그것이 『왕녀』의 역할입니다. 왕녀는 불려 온 용사의 마음속 깊이 들어가서 이 세계에 남을 멍에가 될 수 있도록 루나리스에게 디자인되어 태어난 인간입니다."

신께서 몸소 기획한 허니 트랩이란 소린가.

웃기지도 않는 소리지만, 이해하지 못할 이야기도 아니다.

"용사라며 본인을 우러르는 민중, 왕가의 일원이 되는 권력, 고난을 함께한 매력적인 여성. 명예와 지위, 여인을 두루 제시해서 이 세계에 붙잡아 두려는 계획이었지요. 그리고 만약 그럼에도 불구하고 이 세계에서 떠나가고자 하면 『왕녀』에게 용사를 죽이게 합니다. 그러면 이 세계에서 리소스가 유출되지 않지요."

머릿속에 알레시아의 모습이 떠오른다.

"흐음, 그러면 『성녀』는 어떤 역할이 있지."

"왕국은 인간 지상주의로 결집한 곳입니다. 이 사상은 인간을 만들어 냈던 루나리스에게는 물론 편리했습니다만, 모든 용사가 받아들일 만한 사상은 아니었지요. 이 세계에는 수인, 엘프, 드워프와 같은 아인을 멸시하는 사상에 공감할 수 없는 용사가 늘어났거든요."

당신처럼요, 눈앞의 빛은 말했다.

"사상의 차이 때문에 받아들여지지 못하는 『왕녀』 대신에 같은 성격의 꼭두각시로 준비된 것이 『성녀』입니다. 『왕녀』가 애당초 신뢰를 주지 못해 받아들여지지 않은 경우나, 자객으로 돌변했다가도 용사에게 맥없이 격퇴당하는 사례가 있었습니다. 그래서 그에 대비하는 시나리오가 전 세계의 표적이 된 『용사』와 유일한 조력자로 남는『성녀』의 구도였지요."

"……나 때는 메테리아가 곁에 없었는데."

"그 이유는 당신이 마왕을 쓰러뜨리지 않고 도리어 연인 관계가 되었기 때문입니다. 일단 최우선의 목적은 마왕 토벌. 무엇보다 당신은 원래 세계로 귀향하겠다는 마음이 너무 강했으니까요. 처단하는 것 이외에 선택지가 없었겠지요."

"그렇군. 확실히 앞뒤가 대충 맞아떨어져."

"자, 이렇게 제가 말할 수 있는 세계의 구조 이야기는 전부 끝났습니다. 이 이야기를 들은 당신은 어떻게 하겠습니까?"

마왕, 용사, 왕녀, 성녀.

확실히 모든 인물의 역할이 각자에게 할당되어 있다.

쓸데없는 배역이 없는 진부한 스토리 라인.

듣고 보니까 놀랄 이유가 티끌만큼도 없는 삼류 각본이다. 하지만…….

"아무래도 좋아, 이제는……."

질문에 대답하여 나오는 말은, 아무 의지도 없는 맥 빠진 말뿐이었다.

그저 한없이 가슴을 꽉 채우는 허무감이 모든 대상에게서 흥미를 잃게 만들었다.

무언가가 결여되어 있었다. 마음을 지탱해주는 무언가가, 원동력이 되어 마음을 채워주었던 무언가가, 지금은 분명하게 결여되어 있었다.

그 회색의 세계에서 줄곧 느껴야 했던 위화감.

"아무래도 좋아. 그래, 복수 따위, 난 아무래도 좋았던 거야."

그 말은 툭, 입에서 새어 나왔다.

"겨우 알았어. 나는 복수를 했던 게 아니다. 복수를 요구당했을 뿐이지. 뭐가 『앞으로 나아가기 위한』 복수냐. 이딴 어설픈 촌극이 다 있군."

자신의 마음속 깊숙한 곳.

검은 그림자에게 집어삼켜지며 나를 정의하는 윤곽은 진정한 의미에서 나 하나만이 남았다.

그래서 겨우 알았다. 나의 복수심은 나 자신이 만들어 냈던 것이 아니다.

"나의 복수심은 너…… 아니, 너희의 감정이었잖아? 너희들, 선대 용사들의 감정을 내 것으로 착각했던 셈이지."

심검, 나의 고유 스킬.

줄곧 나의 마음이 만들어 낸 검이라고 생각했었다. 그런데 그게 아니었다.

이렇게 멍청할 수가. 심검은 나의 마음이 아닌 누군가 다른 사람의 마음이 한데 모여서 만들어 낸 힘이다.

지금은 분명하게 알 수 있다.

"어째서 그리 생각하는 겁니까?"

"왜냐면 너, 【시초의 심검】이잖아?"

내가 처음으로 손에 넣었던 심검.

아주 조금 모습이 바뀐 정도로 못 알아볼 만큼 얄팍한 관계가 아니다.

이 공간이, 이 상태가 어떤 것인지 정확하게 파악할 순 없다만, 이런저런 것들을 깎아 내버린 듯한 지금의 상태 덕분에 눈앞의 상대에게서 받는 감각도 더욱 민감해졌다.

"……."

저 침묵은 반증, 곧 긍정이었다.

"네가【시초의 심검】이라면 다른 심검들도 아마 비슷한 입장이었을 테지. 종류라든가 힘의 차이라든가 생각하면 전부가 용사는 아니었겠지만……."

"예, 맞는 말입니다. 당신은 지금 심검의 힘 안에 있습니다. 이 장소는 그 힘들 중 일부입니다."

"……요컨대 그 검은 그림자는 심검 자체였단 말이군."

이곳에 오기 전 나를 집어삼켰던 검은 그림자.

눈 속 깊숙이 강렬하게 각인되었던 존재감은, 그래, 확실히 그 녀석을 가슴에 담은 인간을 괴물이라 불릴 만한 실력자로 바꿔 놓기에 족히 어울리는 힘을 가지고 있었다.

"그 검은 그림자는 어떤 심검의 인격이지? 그 녀석도 너희들 중 한 사람일 텐데?"

"아니요. 그것은 이 힘의, 당신에게 심검이라는 힘으로 깃든 용사들의 원념과 같은 그림자입니다. 누군가 한 사람이 아니라 심검(저희들)의 총체로서 존재하는 모습. 서로 뒤섞여 녹아들고 더욱 진하게 물든 심정이 유사적인 인격을 형성했을 뿐입니다."

"그게 심검의 본질이었단 소린가. 그래, 그런 게 줄곧 내 정신에 있었고, 그랬던 탓에 너희의 복수심이 상처 입었던 내 마음에도 깊이 스며들었던 건가. 내가 자기 자신의 감정으로 착각할 만큼."

이렇듯 순수하게 나 하나가 되어 보니까 나의 마음은 구멍이 뻥 뚫려서 아무것도 남아 있지 않았다.

첫 번째 세계에서 이미 옛날에 쓰레기가 되어버렸던 이 마음을, 심검이 줄곧 불태워 온 복수심으로 채워 놓았을 뿐이었다는 뜻이다.

그러니까 이렇게 유토를 잃고 껍데기 속에 틀어박힌 채 진정한 진짜 나만이 남자, 나의 정신은 이렇게나 구멍투성이가 되어버렸다.

"그게 당신의 선택입니까?"

"내가 무언가를 하려 들어도 결국 주위의 사람들을 끌어들여서 파멸할 뿐이다."

"……."

"이제 지긋지긋해. 나 때문에 유토가 죽었어. 나는 또 잃고 말았지."

"……그러니까 싸우지 않고 틀어박히겠다고요? 루나리스의 힘을 지배한 왕녀가 최후에는 당신의 모든 것을 부수러 올 텐데요?"

"그래, 알아. 그 녀석은, 이미 나 이상의 괴물이니까."

그때, 루나리스가 강림하고, 그 힘을 알레시아가 지배했을 때.

알레시아가 가진 존재의 **격**이 팽창하는 것을 느꼈다. 바로 알았다. 지금의 내 역량으로는 도저히 대항하지 못할 만큼 강력해졌다고.

존재의 질부터가 변질되었기에, 나와 레티시아 이상으로 인간의 형태를 취했을 뿐인 괴물이 되었다.

진짜 신마저 거두어들인 그 힘은 글자 그대로 격이 다르다. 온정신이 복수에 홀린 게 아니라면 대결은 아예 성립되질 않는다. 지금 이대로는 그냥 자살이다.

“분명 그 여자는 완전히 인간의 영역을 뛰어넘었습니다. 신의 위계를 드러내기만 해도 대부분의 상대는 제대로 싸울 엄두를 못 내겠지요. 게다가 세계수…… 아뇨, 지금은 마황수라고 불러야겠지요. 그것의 성질을 이용해서 지금도 힘을 비대화시키고 있을 겁니다.”

“…….”

여기에 있는 것은 대결조차 안 될 만큼 무자비한 지경의 전력 차.

그야말로 증오의 감정 때문에 눈이 흐려지지 않으면 움직이지도 못할 만큼, 제대로 된 전투를 수행하지도 못한 채 패배의 순간을 직감하게 될 만한 괴물 같은 강력함.

“다만 저희의 힘은 그 여자의 영역을 족히 침범할 수 있는 위력을 보유했습니다.”

“흐음, 그런가. 그렇겠군. 새삼 객관적으로 보니까 굉장하구나, 너는. 아니지, 너희들인가.”

심검이 잠재적으로 간직하고 있는 힘— 용사의 힘은 이렇게 새삼 마주하고 보니까 분명 일말의 기대감을 떠올릴 만한 성질이 숨겨져 있었다.

다만…….

“그렇지만, 미안하게 됐네. 난 제대로 다룰 수 있을 것 같지가 않아…….”

쭉 축적되어온 힘은 충분하더라도 정작 힘을 다루기 위한 나라는 토대가 온통 갈라져버렸다.

“지쳐버렸거든, 진짜. 자신을 속이지도 못할 정도로 지쳐버렸어. 내게는 더 이상 계속 걸어갈 힘이 없어.”

"모른 채 넘어갔던 것을 그토록 후회하고, 구하지 못한 채 끝나버렸던 것을 그토록 슬퍼하고, 지금 이 순간이야말로 당신이 맹세했던 진짜 복수의 길인데도요?"

"후회했던 건 진짜야. 슬퍼했던 것도 진짜지. ……다만, 복수는 내 선택이 아니었을 뿐이야. 자기 손으로 소중한 것을 부술 바에야 이대로가 좋아."

그러니까 하다못해 지키고 싶은 것을 자신의 행동으로 부숴버리는 일이 발생하지 않도록.

"이래선 심검(저희들)이 곤란합니다. 거듭 고통과 괴로움의 시기를 견디며 오직 한결같이 힘을 비축했고, 줄곧 기회를 살펴왔습니다. 그저 오로지 신을 죽이기 위해."

그 순간 바람이 불어 흔들리는 불꽃처럼 화륵, 빛 구슬의 윤곽이 비뚤어지며 깜박였다.

"저는 자신이 죽기 직전에『용사』라는 개념에 장치를 만들어 놓았습니다. 저같이 이세계에서 소환된 용사에게 힘을 빌려줄 수 있도록. 또한 비명의 죽음을 맞이했을 때 이곳으로 인도하여 힘을 축적할 수 있도록."

"……."

"당신이 살아 있는 사람인데도 이곳에 불려 온 까닭은 이제 다음 기회가 없을 것이라 판단했기 때문입니다. 이대로 알레시아에 의한 지배가 확립되면 다음 대 용사는 태어나지 않을 겁니다. 즉 제가 마련한 이 힘의 목적을 달성해줄 실행자로서 당신이 선택받았다는 뜻입니다."

“그건 너희들 사정이지. 하고 싶다면 뭐든 알아서 해라. 나는 더 이상, 내가 섣불리 나섰다가 뭔갈 잃어버리는 걸 견딜 수 없어…….”

분명 이 정신세계에서 덜컥 나가면 복수의 성검의 힘으로 나는 복수의 불길에 타오르게 될 것이다.

다만 지금은 그렇게 되고 싶다는 생각을 할 수 없었다.

“그렇다면 심검(저희들)이 당신의 몸을 빼앗을 겁니다. 당신의 몸을 재구성해서 숙원을 이루기 위해 사람의 한계를 초월하는 힘을 휘두르겠지요. 그 경우 당신의 자아는 잘려 나가서 남지 않습니다. 개인으로 존재했던 당신은 심검(저희들)의 안에서조차 형태를 유지하지 못한 채 종언을 맞이합니다. 그래도 괜찮다는 겁니까?”

인간을 관두고 괴물이 되어 결국은 자아가 죽게 된다는 말인가.

하지만…….

“그게 너희에게 쭉 끌려다니며 복수를 해온 과거와 뭐가 다르지?”

“…….”

“뭐, 아무튼 이젠 다 됐어. 내 몸을 너희가 마음대로 들쑤시든 말든 어쨌든 알레시아를 쓰러뜨릴 수 있다면, 그렇게 모두를 구할 수 있다면 괜찮다. 내 전부를 너희에게 넘겨주겠어.”

“……정말 괜찮다는 말씀이지요? 당신에게 깃든 힘은 어디까지나 힘에 불과해요. 당신이 그릇을 증명하면 심검(저희들)은 어디까지나 당신의 힘 일부로서 적을 멸하는 검이 되어줄 겁니다.”

“그러니까, 몇 번이나 말했잖아? 이제, 난 이제…… 나아갈 수 없어.”

괴로운 때가 있었다. 고통스러운 때도 있었다. 절망했던 때도 있었다.

그러나 어떤 때에도 일어나서 다시 나아갔다.

다만 그 검은 그림자의 말대로 몇 번을 시도해도 나는 잘못을 반복하며 그때마다 무언가를 잃어버렸다.

그렇다면, 더 이상은.

"내 몸도, 이딴 멍청이가 쓰는 것보단 훨씬 더 낫겠지."

"……그렇습니까. 그것도 또한 선택지 중 하나겠지요."

"그래, 부탁하자. 나 대신에 저 녀석들을 구해줘라."

"…………."

그 말을 마지막으로 나의 눈앞에서 빛은 사라졌다.

그리고 주위 광경이 사락사락 모래가 허물어지듯 사라져 없어지더니 대신에 미궁 깊숙한 바닥과 같은 어두운 장소가 나타났다.

어딘가 첫 번째 때 내가 목숨을 잃어버렸던 장소와 비슷한 것은 모종의 야유일까.

"……겨우 혼자가 됐나."

지면의 싸늘함도 아무것도 느끼지 않으며, 다만 조금씩 조금씩 나 자신의 존재가 심검의 힘에 물들어 가는 것을 느낀다.

문득 손가락을 내려다보면 극히 일부가 뭐라 표현하기 어려운 섬뜩한 하얀색으로 물들어 있었다.

분명 이대로 가면 나는 내가 아니라 단순히 힘의 일부가 될 것이다.

"……드디어 끝나는 건가."

길고 길었던, 정말 긴 여로였다.

나는 또 회색의 세계에 있던 때와 마찬가지로 천천히 눈을 감았다.

☆

"이게 도대체 어떻게 된 영문이더냐!"

이 장소에 들어와서 어느덧 사흘.

우리는 카이토의 상태에 대해 따지기 위해 토와코의 방문을 열었다.

앤티크 기조의 방 안에는 찻잔을 한 손에 들고서 책을 읽는 토와코가 있었다.

"어찌 된 영문이 뭔데, 갑자기 무슨 소리인가. 어쨌든 문은 조용히 좀 열어주겠나? 놀라서 책에 홍차가 쏟아지면 곤란하잖은가."

토와코는 특별히 놀란 기색도 내비치지 않은 채 조용히 찻잔을 탁자에 내려놓더니 이쪽을 일별했다.

"끙, 그건 미안하게 되었다. 한데 그보다 카이토에 대해 이야기를 듣고 싶구나."

첫날에 손을 써 기절시켰던 카이토가 아직껏 깨어나지 못했다.

혼란에 빠진 카이토를 진정시키기 위한 기절이라 생각했건마는 이리도 깨어나질 않는 데야 잠자코 지켜볼 순 없는 노릇이다.

"카이토는 줄곧 잠든 채 깨어날 낌새도 없구나! 네 녀석, 무슨 짓을 했느냐!"

"그런가. 하지만 난 며칠은 못 깨어난다고 처음에 분명 말했어. 게다가 뭔 짓이 뭐겠어, 너도 다 봤잖아. 네 『마왕의 진안(眞眼)』이라면 마력의 본질을 꿰뚫어 볼 수 있을 텐데?"

"그건……."

토와코가 한 말은 『마왕핵(魔王核)』을 보유한 자가 부여받는 고유 스킬, 『마왕』에 부가된 기능 중 하나.

『마왕의 진안』은 모든 마력의 본진을 간파하며, 슈리아가 가진 『진홍의 눈동자』 등 마력 투시에 속한 최강의 힘이다.

"그건 육체가 있는 상대에게 그냥 단순히 심한 마력 취기를 일으켜서 정신을 강제로 휴면 상태로 만들기만 하는 힘이야."

"그래, 옳은 말이구나. 그래서 그 자리에서는 좋게 넘겼다만……."

확실히 그때 발현된 마법의 본질은 목격했다.

이 세계의 인물이라면 떠올리지도 않을 과하게 복잡한 술식 위에서 성립되었던 마법. 대상의 마력 회로에 개입하여 저항을 올렸다가 내렸다가 함으로써 유사적인 마력 취기를 발생시키는 수법이었다.

그러나…….

"나의 견해론 이미 카이토가 깨어나야 했느니라. 실제 카이토의 마력 흐름은 이미 정상으로 돌아왔잖느냐. 한데도 막상 카이토의 의식은 돌아오지 않았구나."

지금도 카이토는 계속 잠들어 있다.

마치 깨어나기를 거부하는 것처럼.

"그 힘은 단순한 저주 마도가 아닐 테지. 네 고유 스킬이라 짐작된 힘이 섞여 있었으니."

"그러게. 확실히 내가 구사하는 마술은 고유 스킬의 힘을 이용하고 있어. 그런데 자네의 그 힘은 고유 스킬의 술식조차 파악할 수 있을 텐데?"

토와코의 말이 맞았다.

마력의 흐름뿐 아니라 더 나아가서 본질을 보는 이 눈동자는 고유 스킬의 술식마저도 벌거숭이인 양 들여다볼 수 있다. 아울러『마(魔)의 지배자』의 능력으로 파악한 힘을 모방까지 해낼 수 있다.

그뿐 아니라 술식의 깊은 바닥까지 전부를 파악 가능한 터라 본인이 정작 끌어내지 못하는 진정한 힘마저 구사할 수 있다.

카이토는『고유 스킬 무한 복사는 진짜 반칙이잖아!』라고 말했더랬지. 그럼에도 말이다, 이런 힘을 씀에도 불구하고 진리를 파고들 수 없는 힘이 있구나.

"확실히 사용했던 힘의 내용은 보았다. 술식의 작용은 순수하게 힘의 강화 증폭과 감쇠 방지의 효과였지."

"잘 아네. 내게 발현된 힘 중 하나,【연구자】에는 그런 효과가 있어. 그때 쓴 마술에도 같이 사용한 거야. 그렇게라도 안 하면 지금의 저 녀석에게 의식을 빼앗는 지경의 힘까지는 아마 못 되었을 테니까."

"그게 전부는 아닐 터인데? 마왕의 힘으로도 용사가 보유한 고유 스킬의 본질만큼은 모방할 수가 없느니라."

토와코는 카이토와 같은 용사의 위치에 있었다. 나는 용사의 힘을 완전하게 꿰뚫어 볼 수 없다.

첫 번째 때 아직 카이토가 별 힘을 기르지 않았을 때조차 나는 밑바닥을 꿰뚫어 볼 수 없었다. 본질을 미처 다 파악할 수 없었고, 안쪽에 더 안쪽에 파고들어 찾아냈는가 생각할 때면 벽을 사이에 둔 건너편에 다시 새로운 본질이 존재하고 있었다.

마치 미궁과 같은 힘이었더랬지.

그런데다가 모방하고자 해도 핵이 되는 무언가의 힘을 재현할 수 없어서 어설픈 흉내질밖에 되질 않았다.

"분하지만 나로선 네 녀석의 바닥을 가늠할 수 없구나. 그때 쓴 술법도 나에게는 보이지 않은 무언가가 더 있었을 테지. 그런 게 아니라면 카이토는 분명히 벌써 깨어났을 터이니."

"흠? 당대 용사의 힘을 완벽하게 술식까지 다 파악하지 못하는 거야 맞겠지만, 지금 내 힘까지 간파하지 못한다는 건 자네의 착각이라네. 그때는 딱히 자네의 눈을 속여 넘기려는 술식은 포함시키지 않았거든."

'역시나. 작정하면 나의 눈조차 속일 자신이 있단 말이렷다.'

그 사실에 약간의 분함이 느껴지나 지금은 괜한 감정보다도 카이토의 안부가 우선이었다.

"애당초 자네의 눈이라면 저 남자가 처한 상황이 어떤지는…….
아니, 혹시나……."

갑자기 무언가를 깨달은 듯 일어선 토와코가 나의 앞으로 쓱 다가든다.

"잠시만 살펴보겠어."

"뭣……?!"

한마디 꺼낸 토와코는 나의 가슴에 손을 가져다 댔다.

"무슨 짓이더냐!"

"어이쿠, 아니, 잠깐 마왕핵의 상태를 확인해봤을 뿐이야. 그래, 어딘가에서 내가 남겼던 어중간한 자료를 보고 마왕핵에 봉인 처리를 펼쳐 놨었구나. 그래서 저 남자의 상태를 미처 투시하지 못했던 건가."

"음! 뭐라고?"

나의 마왕핵은 첫 번째 때 카이토가 찾아 알려준 방법을 써서 폭주하지 않도록 처리를 마쳐 놓았다. 그 때문인지 확실히 다소 힘의 활용이 불편해진 것은 느껴왔다.

뭐라 표현할까, 두꺼운 가죽 장갑을 착용한 듯한 감각이구나.

"어휴, 난처한데. 이 방식이면 아마도 하이 엘프의 마을 바위에 남겨 둔 쪽지에서 이론을 세운 건가? 낚싯밥이 될 것 같아서 그냥 던져 놨다가 잊고 있었네. 이럴 줄 알았다면 귀찮아하지 말고 정리하는 게 좋았겠어."

흠흠, 혼자서 납득하는 모습으로 토와코가 고개를 끄덕거렸다.

"어쨌든 간에 이 상황은 나도 달갑지가 않네. 완전한 방법으로 바꿔 고쳐주도록 하겠어."

"므얏?! 잠, 잠깐만, 힛, 아, 아앗, 흐얫!!"

"예, 예에, 얌전히 있자. 봉인이 넘친 부분만 깎아 낼 테니까 금방 끝나."

딱, 토와코가 손가락으로 소리를 내자 반짝반짝 회전하는 마력 구체가 위성처럼 돌아다닌다.

그때마다 나의 몸속에 간질간질 들썩거리는 위화감이 휘몰아쳤다.

'수, 술식이 너무 복잡해서 섣불리 개입할 수 없군! 흐힛! 저, 적어도 이 상황에서는……! 간섭에 실패하면 뭐가 어떻게 될지 모른다!'

"……좋아, 끝. 이제 완벽할 거야."

"후유우우……. 드, 드디어 끝났더냐……."

넉넉히 5분 가까이 견딘 뒤 나는 간지러움에 거칠어진 숨을 가다듬었다.

그리고 주위를 둘러보며 풍경이 일변했음을 깨달았다.

"오, 오오오, 이건……."

"이것저것 잘 보이게 바뀌었겠지?"

잔뜩 먼지가 묻은 유리를 깨끗하게 닦은 것처럼 시야가 명료해졌다.

"마왕핵을 완전히 제어하는 자네라면 눈으로 본 마력의 본질을 무엇이든 파악할 수 있겠지. 그 힘을 쓰면 저 남자를 직접 깨우러 갈 수도 있지 않을까?"

"음! 정말이더냐?!"

"여기서 내게 확인할 바에야 스스로 직접 보러 가는 게 빠를걸?"

"……고맙구나."

나는 급한 마음을 달래며 방을 뛰쳐나가 카이토가 있는 곳으로 달렸다.

카이토를 눕혀 놓은 방에 갔더니 침대 옆쪽에는 독서를 하는 슈리아가 있었다.

방 안은 어디에나 있는 숙소의 방 한 칸과 비슷한 구조를 갖추었다. 자그마한 의자와 탁자에 조금 큼직한 침대.

이 장소의 본질은 던전인 터라 각자가 스스로 원하는 방을 자유롭게 만들어 낼 수가 있었다.

따라서 이곳은 카이토가 여행 중 가장 마음에 들어 했었던 침대를 갖춘 숙소의 방을 재현시켰다.

"아, 레티시아 씨가 왔어요. 벌써 교대할 시간이어요?"

침대에 누워 잠든 채 규칙적으로 숨소리를 내는 카이토의 곁에서 의자에 앉아 있던 슈리아는 아무런 일도 없었던 양 대답했다.

하나 나의 눈은 저런 잔재주로 속일 수 없구나.

미묘하게 주름이 생긴 이불, 약간 흐트러진 슈리아의 머리카락 상태와 혈색이 좋고 살짝은 상기된 얼굴.

'요 녀석, 카이토에게 바짝 붙어서 자고 있었구나…….'

따끔따끔한 질투의 감정이 마음속에 끓어오른다. 그러나 나는 이 앙큼한 짓을 추궁하지는 않았다.

이른바 『암묵적인 이해』라는 녀석이구나. 추궁하면 추궁해 봤자 결국에 전원의 목을 조르는 셈이잖은가. 아무도 행복해지지 못한다.

"그 이유도 있고 말이다. 그 전에, 이 방에 미나리스와 마이, 그리고 일단 노노릭과 메테리아도 데려오거라."

"응? 뭐, 레티시아 씨의 시간이니까요, 상관없긴 해요. 불러오겠어요."

일순간 이상하단을 표정을 지었다가 슈리아는 자기 차례의 시간이 줄어드는 게 아니라면 상관없다며 다른 네 사람을 부르러 갔다.

'……아차차. 말한 뒤에야 깨달았다만, 자기 시간을 꽉 채워 쓴 다음에 불러오면 되지 않았나.'

살짝 후회하다가 다시금 카이토의 상태를 명료해진 눈으로 살펴본다. 혼자서 실행할까도 생각했었다만, 역시 남몰래 새치기하듯 달려 나가는 행동은 너무 반칙이잖은가.

"거참, 잠꾸러기 녀석아. 뭘 하고 있는 게냐."

톡, 카이토의 머리를 때리고 나는 자그맣게 한숨 쉬었다.

본래의 힘을 되찾은 시야로 카이토를 본다.

변함없이 상태가 안 좋아질 만한 요인은 보이지 않는다. 마력은 막힘없이 흐르고 신체적으로도 이상은 없었다. 하나 오로지 혼이, 거뭇하게 고인 웅덩이 속에 푹 잠겼다.

쇠사슬에 묶여서, 밧줄에 묶여서, 구부러진 작살에 꿰뚫려서, 뼈가 드러나 손에 꽉 붙잡혀서, 고정 기구에 껴서, 그물에 붙들려서…….

많은 속박이 바짝 휘감기듯이 카이토의 혼에 달라붙어 있었다.

그렇다. 카이토가 깨어나지 않는 이유는 혼이 각성을 바라지 않기 때문이리라.

그렇다면, 그래, 카이토를 깨우는 것은 나의 역할이구나.

언제든, 어떠한 때든.

용사를 각성시키는 자는 마왕인 법이니까.

머지않아 방에는 나 이외에 미나리스, 슈리아, 마이, 노노릭, 메테리아가 모였다.

"좋아, 전원이 다 모였구나."

"전원이 모이라니 무슨 일입니까? 설마, 주인님께 무언가……."

"뭐, 쉽게 말하자면 그런 이유구나."

미나리스가 불안해하는 표정을 짓고 꺼낸 질문에 답해주었다.

"엑? 엑? 대체 무엇이어요?! 토와코 씨의 말에 따르면 얼마 뒤 깨어나는 게 아니었어요?!"

"무슨 말씀이시죠?! 오라버니는, 오라버니는 괜찮다고 하지 않았던가요!!"

놀란 모습으로 소리 높이는 슈리아와 마이가 아직껏 잠든 카이토를 본다.

"카이토 님의 마력 흐름은 평소와 같이 회복 중이어요. 여기까지 회복됐으면 조만간, 금방……."

"그렇지. 여기까지 회복됐다면 벌써 깨어나야 했단 뜻이구나. 깨어나지 않는 이유는 다른 데 원인이 있기 때문이니라."

"요, 요컨대 주인님이 깨어나시지 않는 이유는 토와코 씨가 무언가 손을 썼기 때문이라는 말입니까?"

불쑥 미나리스에게서 노기가 피어오른다.

내가 그것은 아니라며 미나리스에게 말을 건네기보다 빨리 소리를 높인 인물은 메테리아였다.

"……글쎄요, 아닐 겁니다. 카이토 님이 깨어나지 않는 이유는 카이토 님 본인이 그것을 바라지 않기 때문이라고 생각되는군요."

"주인님께서 깨어나기 싫다는 생각을 하고 계시다고요?"

"육체 면으로도 마력 면으로도 이상이 없다면 남은 건 정신이, 즉 혼이 잠에 들고자 한다는 뜻입니다. 가장 유력한 가능성은 아마 용사의 힘에 사로잡힌 것이 아닐는지요."

"용사의 힘에……?"

"아마도 그게 맞을 게다. 게다가 비나리스의 말대로 이 멍텅구리 녀석은 당최 뭔 생각인지 움직이고자 하질 않는구나."

"어떻게 장담을 할 수 있는 것이어요?"

"아, 조금 눈이 좋아지게 조치를 받았지. 이유는 틀림없이 유토가 횡사를 했기 때문일 테고. 복수에 몸을 불살라도 사람의 근본은 대뜸 바뀌지 않는다. 아직껏 변함없는 울보로구나."

"……."

거참, 정말이지 대책이 없는 바보 녀석이구나.

"그러니 이 미련한 놈을 때려서 깨워주러 가자꾸나. 이곳에 있는 전원이."

나는 조용히 잠든 채 숨소리만 내고 있는 카이토의 머리를 톡 때렸다.

"너희를 다 이곳에 부른 까닭은 새치기가 싫었기 때문이니라. ……음, 그게 전부라면 더 멋을 부릴 수 있었겠다만, 솔직히 말하자면 나 혼자선 전력이 모자라 실패할 가능성이 있기 때문이군."

"응? 무슨 뜻으로 한 말이어요?"

"카이토를 깨우러 가기 위해서는 우리도 카이토의 정신세계에 들어가야 할 필요가 있지. 한데 카이토의 안에는 역대 용사들의 힘이 깃들어 있다. 이 세계에 대한 증오와 함께 말이지."

"전력이 모자랄 수 있다는 말은, 레티시아 씨는 주인님의 힘과 싸우게 될 상황을 가정하는 겁니까?"

미나리스의 말에 나는 고개를 끄덕였다.

"그 힘은 본질적으로 타자를 배제하는 성질이 있지. 카이토의 혼이 잠에 들고자 하면 아마도 우리를 쫓아내려 들 게다. 하지만 이대로 방치해서 카이토가 완전히 잠에 빠져버리면 최악의 경우 힘에 인격을 강탈당할 테지. ……대체 뭔 생각인지 아무 저항을 안 하는 터라 돌이킬 수 없는 선에 다다를 때까지 썩 긴 시간이 걸리진 않을 게다."

"세상에……. 오라버니가……."

내 설명을 들은 마이의 눈동자가 불안에 차서 흔들거린다.

"그러니 이제부터 우리는 역대 용사들의 힘과 싸워야만 한다. 정신세계라고 우습게 보진 말거라? 우리는 자기 몸으로 정신세계에 깊이 들어가야 할 게다. 그러지 않는다면 눈 깜짝할 새에 정신이 뒤섞여버릴 테니. 혹여나 살해당하면 곧 죽음을 맞이할 테지. 물러나겠다면 지금뿐이니…… 뭐, 어리석은 질문이었구나."

이곳에 있는 전원의 얼굴을 보고 나는 어깨를 으쓱거렸다.

"자, 나와 메테리아는 카이토의 정신세계에 진입하기 위한 준비를 시작하겠다. 아무래도 썩 수월한 작업은 아니라서 말이다, 준비가 끝나는 대로 곧 부르마. 그때까지 각자 마음의 준비를 해 두거라. 정신세계에서 망설임을 품으면 눈 깜짝할 새에 잡아먹힐 테니까. 카이토와 같은 신세를 못 면할 게다."

☆

그 무렵, 손님이 떠난 토와코의 방을 찾아온 인물이 있었다.

"네 녀석, 이것도 전부 예정대로인가?"

"이런, 이런. 숙녀의 방에 노크도 않고 들어오다니 이렇게 무례할 수가. 혹시나 내가 옷을 갈아입는 도중이었다면 어쩔 셈이었나?"

"딱히 아무래도 상관없다. 그보다 질문에 대답해라."

레티시아와 엇갈려서 방을 찾아온 고드릭은 넉살스럽게 농담을 던진 토와코를 상대해주는 대신 다시금 질문했다.

“거참, 웬일로 농담을 꺼내봤더니 이런 꼴인가. 그래서, 예정대로라는 말이 무슨 뜻이지?”

“노노릭이 영걸의 힘 앞에서 목을 부지하고 있는 문제다.”

“아, 그 얘기구나. 솔직히 이건 나도 예상하지 못했어. 첫 번째 때도, 그리고 이번에도 다툼이 있었던 것 같은데 이렇게 쉽게 받아들여줄 줄은 생각하지 않았거든. 의외로 마조히스트인지도 모르겠는걸, 당대의 용사는.”

고드릭의 말에 토와코는 깔깔 웃으며 대답한다.

“놈의 성적 취향 따위야 아무래도 좋다. 내키지는 않을지언정 네 녀석의 계획에 참여한 것은 혈족의 명맥을 남기기 위해 그것이 가장 합리적이라 판단했기 때문이다. 진조의…… 아니, **신조**(神祖)의 혈맥을 남기는 것만이 우리에게 남은 최후의 사명이다. 그러자면 노노릭은 나를 대신하여 사태가 끝난 세계에서 살아가주어야만 한다.”

“근데 우리가 맺은 계약에 거기까지 뒷바라지를 한단 내용은 안 포함됐는데? 내가 약속한 건 모든 상황을 끝내겠다는 것뿐이야.”

“…….”

“애당초 처음부터 위험한 건 뻔히 알았잖아? 어쨌든 간에 노노릭 군이 신조의 피를 되찾고 싶어 한다면 용사의 힘의 근원에 접촉하는 방법뿐이야. 자물쇠를 달아 둔 본인은 이미 옛적에 용사의 힘에 휩쓸렸으니까 말이야.”

“알고 있다. 신조의 피를 되찾는 데 다른 방법은 없지. 그러나 **나**

의 동생과 만나기 전에 노노릭이 잡아먹힐 우려가 있지 않은가."

"걱정도 참 많아. 쓸데없이 불안해하지 마. 아무나 호락호락 동화될 만큼 용사의 힘의 시스템은 엉성하지 않아. 신조의 피가 잘 돌아오기만 하면 더욱더 동화는 불가능하지. 실제로 노노릭 군과 레티시아 군은 그 녀석과 계약을 맺고도 새로운 힘을 얻지 못했어. 이 결과가 본질적으로 힘끼리 섞일 수 없다는 가장 큰 증거이지."

게다가, 토와코가 말을 잇는다.

"노노릭 군이 동화당해서 곤란한 건 자네뿐이 아니야. 모든 것이 끝난 뒤 세계를 루나가 관리할 때 신조 흡혈귀가 한 명도 없으면 난처하니까. 루나와 세계의 연결성이 엷어져버리거든."

"맞아! 봐, 루나는 자질구레한 조정이라든가 잘 못하거든? 세계의 권한을 되찾아도 순수한 루나의 피조물이 남아 있지 않으면 힘을 안정시키는 게 되게 힘들단 말야, 말야말야?"

삐용, 토와코의 등에서 **자라나듯** 상반신만을 드러낸 루나가 쓸데없이 거들먹거리며 가슴을 쭉 폈다.

"흠, 그렇게 생각하면 굳이 루나를 위해 이리저리 신경 쓰는 것도 좀 아니꼽다는 느낌이네."

"으엥? 뭐야, 어째서~!"

"……후유, 뭐, 되었다. 아무튼 간에 이 몸이 할 일은 달라지지 않으니. 혹여나 그 아이에게 위해를 끼치고자 하면 전력으로 짓밟아버릴 뿐이다."

시답잖은 말장난을 시작한 두 사람에게 한숨을 쉬어 보인 고드릭은 가만히 말한 뒤 방을 뒤로했다.

"후유, 힘들겠어. 가족을 아끼는 장남이란 입장은."

그 뒷모습을 본 토와코는 혼잣말한 뒤 어깨를 으쓱거릴 따름이었다.

☆

'주인님이, 깨어나길 스스로 거부하신다고…….'

레티시아 씨의 이야기를 들은 뒤 이미 몇 시간.

저는 자신의 방에 틀어박힌 채 머릿속을 휘도는 사고 때문에 속절없이 불안만 치솟는 처지였습니다.

깨어나기 싫다는 말은, 즉 주인님께서 복수를, 하기 싫다는…….

"……역시 그런 뜻이 되는 걸까요."

만약 주인님이 복수를 바라지 않는다면 저는 어떻게 해야 할까요.

시작부터 잘못되었다는 생각은 하지 않습니다. 설령 지금의 주인님이 복수를 바라지 않는다 해도 이제껏 지내왔던 나날에 거짓은 없습니다.

비명보다도 짙고 아픔보다도 격한 시간을 보내왔습니다. 그 나날이 있었기에 비로소 저는 지금 이렇듯 주인님과 함께합니다.

또한 맹세는 이루어졌고, 저는 죽이겠다 맹세한 상대에게 복수를 완수할 수 있었습니다.

……그래요, 저 자신의 복수는 이미 완료되었습니다.

그래서일까요, 어떻게 해야 좋을지 알 수 없다는 불안감이 마음을 뒤덮습니다.

"저는, 주인님께 뭐라 말씀드리면 되는 걸까요……."

아직 복수는 끝나지 않았다며 질타하는 게 맞을까요. 아니면……
이제 끝내고 잊어버리자고 말하는 게 맞을까요.

이미 충분히 다 해냈다고, 비록 완벽하진 않을지라도 평안을 선택해도 괜찮다고 말이죠.

토와코 씨와 쌓았던 수행으로 저는 공간을 격리하는 술법도 습득했습니다. 주인님과 조용히 살아가겠다면 그런 나날도 나름 괜찮지 않을까요.

'……이런 생각이 떠오르는 시점에서 역시 주인님의 복수심은 흔들리고 있다는 뜻이 되겠죠.'

주인님과 맺은 계약에 따라 저에게 가득 차올랐던 복수심.

거기에 의념이라는 이름의 사고가 끼어드는 날이 올 줄은 생각도 하지 못했습니다.

"그런데, 그때 주인님은 변함없이 곁에 있어주실까요……."

"무슨 뚱딴지같은 생각이어요!"

"흐얏?!"

불쑥 등 뒤에서 누군가가 끌어안는 터라 놀라서 고개 돌렸더니 그곳에 있는 것은 슈리아의 얼굴이었습니다.

"슈, 슈리아, 언제부터 거기에……."

"조금 전부터 쭉이어요. 노크도 안 빼먹고 인사한 담에 들어왔는데 왜 줄곧 어리벙벙이어요. 뭐, 더 많이 화내줄 게 있지만요!"

"아, 아퍄요, 아퍄요오. 아퍄아……."

"바보 같은 소리를 하는 입은 이렇게 해줄 거여요."

씩씩 화내며 슈리아가 볼따구니를 쭈욱 잡아당깁니다.

"곁에 있어주겠냔 의문은 대체 뭐여요. 어떤 때라도 곁을 사수해야지요."

"하지만……."

만약 주인님이 더 이상 복수를 바라지 않는다면 저희가 곁에 머무르고자 하는 행동마저 괴로움으로 받아들일지도 모릅니다.

"어휴, 못살아, 카이토 님 마음이 어떻게 되든 상관없거든요?"

"네?"

"슈리아와 미나리스 씨는 공범자가 되었어요. 무슨 일이 있어도 이 관계만은 사라지지 않을 거여요. 카이토 님이 어떤 생각을 가지고 있든 슈리아와 미나리스 씨는 오로지 곁을 지켜야 해요. 싫다며 떼쓰면 슈리아랑 미나리스 씨가 같이 덮쳐버려요! 하극상이어요! 슈리아와 미나리스 씨가 주인님이 되자고요!"

"……."

하극상? 제가, 주인님의 주인님?

"그담에 슈리아랑 미나리스 씨를 끈적끈적하게 달래주라고 명령할 거예요. 음후훗, 분명 즐거운 하루하루가 올 것이와요!"

"……깜짝 놀랐습니다. 그런 생각은 미처 떠올리지도 못했습니다……."

하지만, 하지만…….

"우훗, 우후후훗, 그렇군요. 버림받을지도 모른다는 미련한 불안감을 느끼고 있었습니다."

그때 주인님이 요구했던 공범자는 피가 뒤섞이는 듯한, 서로 살점을 뜯어 먹는 듯한, 이글이글 타오르는 화로에서 끈적끈적하게 녹아 합쳐지는 듯한 존재.

맹세는 사라지지 않아요. 사라지지 않는다면 무슨 일이 있어도 저희는 그 사람과 함께할 것입니다.

여기에는 더 이상 좋고 싫음도, 어떤 감정도 관여할 수 없습니다.

“맞아요. 예, 맞습니다. 주인님과 저희는 이미 서로가 서로의 일부니까요. 기껏해야 잠시 떨어져 있었다고 이런 사실도 잊어버리다니, 제가 터무니없는 실수를 저질렀습니다.”

“이제야 평소의 미나리스 씨로 돌아왔어요!”

끄덕끄덕, 슈리아는 고개를 주억거렸습니다.

아울러 때마침 그때, 머릿속에 직접 울려 퍼지는 듯한 레티시아 씨의 목소리가 전달되었습니다.

『모두들 많이 기다렸겠지. 곧 준비가 끝나는구나. 다시 한 번 방에 모여주어라.』

아마도 주인님의 정신세계에 진입하기 위한 계획이 완료된 것 같습니다.

저와 슈리아는 다시금 주인님이 잠들어 있는 방으로 향했습니다.

그러던 중 마침 방 앞에서 토와코 씨와 마이 씨 두 사람과 합류합니다.

“어라, 토와코 씨도 같이 왔사와요?”

“그래, 원래 슬슬 저 녀석의 상태를 보러 올 생각이었거든.”

“마이 씨도, 마음의 준비는 되셨습니까?”

“당연하죠. 오라버니를 깨우는 건 여동생의 특권이에요.”

딱 잘라 단언한 마이 씨는 힘주어 고개를 끄덕거렸습니다.

그런 이야기를 나누며 넷이 나란히 방 안에 들어갔더니 그곳에는 레티시아 씨와 메테리아, 그리고 노노릭 씨와 고드릭 씨도 있었습니다.

이 던전 비슷한 곳의 공간에 있는 인간들 전원이 함께 모였습니다.

"이건……."

그리고 침대에 누워 계시는 주인님의 몸은 고스트 및 레이스처럼 육체가 비쳐 보이는 상태였습니다.

다만 원념 등 악감정에 휩싸여서 곁에 있기만 해도 강렬한 위압감을 발하는 동종의 몬스터들과 상태가 다른 부분은, 주인님은 마치 물속 밑바닥에 천천히 가라앉는 것처럼 본인의 존재감이 부슬부슬 엷어지고 있다는 것입니다.

"육체의 구성 요소를 극한까지 낮추는 술법을 걸어 두었다. 거참, 잠에 든 주제에 변함없이 마술이 도통 먹히질 않아 생고생을 했구나."

레티시아 씨가 절레절레 고개를 흔듭니다.

"그래도 이제 준비는 만전이니라. 메테리아뿐 아니라 도중에 고드릭의 협력도 얻어서 말이지. 덕분에 각오했던 데 비해 훨씬 편하게 정신세계로 진입할 수 있겠구나."

"흥, 이 녀석에게는 이 몸 또한 할 말이 있으니까 말이다. 마냥 나태하게 시간을 낭비하게 놔둘 순 없었다."

어디에서 가져왔는지 큼지막한 소파에 푹 앉은 고드릭 씨는 평소처럼 코웃음을 치곤 언짢아하는 표정을 짓고 있습니다.

"자, 준비는 되었더냐. 카이토의 정신세계에 들어가는 인원은 나와 노노릭, 미나리스, 슈리아, 마이, 메테리아까지 여섯 명이니라.

고드릭과 토와코는 술식의 유지와 만에 하나의 사태에 대비하는 역할을 부탁하마."

"……."

"흥."

토와코 씨는 방구석에 놓인 의자에 앉은 채 묵묵히 손을 살짝 흔들었고, 고드릭 씨도 특별히 대답은 하지 않았습니다.

"그러면 다들 나를 따라오도록 해라."

"따라와라? 그 말은, 도대체 어디로요?"

"물론 **카이토의 안쪽**이니라."

제가 질문하자 레티시아 씨는 씩 웃더니 곧장 누워 계시는 주인님의 몸으로 다리부터 직접 **뛰어들었습니다**.

"……아하, 이렇게 곧장 주인님의 안으로 들어가는군요."

마치 수면에 돌을 던진 것처럼 풍덩, 주인님의 표면이 물결쳤습니다.

그 후 저희는 레티시아 씨를 따라서 순서대로 주인님에게 뛰어 들어갔습니다.

"여기가 주인님의 정신세계……."

그곳에 있는 것은 오로지 넓기만 한 방이었습니다.

사방을 깊은 절벽이 둘러싸고 있는 커다란 방.

절벽 바닥에서는 어딘가 비명과도 비슷한 꿀럭꿀럭 소리가 들려옵니다.

위쪽을 보면 그곳에는 천장이 없고 어두운 적색과 깊은 푸른색과 그윽한 녹색의 대리석 무늬를 띤 하늘이 있었습니다.
"어쩐지 무척 마음이 편안해지는 광경이어요……."
슈리아의 말에 저는 고개를 끄덕였습니다.
은근히 어둑어둑한 감정을 불러일으키는 공간인데도 의외로 저희에게는 무척 편안한 감각이었습니다. 다만 당연한 결과일 테죠.
왜냐하면 이곳은 바로 주인님의 안쪽이니까요.
"있잖아, 있잖아, 레티시아. 잘 들어왔는데 다음엔 뭘 하는 거야?"
"하긴 무엇을 하겠느냐. 우선은 카이토부터 찾아내야 할 게다."
"그러니까, 어떻게 카이를 찾아낼 건데~."
"그야 뻔하지. 깊이 틀어박혔을 테니 가능한 한 안쪽으로 들어가면 된다."
그렇게 말한 뒤 레티시아 씨는 한 방향을 손가락으로 가리켰습니다.
방에서 뻗어 나가는 길 너머.
어둡고 지은 아지랑이가 떠다니는 저 장소에 흐슬부슬 녹슨 문이 보였습니다.
저 문은 주위의 아지랑이와 같은 색깔의 검은 쇠사슬로 단단하게 칭칭 얽어매여 있습니다.
"저 너머에 오라버니가……."
그리고, 그 순간이었습니다.
『『『『GARAAAAAAAAAAAAAH!!』』』』
나타난 것은 늑대형 마물 비슷한 무엇인가.
강렬한 적의를 쏟는 저것들은 어딘가 특정 지점이 아닌 지면에서 휙 솟아 나오듯 나타나더니 저희를 포위했습니다.

"흠, 꽤나 노골적인 문지기들이구나."

"이 마물들이 주인님을 붙잡아 놓은『용사의 힘』입니까?"

"그 말이 맞다. 바깥에서 카이토를 보았을 때 카이토를 묶어 둔 힘과 같은 성질의 힘으로 구성되어 있군."

마물들은 수십 마리로 불어나더니 그릉그릉 목을 울리며 포위를 마친 저희의 틈을 살피고 있었습니다.

그리고 결국 늑대들이 저희에게 덮쳐들기 위하여 뛰어올랐던 순간.

"『뇌빙(雷氷)』."

나타난 것은 자전을 두른 거대한 얼음.

메테리아의 손에 어느 틈인가 나타난 백자 지팡이가 방울처럼 소리를 울리며 흔들립니다.

행사된 마법은 일순간에 주위 늑대들을 한 마리씩 번개가 서린 얼음 감옥에 가둬 놓았습니다.

"이미 한참을 기다렸습니다."

레티시아 씨를 제지하듯이 앞으로 나서 마법을 날린 메테리아는 툭 중얼거렸습니다.

"카이토 님과의 재회를 방해하지 마세요."

다음 순간, 찰나의 번갯불과 유리 깨지는 듯한 소리와 함께 하나의 얼음이 산산이 부서졌습니다.

얼음에 갇혀 있었던 늑대의 마치 벼락을 맞은 듯 불타서 눌어붙은 몸이 얼음과 함께 산산조각으로 흩어집니다. 그리고 첫 번째 한 마리가 쐐기였던 양 노도와 같이 차례차례 얼음이 깨져 나가기 시작합니다.

다만 하나의 얼음이 먼지로 뒤바뀌자 그 빈틈을 메우려는 듯이 또 한 마리의 마물이 모습을 드러냈습니다.

"……먼지가 되어 사라지세요. 『뇌빙섬(雷氷閃), 연환의 선율』."

『GARAAAAAA! GARAAA?!』

그러나 메테리아가 또다시 손에 든 지팡이를 흔들자 막 나타나는 대로 잇따라 마법에 포박됩니다.

"흐엑~ 엄청난 마법이네."

"끄으응, 활약할 기회를 빼앗겼구나……."

감탄하는 노노릭 씨와 조금은 분한 모습인 레티시아 씨.

"역시 실력은 제법이어요."

"……당연하겠죠. 첫 번째 세계에서 모자라게나마 주인님과 함께 싸웠던 기억이 있을 테니까요."

입으론 태연한 듯 대답하면서도 저는 미묘하게 불편한 기분을 느껴야 했습니다.

이유가 분명하지 않은 까닭은 역시 주인님의 갈팡질팡하는 마음에 영향을 강하게 받았기 때문일까요.

'……이 정신세계에서 메테리아와 주인님이 화해한다면 이런 마음도 사라지려나요.'

그런 생각을 떠올리며 메테리아가 행사하는 마법을 보고 있자니.

자전과 얼음.

환상적이라는 말까지 쓸 수 있을 광경 속에서 눈에 보이는 모든

마물이 눈발처럼 얼음 파편이 되어 사라져 갔습니다.

그에 따라서 방 너머의 문을 묶어 놓았던 쇠사슬이 뚜둑 소리를 내며 부서져 흩어졌습니다. 저 쇠사슬의 파편은 곧 주위의 검은 아지랑이와 동화되었고 곧 아지랑이도 개여 갑니다.

"자, 앞으로 나아가도록 하죠."

후득후득 가루와 같은 얼음 파편이 흩날리며 떨어지는 와중에 메테리아가 고개 돌려서 미소를 띠고 말했습니다.

☆

"자, 됐군. 그러면 나도 슬슬 무대의 준비를 시작해야겠어."

나는 나와 고드릭 군을 제외하고 전원이 카이토 군의 정신세계에 진입하는 것을 지켜본 뒤 자기 자신의 분신을 만들어 냈다.

"네 녀석, 왕에게 잡일을 떠넘기고 나갈 셈인가?"

"그런 짓은 안 하지. 그러니까 이렇게 분신을 만들어 놨잖아?"

고들릭 군이 살짝 험악한 목소리를 내는 터라 난 어깨를 으쓱거리며 변명했다.

"자네가 주체로서 술식을 지탱하는 이상 내가 할 일은 썩 많지가 않지. 분신인 『나』만 남겨 놔도 충분히 자기 역할을 해줄 거야."

"그래그래, 여기에는 『내』가 남아주겠어, 본체는 이래저래 할 일이 많아서 말야."

고드릭 군이 카이토 군의 상태를 유지하고 있는 마법의 보조 기능을 막 만들어 냈던 분신에게로 이양한다.

"예상 이상으로 지상 쪽 침공이 빨라. 이것저것 수단은 준비해왔지만, 현장에서도 일손이 부족한 것 같거든. 손이 모자란 곳을 도와주러 가봐야겠어."

으응~ 가볍게 기지개를 켜고 본체인 나는 의자에서 일어났다.

"……이러다가 실수를 하면 어떻게 될지 알고서 하는 짓인가?"

"후후, 되게 무서운 협박이네."

번뜩, 이쪽을 향하는 시선에는 이미 살기라 표현해도 되지 않을까 싶은 박력이 있었다.

"그래도 말야."

하지만, 이래 보여도 나는 전직 용사.

용사의 힘은 잃었어도 나 자신이 쌓아왔던 실력은 고스란히 나의 손안에 남았다.

"도대체 누구한테 하는 말이냐 되묻고 싶네."

"음."

이제까지 술식을 행사했던 동안 취합한 데이터를 근거로 술식 일부를 개변해서 현 상황을 완전하게 유지한 채 마력의 운용 효율을 얼마간 향상시켰다.

"역시 책상머리 계산보다는 이렇게 실제 검증을 하면서 손써야 효율화도 더 잘 이루어지기 마련이지. 어때, 아까보다 수고가 많이 줄었지?"

"……쯧, 네 녀석도 카이토도 초대 용사도, 용사라는 녀석들은 이 녀석이든 저 녀석이든 왕을 대하는 경의가 부족하군. 의무를 수행하겠다면 더 이상 시끄러운 말은 않겠다. 어디에든 가도록 해라."

“그러면 집 보기 당번은 잘 부탁할게. 그리고, 루나 상대도.”

“푸헷?! 흐야앙, 어라~ 벌써 아침이야~?”

뽕, 루나를 꺼내다 놓자 잠이 덜 깼는지 두 눈을 비빈다.

“으응~ 으~ 조금 더 잘래~.”

그러나 잠이 모자라다고 말하는 듯이 더벅더벅 걸어서 고드릭 군이 앉은 소파의 빈 공간에 재주 좋게도 몸을 밀어 넣더니 옆쪽의 무릎을 베개 삼아서 새근새근 숨소리를 내며 또 잠들었다.

“…….”

그런 루나의 행동을 본 고드릭 군은 뭐라고 형용하기 어려운 표정을 짓고 있다.

저 남자의 성격 같아서는 곧바로 화를 낼 법도 한데, 신조의 피를 보유한 흡혈귀인 만큼 자신들을 만들어 낸 신에 대하여 어떠한 태도를 취해야 하나 망설이는 것 같다.

“……이봐, 이 신을 데려갈 수는 없나?”

“에이, 안 되지. 아무래도 현실적으로 무리인걸.”

나 혼자라면 모를까, 루나를 데리고 이 공간에서 나가면 곧장 포착당해버릴 테니까 두고 갈 수밖에 없다.

“우리 흡혈귀를 만들어 낸 신이…… 어째서 이런…….”

돌려 말해도 신의 위엄은 티끌만큼도 없는 모습인지라 고드릭 군은 고뇌하는 듯하다.

제법 긴 시간을 보낸 사이니만큼 슬슬 적응하고 포기하면 될 텐데.

나는 번민하는 고드릭 군에게 등을 돌린 뒤 술식을 장시간 유지하기 위한 보조자 역할을 분신인 『나』에게 맡긴 채 방을 나선다.

노노릭 군이 카이토 군의 정신세계에 진입한 이상 고드릭 군은 어떠한 돌발 사태에서도 술식을 유지하려 들 테고, 혹여나 뭔 일이 터지더라도 분신인『나』에게서 정보를 받아 일순간에 돌아올 수 있다.

"우선은 진척 상황의 확인부터 시작해볼까."

나는 통신 보조용 뾸깍뾸깍 계폐식 휴대 전화를 모방한 마도구를 펼쳤다.

"『아~ 아~ 테스트, 테스트. **레오네 군**, 잘 들리는가?』"

"『응……. 잘 들려.』"

"『상태는 어떤가? 작업은 잘 진행되고 있나?』"

"『……상황에 변화는 없음이야. 서두르고 있기는 한데 마황수의 분체들 침공이 미리 들었던 속도보다 빨라. 전체 진척을 감안하면 꽤 아슬아슬하네.』"

앞서 한 예측보다 레오네 군 파티가 신속하게 움직여주었나 보다.

자세하게 상황을 들어보니 비록 아슬아슬할지언정 계획했던 일정을 벗어나지는 않을 것 같았다.

요즘 세상에는 드물게 정의감이 가득 넘치는 착한 아이였는데, 이번 계책은 장소의 준비와 함께 왕녀의 침략에 의한 피해를 줄이는 효과가 있으니까 몹시 필사적으로 활동해주었을 테지.

'뭐, 이곳 이세계에서 요즘 세상이라는 표현은 안 맞지만…….'

"『흠흠, 별로 안 좋은 소식인걸. 그러니까 나도 살짝 도와주도록 하지.』"

"『응? 돕겠다니…….』"

"『내 쪽에서도 무대 장치를 각지에 설치하러 가겠다는 말이지. 자네들은 이대로 예정을 따라 움직여주면 되겠어.』”

“『……알았어. 그나저나 한 가지는 기억해줘.』”

“『음? 뭔가?』”

“『나는 상인이야. 그러니까 계약은 반드시 지켜. 일정대로 마지막까지 다 진행을 마쳐줄게.』”

그렇게 말한 뒤 통화가 뚝 끊어졌다.

‘흠, 기특한 소리를 하네. 나 나름대로 기대해보도록 할까. 계획의 정확도를 올리기 위해서라도 무대 장치는 설치할 수 있는 만큼 많이 설치하는 게 무조건 좋고.’

나는 휴대 전화 유사품 마도구를 품에 넣은 뒤 은밀 전이용 마도구의 준비를 시작했다.

“일찌감치 **포위망**을 완성시키고 싶군.”

이미 더 이상은 느긋하게 굴 시간이 없다.

‘용사의 힘에 의한 선정이 예정보다도 갑작스러웠고, 카이토 군이 용사의 시련을 포기하는 길을 선택한 것도 예상 밖이었지. 하지만 어쨌든 간에 계획은 변경되지 않아.’

“자, 우선은 이동 수단부터 확보해야겠네.”

나는 움직여줄 다리를 확보하기 위해 상처를 치료하고 체력을 회복하는 데 전념하고 있는 그렌이라는 이름의 화염룡의 거처로 다가갔다.

“안녕, 상태는 좀 어떠려나?”

『그르으으으으으…….』

마황수의 분체를 상대로 사자처럼 분전했던 이 녀석은 카이토 군

파티와 접촉하기 전 알레시아 일당에게 날개를 꿰뚫려서 너덜너덜해지고 말았다.

내가 준비해 둔 이런저런 치료약을 써서 상처만은 완벽하게 나았다만, 소모된 체력 및 마력까지 곧장 돌아오지는 않았기에 먹고 잠들기를 거듭하며 몸 상태를 회복하는 중이었다.

"더 쉬어야 할 텐데 미안하지만, 꼭 도움을 받아야 할 역할이 있군. 자네 주인님이 힘내고 있는 동안에 나를 도와줄 수 있겠나?"

『그르으, 가우, 가우!!』

나의 부탁에 잠시 망설여지는지 침음하던 그렌은 곧 결심한 듯 크릉 소리를 내며 가볍게 부르짖더니 배구공의 두 배쯤 큰 크기까지 작아져서 나의 곁으로 날아왔다.

"좋아, 좋아. 넌 착한 아이구나. 약간 강행군을 해야 될 것 같기는 한데 잘 부탁하지."

그렌의 머리를 한 차례 쓰다듬어주고 전이용 마도구가 있는 곳으로 돌아온다.

"자, 나와 어머니의 인생을 부순 대가는 넉넉하게 지불해주셔야겠지? 신님."

원래 세계에서 아버지를 일찍 떠나보냈던 나는 모녀 가정에서 자랐다.

병약한 몸에 채찍을 치듯 필사적으로 나를 길러줬던 어머니. 그런 어머니를 남긴 채 나는 이 세계로 건너왔다.

큰 회사에 취직해서 겨우 이제부터 은혜를 갚아드릴 수 있겠다고 생각하자마자 일어난 일이었다.

이 세계를 아득바득 살아 버티며 지혜를 쌓고, 기술을 연마하고, 간신히 원래 세계의 정보를 들여다볼 수 있게 되었을 때는 원래 세계에서 어머니가 이미 사망한 다음이었다.

병사였다고 한다.

내가 실종된 이후 어머니의 신변을 돌봐줄 사람이 없어져버렸다. 자꾸자꾸 몸이 약해지다가 어느 날 털썩 쓰러져서 저세상 사람이 되고 말았다.

내게 버림받았다고 착각한 어머니가 남긴 일기에는 고독에 짓눌려 가는 어머니의 상황이 선명하게 각인되어 있었다.

그 이후 나의 목적은 단 하나였다.

"그 목숨을 되찾으러 갈 테니까 말이야."

설계대로 기동한 마도구의 위쪽, 게이트형 문을 본딴 빛 덩어리로 나는 걸음을 내디뎠다.

☆

진홍색으로 물든 황혼의 때.

피처럼 빨갛게 물든 태양은 제국의 변경에 있는 요새 도시를 비춘다.

그러나 지금, 요새 도시를 물들이는 「적색」은 석양 이외의 「적색」이 섞여 있다.

인간의 목숨을 잡아먹는, 열기를 띤 불꽃이라는 이름의 「적색」이.

"크, 도망쳐라!! 돌아보지 말고 달려라! 수인국까지 달려가라!!"

버럭 소리를 지른 인물은 이곳 요새 도시에서 위병대의 대장을 맡은 남자였다.

국경을 막는 요새 도시로 발전해온 이 도시는 일기당천의 병사가 모인 곳이다. 또한 제국의 「힘을 과시한다」라는 실력주의 기풍 아래, 외형만 봐도 알 수 있도록 합리적이며 견고하고 굳건한 구조를 자랑했다.

연금술사와 마술사가 공동으로 만들어 낸 소재, 일단 굳으면 금강석과 같이 단단해지는 회색의 진흙으로 보강된 외벽을 갖추었으며 상공은 겹겹이 펼친 마술 장벽으로 보호받고 있다.

최심부까지 완전 공략된 던전을 둘러싸고 있기 때문에 보급 수단도 있다.

요새 도시인 까닭에 장인들도 거주하는 터라 설령 수인국에서 쳐들어와도 마족이 쳐들어와도, 이곳 요새 도시에서 싸운다면 몇 년이든 버텨 내겠다. 그 순간이 오기 전까지 남자는 진심으로 자신 있었다.

'그런데 설마 사태가 이렇게 될 줄은…….'

최초로 이변의 전조를 깨달은 것은 요새 도시를 수비하는 영주의 사병대였다.

요새 도시의 영주가 거느린 사병대는 이 도시의 전투 집단 중에서도 특히 엘리트라고 말할 수 있는 재능을 보유했으며 노력을 게을리하지 않고 힘을 갈고닦은 인간들의 모임이었다.

마물 솎아 내기를 위하여 정기적으로 수행하는 산중 훈련에서 신종의 마물 무리와 조우했다.

그 마물은 나무를 이리저리 붙여서 만든 거북이 같은 모습을 갖고 있었기에 『볼케이노 터틀』이라는 거북이 마물의 아종이 아닐까 추측되었다.

『볼케이노 터틀』은 D랭크의 마물이며 제국의 위병이라면 혼자서 쉽게 쓰러뜨릴 수 있는 수준이었다. 그것의 파생으로 태어났으리라 짐작되는 마물의 힘은 다소 만만치 않았지만, 그럼에도 사병대 병력들의 적은 못 되었다.

사납고 공격적인 경향과 굳센 내구력을 감안하여 C랭크 정도로 결론지었고, 며칠 지나지 않아 정보는 영지 내에 공유되었다.

분위기가 수상해지기 시작한 것은 이후에 두 번째 신종 마물이 발견되었을 때부터였다.

그 마물도 전신에 수목이 이리저리 달라붙은 듯 몸이 구성되어 있었고, 또한 외형은 매의 머리와 손발에 사자의 몸을 가진 『그리폰』이라는 마물을 똑 닮았다. 사병대는 다소 부상을 입으면서도 그리폰 유사종을 토벌하는 데 성공했다.

이 전투를 거쳐 새롭게 발견된 마물들은 짐작건대 해당 마물의 변이종이 아니라, 원래 있었던 마물들이 신종의 식물형 마물에게 기생당한 모습이라는 결론이 도출되었다.

시기를 같이하여 비슷한 생물이 제국 영토 내에서 다수 확인되었다는 정보가 길드를 경유하여 나돌았다. 게다가 기생 대상에 마물뿐 아니라 인간도 포함되어 있다는 이야기까지 널리 퍼지자 마침내 사람들은 심각한 위기감을 느꼈다.

그러나 근본이 되는 식물형 마물은 발견되지 않고, 기생당한 마물 및 인간의 발견 사례만 차근차근 증가하고 있었다.

그럼에도 사람들은 막연히 낙관했다. 제국 변경에 있는 이 요새 도시는 마족과 법국, 수인국이 싸우고 있는 장소에서 먼 까닭에 평소와 다를 바 없는 생활이 계속됐다는 것과 견고함을 줄곧 과시해 온 요새의 위용을 믿어서였다.

따라서 섬뜩한 마물의 보고 사례가 점점 불어나더라도 머지않아 해결되리라고 근거도 없이 믿었던 셈이다.

어느 날 갑자기 그 위협이 요새 도시의 목을 찢어발기리라는 생각도 못 하고.

“꺄아아아아아아아아아앗!!”

“엄마아~!!”

“괴, 괴물이?!”

피난을 지시하던 목소리를 가로막으며 비명이 울려 퍼진다.

“제기랄, 이 녀석들이 마지막이었는데 벌써 이 구획까지 쫓아왔나……!!”

이 구획의 비전투원은 저 집단이 마지막이었다.

피난 시간을 벌기 위해서 다른 부대가 분명 괴물들 상대를 맡았을 터인데, 이렇듯 괴물이 꽤 숫자를 확보하여 여기까지 왔다는 것은 저지 임무를 맡은 부대가 당해버렸다는 뜻이다.

시시각각 나빠지는 상황 하에서 남자는 무의식중에 어금니를 악물었다.

현재 요새 도시는 신종 마물에게 기생당한 폭도가 가득 흘러넘치고 있었다.

그 폭도들이 언제 어디에서 발생했는지는 정보가 뒤엉킨 상황이지만, 아마도 인간의 형체를 무너뜨리지 않은 채 기생하는 경우가 있는 것 같았다.

그렇게 인간에게 기생하여 도시로 진입한 마물은 각지에서 불쑥 제 정체를 드러냈고, 수목 괴물은 폭발적인 기세로 숫자를 불려 나갔다.

군데군데 격퇴에 성공한 곳도 있었지만, 요새 도시의 실력자들까지 기생당한 것이 안 좋게 작용했다.

요새 도시의 각지에서 분투는 이어지고 있었지만 다른 요새 도시에서도 비슷한 사태가 발생한지라 원군은 기대할 수 없었고, 이미 요새 도시를 포기할 수밖에 없는 지경까지 침공을 허용하고 말았다.

현재에 이르기까지 대략 한나절.

저 짧은 시간 동안에 남자가 무적이라 믿었던 요새 도시는 와해되어버렸다.

"아흑!!"

절망에 마음 한구석을 뜯어 먹히면서도 남자의 시야 한쪽에는 두 팔과 다리로 수목 괴물의 앞에서 나자빠지는 어린아이의 모습이 눈에 들어왔다.

"『준족(駿足)』!!"

그 사실을 인식하는 것보다도 빠르게, 남자의 다리는 지면을 차고 있었다.

가장 특기라 자부하는 스킬로 눈 깜짝할 새에 거리를 좁힌다.

아이를 향해 내뻗는 수목의 촉수를 두꺼운 검으로 베어 쳐냈다.

"앗?! 너는?!"

남자가 놀라서 소리 지르는 이유는 수목 괴물이 된 상대의 얼굴이 낯익었기 때문이었다.

"라일리……. 바보 자식아, 미련하게 실수를 하냐……."

다른 부대를 지휘했던 자신의 라이벌을 목격하고 남자의 표정이 고통으로 일그러진다.

정의감과 책임감의 화신 같았던 남자이며, 엄격하지만 부하에게 존경받는 멋진 남자였다.

"꼬마야, 달릴 수 있냐!"

"어? 아앗……."

"아니, 못 달리겠어도 달려라! 다리가 부러져도 숨을 못 쉬어도 죽을 각오로 달려 도망쳐라!! 아니면 저 녀석들에게 잡아먹혀서 죽게 될 테니!!"

"으읍! 아아아아아아아아아아아아아앗!!"

반쯤 겁주는 듯한 형태로 아이를 피난시키고 눈앞의 괴물과 마주한다.

"쳇, 설마 이런 형태로 맞붙게 될 줄이야."

직전의 대련에서는 딱 한 발짝을 남기고 아쉽게도 졌다.

기이하게도 지난 전적을 더하면 99승 99패 31무승부.

"뭐, 결판을 못 내고 서로가 죽는 신세보다야 나은가. 좋다, 마지막 승부다. 실력 발휘를 꺼릴 상황이 아니군!!"

남자는 몸속의 마력을 끌어올리며 눈앞의 상대를 노려본다.

“『피지컬 부스트』! 『피지컬 버스트』!! 『파워 오브 나이트즈』!! 『반응 강화』!! 『파이어 인챈트』!!”

남자는 스스로 사용 가능한 강화 마법과 스킬을 죄다 구사하며 전투에 대비했다.

남자의 동료의 몸에 기생한 수목 괴물은 이때를 기다리고 있었다는 듯이 스스로 먼저 덤비지 않고 제자리에 멈춰 서 있었다.

“간다앗!! 『준족』!!”

몸의 허용 범위를 일탈한 수준으로 중첩시켰던 강화 때문에 끼걱끼걱 온몸이 삐걱거리는 것을 느끼며 남자는 재차 지면을 박찼다.

약간의 간격은 찰나의 틈에 사라졌고, 남자가 휘두르는 검과 수목 괴물의 촉수가 깡깡깡깡 단단한 소리를 낸다.

“덤벼덤벼덤벼!!”

“불어난다! 채운다! 하나, 하나로오오오오.”

몇 합을 맞부딪치는 검과 나무.

기세는 남자가 휘두르는 검이 더 강했다.

“흥! 어떻게 된 거냐, 굼벵이 자식!”

“아그읏, 아각, 카아아아아앗!!”

수목에 기생당하며 능력치는 비약적으로 향상되었지만, 공격은 단조롭고 마법을 쓰지도 못한다. 한편 이곳이 죽을 장소인 양 휘둘러지는 남자의 검에는 본인의 실력 이상의 힘이 깃들어 있었다.

지금 자신이 패배하면 도망치고 있는 요새 도시의 주민들에게 큰 피해가 발생한다는 사실이 남자의 집중력을 극한까지 높여주었기 때문이다.

그리고 잠시나마 팽팽한 양상을 보인 대결은 고개를 굴러떨어지듯이 균형을 잃어버렸다.

"끄라아앗!!"

그리고 결정적인 빈틈이 그 자리에 나타났다. 수목의 촉수로 검을 받아 흘리는 데 실패한 수목 괴물은 거하게 자세를 무너뜨린다.

"큭, 원망하지 말거라!! 『극돌(極突)』!!"

마지막 일격을 위해 비축해 놓은 힘 전부를 쏟아부어서 심장에 검을 찔러 박았다.

몸속의 에너지 전부를 쏟아부은 일격은 남자의 손에 회심의 감각을 돌려주며 괴물의 몸체를 안쪽으로부터 날려버렸다.

제아무리 단단한 괴물이어도 조각조각이 난 머리와 팔다리로 대항할 방법은 없는 터라 부패한 흙더미 비슷하게 바뀌며 허물어졌다.

"이제 좀…… 큭, 진짜냐."

가볍게 안도를 얻은 것도 잠시뿐, 눈앞에는 새로운 절망의 그림자가 다가들고 있었다.

우글우글 모여들기 시작한 수목 괴물이 여섯 마리.

네 마리는 인간형이며 한 마리가 말, 한 마리가 개의 형태였다.

여섯 마리 모두가 얼굴 이외의 전신이 수목화되었고, 네 마리의 인간형도 얼굴만 봐선 숙주가 된 인간이 누구인지 판별할 수 없는 지경이었다.

다만 어쨌든 간에 현 상황에서는 이 자리에 제대로 묶어 둘 수도 없으리라.

"쯧, 여기까진가……!"

결단은 몇 초의 간격도 두지 않은 채 내려졌다.

재빨리 허리의 파우치에 든 폭발 효과가 있는 매직 아이템을 기동시킨다.

훈련 중 거듭 수행한 물 흐르는 듯한 투척 동작은 아직껏 남아 있는 신체 강화의 효과와 어우러져서 정확하게 괴물들이 있는 곳으로 매직 아이템을 운반했다.

그리고 매직 아이템의 효과를 확인하기도 전에 재빨리 뒤돌아 달려 나간다. ……철수다.

'다른 녀석들은 분명 한참 전에 요새 도시에서 탈출했을 테고……. 문제는 저 괴물 놈들이 어디까지 쫓아오느냐인데…….'

사고 도중에 뒤쪽에서 폭음이 들려왔지만, 고개 돌려서 속도를 떨어뜨리는 짓은 안 하고 불길과 잔해로 채색된 요새 도시를 달려 빠져나간다.

최후의 피난자가 자신의 부하에게 업혀 달리는 광경을 남자는 전투가 벌어지기 직전 확인했었다.

실력이 비등했던 까닭도 있어 그럭저럭 긴 시간을 싸웠던 만큼 이제는 자신이 탈출하는 것만을 생각하며 그저 오로지 달린다.

남자가 다리에서 살짝이나마 힘을 뺀 것은 하룻밤을 숨어 다니며 줄곧 달려서 수인국과의 국경까지 다다른 무렵이었다.

제국에서 철벽을 자랑했던 요새 도시는 소동 시작부터 하루밖에 버티지 못한 채 괴물들의 손에 떨어지고 말았다.

제3장 흡혈 공주가 나아가는 길

카이의 마음속 세계는 좀 돌려 말해도 몹시 격렬한 느낌의 파라다이스였다.

"움후후홍♪ 좋구나아, 좋구나아. 간식거리가 한가득이야!"

오른쪽에서 왼쪽으로, 목부터 안쪽으로 찔러 일도양단.

세로로, 가로로, 앞에서, 뒤에서, 수천에 달하는 섬격을 휘두르며 수많은 마물을 베어 넘긴다.

볼깍볼깍 흘러넘치는 마물들, 짐승형, 식물형, 드래곤, 부정형의 마력 생물형, 아인형, 또 지금은 언데드의 일종인 리빙 아머.

게다가 한 마리 한 마리가 달인 수준의 기량을 가진 검사들.

휘두르는 검의 가치를 증명할 만한 힘을 보유한 멋진 실력의 적.

쓰러뜨리고 쓰러뜨리고 쓰러뜨리고 쓰러뜨리고. ……아아, 어쩜 이렇게 맛있는 상대가 다 있을까아♪

"흥분이 마구마구 솟아오르잖아!"

기량 전부를 쏟아부은 검을 휘두른다. 노노가 휘두르는 검이 광채를 발한다.

그것만으로도 이미 **못 견디겠다**.

"이얏호! 읏, 으음?!"

그렇게 좀 지나치게 흥분한 탓에 한 발짝을 너무 깊숙이 들어갔다.

다음 한 수가 지체되어버린 대가로 노노의 등에 날카로운 일격이 들이닥치며…….

그 순간, 주위의 공기를 죄다 잡아먹을 기세로 작열하는 불꽃이 등을 태운다.

“『우오오오오오오오오오오오…….』”

“거참, 촐싹거리기는.”

검은 숯덩이가 된 리빙 아머를 걷어차며 노노의 뒤로 돌아들었던 레티가 곧장 또 다른 적에게 마법을 날린다.

“에헤헷, 실수했네.”

“조심하거라. 네 녀석의 스킬도 이곳 정신세계에서 죽으면 어찌 될지 모르잖느냐?”

“그러게 말야. 이런 보너스 스테이지, 더 차분하게 맛봐야 더 많이 즐겁겠지~.”

그래, 게다가 솜씨 좋은 아군과 함께 마음껏 싸울 수 있다.

이런 기회는 좀처럼 없단 말이야♪

그 이후로도 다시 한참을 싸워서 상당한 수의 마물을 쓰러뜨리자 마물의 파도가 수그러들었다.

“……이제 리빙 아머는 끝난 것 같사와요.”

슈리아가 조종하는 까맣게 물든 갑옷 인형이 마지막 한 마리를 쓰러뜨리자 주위에서 마물의 기척이 사라지며 조용해진다.

그러자 첫 번째 방과 마찬가지로 다음 방으로 나아가기 위한 문을 묶어 둔 쇠사슬이 풀어져 사라진다.

가만히 문 주위를 떠다니는 검은 아지랑이가 사라져 가는 것을 확인한 뒤 노노와 일행들은 지면에 주저앉았다.

앞으로 나아가기 전에 짧게나마 휴식을 취하며 소모된 체력과 마력을 회복시킨다.

"후유, 어음, 이게 몇 번째 방이었어요?"

"여기가 딱 일흔 번째의 방이군요."

슈리아의 질문에 미나리스가 대답했다.

방을 나아갈 때마다 첫 번째 방과 마찬가지로 수많은 마물이 들이닥치곤 한다.

늪에서 솟아나는 기포처럼 볼깍볼깍 나타난 마물들은 어느 정도의 수를 쓰러뜨리면 뚝 출현이 멈추고, 다음 방으로 나아가기 위한 문이 해방된다.

그리고 등장하는 마물은 방을 지나갈 때마다 점점 더 강해졌다. 싸울 상대가 잔뜩이라 진짜 즐거워♪

"꼴깍꼴깍, 후유. 오라버니가 계신 곳까지 앞으로 얼마나 더 걸리려나요……."

그렇게 중얼거린 마이는 막 비운 포션병을 도로 집어넣는다.

'으음~ 마이는, 꽤 많이 소모된 것 같은데~.'

이 자리에 있는 인원들 중에 마이의 실력이 가장 떨어진다. 소질은 충분하지만 유감스럽게도 전투 경험이 충분하지 않았다. 괜찮을까?

"적어도 앞으로 여섯은 방이 더 있을 게다."

"무슨 이유이어요?"

"이제껏 싸워왔던 마물들이 말이다, 어느 마물도 낯익은 마력 파장을 갖고 있더구나. 모두 다 카이토가 다루는 【심검】과 똑같았으니. 방마다 솟아나는 마물은 모두 한 종류씩, 그러면 방의 숫자는 카이토가 보유하고 있는 심검의 종류와 같은 숫자만큼은 있다 생각하는 게 자연스럽지. 요컨대 직전까지 카이토가 갖고 있었던 일흔여섯 종류의 심검 중 나머지 여섯 종류 몫까지는 방이 더 있을 게다."

"흠흠, 설득력이 있사와요."

"어디까지나 가설에 불과하니 맹신은 말거라. 이곳은 카이토의 정신세계, 무슨 일이 일어나도 이상할 게 없는 장소이니라. 일흔여섯 번째 방을 클리어했더니 다음은 복수의 마물이 동시에 나타나는 방이 기다리고 있다거나 혹은 첫 번째 방으로 되돌아가게 될 가능성도 있구나."

레티가 이야기한 가설에 납득했다는 듯이 슈리아가 끄덕끄덕 고개를 움직이고 있다.

암튼, 그런가, 최단이어도 방이 여섯은 더 남았구나.

그런 생각을 떠올리며 가만 앉아서 또 잠시나마 휴식을 취한 뒤 노노와 일행들은 다음 방으로 향한다.

"다음은 어떤 마물이려나……. ……어라?"

선두에 나선 노노가 다음 방에 뛰어들었지만, 그동안 지체 없이 곧바로 솟아 나왔던 마물들이 전혀 모습을 드러내지 않았다.

그뿐 아니라 다음 방으로 나아가기 위한 문이 이 방에는 하나도 없었다.

"으음~ 막다른 길이야?"

길을 잘못 들었나……. 에이, 아니지?

이제까지 줄곧 외길이었는데 길을 잘못 들 여지는 없는걸.

"무엇일까요……. 여기는, 설마 막다른 길인가요……?"

"메테리아의 말처럼 나에게도 그냥 막다른 길로 보일 뿐이구나."

"그러나 이 장소가 만약 최심부여도 찾아볼 여지도 없이 주인님은 이곳에 안 계시는데요?"

미나리스가 한 말대로 입구에서 방 안을 한눈에 둘러볼 수 있어서 누군가를 찾아다닐 여지는 없구나.

어떻게 된 일이람?

방 안으로 모두 걸음을 들여놓았는데도 역시 마물은 나타나지를 않고.

"끄으응, 이건 예상이 어긋났구나."

"그럼 이제부터 어떻게 해야 되어요?"

슈리아가 그렇게 말을 꺼내는 순간, 팟, 노노와 일행들 한 사람 한 사람의 발밑이 발광했다.

"윽, 이건……."

"눈부시어요?!"

"……윽."

"으음!"

"눈부셔……!"

전원이 그 자리를 피해 물러난다. 레티와 메테리아는 마력으로 결계를 펼치고, 미나리스와 슈리아는 각자 능력을 지면에 펼치고, 마이와 노노는 손에 든 무기를 휘둘러보고.

그러나 마력도 적의도, 아무 전조도 없이 일어난 현상에 대응했던 행동은 전부 의미를 갖지 못했다.

그리고 다음 순간, 눈이 멀어버리는 듯한 강렬한 백광과 함께 노노의 의식은 멀어져 갔다.

☆

언제나 안개가 자욱하게 끼어 있는 깊숙한 마의 숲, 그곳의 더 안쪽에 있는 흡혈귀들의 삶터, 은둔촌.

시간도 사람도 천천히 느긋하게 움직이는 조그만 마을.

내가 태어났던 장소는 그런 장소였다.

"노노 님, 노노 니임~?"

"흐흥, 카냐도 참, 전혀 엉뚱한 데를 찾고 있잖아."

창고 안에서 나를 찾으며 나무 상자의 뚜껑을 열어보는 연상의 소꿉친구를 서랍장 뒤에 숨은 채 훔쳐본다.

카냐는 나의 시중 담당 비슷한 업무를 맡아주는 흡혈귀 여자아이였다.

사뿐히 펼쳐지는 주금빛 머리카락과 눈동자. 저 눈동자에 눈물이 글썽이며 살짝 주근깨가 묻은 얼굴을 찡그리고 있다.

마의 숲 스파이더 실크의 실로 짠 흑색의 옷을 마음에 들어 하는데, 오래된 서적에서 발견한 『군복』이라는 옷이라고 한다. 『베레모』라는 이름의 모자도 한 세트이고, 마을에서 가장 뛰어난 마술사에게 부탁해서 튼튼하고 더러워지지 않고 찢어져도 알아서 수선되는 데다가 은폐 효과까지 딸린 매직 아이템으로 만들었다.

본인이 말하기를 『옷의 형태 자체도 무척 움직이기 편하고 기능적이랍니다아. 그야말로 신의 아이템이에요!』라고 했다.

"노노 님, 어서 나와주세요오~! 아직 공부하실 시간이거든요? 성실하게 안 하시면 카냐가 혼난단 말이에요오."

"흐흥이다~ 더 난처해해라."

당황하는 모습을 구경하며 이힛, 나는 소리를 내지 않고 웃는다.

"아얏?!"

"이 녀석, 무슨 악취미 같은 짓이냐!"

콰앙이랄까, 쿠웅이랄까, 사람의 머리에서 나면 안 되는 소리가 울려 퍼졌다.

"가, 가드 형! 너무해. 머리가 터질 뻔했어, 터질 뻔했어!!"

"못된 장난이나 한 벌이다."

뒤에서 불쑥 폭거를 저지른 인물은 씩씩, 콧김을 거칠게 뿜으며 나를 내려다보고 있다.

가드릭 아델하이트.

나와 카냐보다 훨씬 예전에 태어난 흡혈귀인데 본인이 말하기를 몇 살인지는 이제 기억도 안 난다던가.

뾰족뾰족 곤두선 옅은 금발과 다부진 체격을 가진 늠름한 모습이다.

흡혈귀라기에는 적은 마력을 보유했다는 약점을 오직 제 손에 쥔 검으로 뒤엎어버린 『검의 천재』.

일전에 은둔촌을 습격했던 용종을 일순간에 양단했던 광경을 본 나는 동경심을 품게 되었다.

"아앗~ 드디어 찾아냈어요오~ 노노 니임~!! 앗, 흐갸앗?!"

"끄응, 잠깐만, 카냐, 무거워!"

그렇게, 가드 형에게 주의가 쏠린 틈에 내 위치를 알아차린 카냐가 허둥지둥 가까이 달려오다가 아무것도 없는 장소에서 나까지 휘말리게 하며 바닥에 쓰러졌다.

다행히 창고 바닥은 습기 대책을 위해 마법으로 건조한 짚이 빼곡하게 깔려 있어서 다치지는 않았다.

"앗! 너무해요오! 여자아이를 무겁다뇨오~! 바보바보바보오!"

"흐흥~ 가드 형한테 훈련받았으니까 카냐 주먹은 하나도 안 통하는걸~."

내 위에 올라탄 채 카냐가 퍽퍽 때려도 천역덕스러운 표정으로 맞아준다.

"거참, 언제까지 바닥에 드러누워 있을 셈이냐. 바닥의 짚이 자꾸 달라붙잖는가."

"음~."

"흐엥~."

마치 고양이처럼 목덜미를 꽉 붙잡혀서 일어났더니 가드 형이 말했던 대로 머리카락이나 옷에 지푸라기가 잔뜩 붙어 있어서 유감스러운 몰골이 됐다.

"노노릭, 지금은 분명 카냐에게 수업을 받을 시간일 텐데? 이런 곳에서 뭘 하고 있었나."

"그치만, 카냐 수업은 재미없잖아."

"흐엥?! 너, 너무해요, 노노 니이임!"

"약초학에 연금술에 그리고 옛날 말에다 책이나 읽잖아. 별로 재미가 없단 말이야."

"그, 그래도 말이에요오. 다양한 지식을 배우는 건 되게 유익하답니다? 곤란할 때 자기 자신을 도와주니까요."

"엑~ 쥐 시체를 비료로 가공하는 방법이나 아주 옛날에 치러졌던 기우제 의식의 수순이나 이미 절멸한 마물의 생태가 도대체 뭐에 쓸모 있는데."

"……그, 그건요, 아직은 잘 모르겠지만요오……."

카냐는 두 손의 손가락을 콕콕 맞대며 입을 삐죽거렸다.

"이 녀석, 카냐를 너무 괴롭히지 마라. 애당초 그게 본심은 아닐 텐데? 아마도 어제 저녁 식사에 싫어하는 야채가 들어 있었다거나 그런 이유일 테지."

"으윽."

"흐엥? 그런 거예요? 노노 님?"

"……그치만, 나는 쓴 야채는 싫어."

"그, 그럼 못써요오. 매일 끼니는 영양의 균형을 고려해서 식단을 정한단 말이에요. 편식은 안 돼요. 절대 안 돼요!"

평소에는 늘 푸근푸근한 카냐가 살짝 매서운 표정을 짓고 팔로 가위표를 만들었다.

"옳은 말이다, 어떤 음식이든 감사하며 먹어야 하지. 카냐가 맞아."

"가드 형까지……. 으으……."

"……후유, 이거 참. 그런 표정 말거라. 오늘은 검술 훈련일은 아니다만, 나중에 상대해줄 테니 기분을 풀거라."

"앗! 정말?!"

못 말리겠다는 듯이 한숨을 쉰 가드 형의 말에 곧바로 기분이 좋아졌다.

"후유. 거참, 뻔뻔한 녀석이군. 그나저나, 너의 마력량이라면 구태여 나처럼 검을 배우지 않아도 충분히 강해질 수 있을 텐데."

"그치만 가드 형처럼 강해지고 싶단 말이야. 검으로 싸우는 게 멋있고 재밌으니까!"

"……그러냐. 뭐, 나쁜 기분은 안 드는군. 음."

뺨을 긁적인 가드 형은 그렇게 말한 뒤 고개 돌렸다.

가드 형은 칭찬해주면 이렇게 곧장 쑥스러워한다.

"와~ 가드릭 씨, 얼굴까지 새빨개요."

"놀리지 마라!!"

가드 형은 쑥스러움을 숨기려고 고함지르더니 화제를 바꾸려는지 으흠, 헛기침을 했다.

"아무튼 간에 지금은 카냐의 시간이니까 얌전히 가서 공부부터 해라. 검술 훈련은 오늘 진도를 다 나간 다음에 봐주마."

"네에~!"

"앗, 기다려주세요오, 노노 니이임!!"

나는 빨리 검술 훈련을 하기 싫어서 힘차게 창고 바깥으로 나갔다.

마의 숲 깊숙한 곳에 출입할 수 있게 되면서 원정을 나가는 날이 많아진 가드 형에게 매일 검술을 배울 순 없었기 때문이다.

"아무튼, 오늘 진도는 어디까지였더라?"

"오늘 진도는 『마력초의 연금 개론』을 다 읽는 데까지랍니다아."

"알았어! 후딱 다 읽고 검법 수행할래!"

"제대로 집중해서 읽어야 돼요? 내용을 잘 이해했는지 시험 볼 테니까요, 휙휙 넘기고 다 읽은 척하면 안 된답니다?"

"나도 알거든~!"

적성이 있는 고아 갓난아기에게 『신조의 피』를 주입함으로써 나는 흡혈귀가 되었다. 그러니까 다른 흡혈귀들처럼 가족이라고 부를 만한 상대는 아무도 없다.

그러나, 그럼에도 내게는 가족이 있었다.

이 두 사람이 부모님도 없는 나의 유일한 가족이었다.

그로부터 50년의 시간이 흘렀다.

"아, 노노릭 님, 산책 가세요?"

말을 건네 온 사람은 마을의 과수원을 관리하는 꽤나 고참에 속한 아주머니였다.

"응, 오랜만에 가드 형이 돌아오니까 클랜드 피시 파이를 만들어 주려고."

"오오, 가드 꼬마가 돌아온다고요. 약 3년 만이군요."

옆에서 또 말을 건네는 사람은 아주머니의 남편분.

마침 과수원에서 과일을 수확하고 오는 길이었는지 대나무로 짠 바구니 가득 알맞게 익어 적색으로 물든 유미르라는 이름의 과일이 들어 있다.

"벌써 4년이야~. 편지는 새를 보내서 전해 주는데 말야, 여기저기 뛰어다닌다고 전혀 돌아오질 않으니까."

지난 수십 년 동안 가드 형은 마을을 멀리 떠나서 돌아다녔다.

보통 귀찮은 일을 피하기 위해 은둔촌을 벗어나는 경우가 없는 게 흡혈귀이지만, 완전히 마을 바깥의 세계와 관계를 단절하고 살진 않는다.

집단끼리 교류하지는 않더라도 개인으로 마을을 떠나 인간 세상에 섞여서 살아가는 사람도 있다. 가드 형은 견문을 넓히고 싶다면서 온 대륙을 이리저리 돌아다녔다.

"으음, 뭐, 건강하게 잘 지내면 그게 제일이지요. 노노릭 님도 너무 발끈하지 마셔요."

"딱히 화나진 않았는데? 그래도 편지에 맨날 용사랑 주책바가지 얘기를 잔뜩 쓰는 건 관둬주면 좋겠어."

마을 바깥의 국가는 최근까지 난폭자 마왕 때문에 엉망진창이 되었다고 한다.

여행 도중에 우연히 용사와 알게 된 가드 형은 그 용사와 사이가 좋아져서 함께 마왕을 쓰러뜨리러 가게 되었다. 그리고 얼마 전 마왕이 용사에게 쓰러지면서 일단 평화가 돌아왔다고 가드 형의 편지에 쓰여 있었다.

그 결말에 이를 때까지 이런저런 사건 와중에 가드 형은 아마도 미인 여자라는 용사와 눈꼴사나운 느낌으로 마음을 주고받다가 멋지게 연인 사이가 되었던 것 같다.

"에이, 왜요. 사이좋으면 잘된 일이죠. 주책바가지 얘기야 웃으면서 받아넘겨줘요."

"그나저나 가드 꼬마가 벌써 반려를 두다니. 시간 흐르는 게 정말 빠르군."

아주머니는 쓴웃음을 지으며, 아저씨는 진지하게 말을 꺼냈다.

“노노릭 님은 이제 클랜드 피시용 함정을 설치하러 가나?”

“응? 아냐. 설치하러 가는 게 아니라 아침에 카냐가 설해 놓은 걸 회수하고 온 거야. 자, 봐봐, 대어야, 대어.”

휙, 닫아 두었던 자루 주둥이를 열자 눈처럼 하얀 비늘을 가진 물고기가 잔뜩 들어 있었다.

“오오, 정말로 대어네요. 그래, 여기 막 수확한 유미르 열매도 가져가세요. 딱 알맞게 익었으니까 마침 디저트로 먹기에 좋을 거예요.”

“와~ 고마워~!”

아저씨는 빙긋 웃고는 바구니 안에서 잘 익은 열매를 골라줬다.

“이거랑 이거, 그리고 이것도. 맛있는 녀석을 골라드렸으니 다 같이 챙겨 드십쇼.”

“와, 이렇게 많이 줘도 돼?”

“되고말고요. 『신조의 피』를 가진 분께서 드셔주신다면 더할 나위가 없는 기쁨이니까요. 사양하지 마시고 마음껏 가져가주셔요, 노노릭 님.”

“……응, 고마워.”

마을 사람들은 나에게 덮어놓고 친절하다. 무슨 장난을 쳐도 혼났던 기억이 없고, 되레 웃으며 용서해주는 기억밖에 없다. 하지만 이 친절함의 이유는 내가 『신조의 피』를 받아 흡혈귀가 되었고 그 피를 계승했기 때문이다.

그러니까 마을 안에서 나만 님을 붙여서 불린다.

나에게 님을 붙여서 부르지 않는 사람은 같은 신조 흡혈귀인 고드릭 아저씨와 그 이복동생인 가드릭 형 정도였다. 가드 형은 적성이 없어서 『신조의 피』를 받아들이지 못했다는데 나를 특별히 취급하지 않으니까 많이 좋아한다.

"어라, 그러고 보니 카냐는 같이 나오지 않았나?"

"아, 카냐는……."

"아앗~ 여기 있었어! 또 저를 따돌리고 혼자서! 저를 싫어하는 거예요? 네? 싫어서예요? 흐앙?!"

물고기를 회수하러 갔을 때 강에다가 혼자 놔두고 오는 장난을 쳤다.

툭하면 우는 카냐는 이번에도 눈가에 눈물이 글썽거리고 있다. 응, 귀엽다. 이래서 카냐 괴롭히기를 그만둘 수 없어.

그치만 너무 괴롭힌다거나 괴롭히기만 하는 것도 안 좋다.

왜냐면 나는 아무리 심술궂게 굴어도 변함없이 혼내주는 카냐를 정말 좋아하니까.

님을 붙여서 부르는 버릇만큼은 옥에 티지만.

"에이, 싫어하지 않아. 좋아해, 많이 좋아해♪"

허둥지둥 이쪽으로 달려오다가 넘어질 뻔한 카냐에게 손을 뻗어서 꽉 끌어안는다.

"흐엥?"

"그러니까 나를 님 붙여서 부르는 건 관두자?"

"으으, 그건 안 돼요오. 노노 님은 노노 님이니까요오."

"……나빴어, 카냐 싫어. 진짜 싫어~."

"흐에에에엥, 노, 노노 니이임!!"

아주머니, 아저씨와 헤어진 뒤 끝까지 고집부리는 카냐에게 씩씩 화내며 나는 집으로 돌아왔다.

그러다가 집 근처에서 아주 잘 아는 기척과 잘 모르고 낯선 기척을 느꼈다.

“이 기척은……. 가드 형!”

“응? 왔나, 오랜만이다, 노노릭.”

집 앞에는 예전과 변함없는 모습의 가드 형과 검은색 세미 롱 머리카락의 야무진 표정을 지은 여자가 서 있었다.

너무 가냘픈 체격이라서 살짝 병적인 인상마저 준다.

“카냐도 잘 지낸 듯 보이니 다행이군.”

“오랜만에 뵈어요오, 가드릭 씨. 그쪽에 계신 분은…….”

“아, 소개하지. 편지로도 몇 번인가 소식을 알렸다만, 이 여인이 당대의 용사이자 나의 반려가 될 츠카사…….”

그때, 대강 예상은 하고 있었던 여자를 가드 형이 막 소개해주던 중 나와 그 여자의 사이에서 수수께끼의 긴장감이 감돌았다.

다만 적의라든가 악의와 같은 부류와는 동떨어진 긴장감이었다.

“…………………………………………….”

“……? ……? ……?”

쳐다보고 있다. 구멍을 뚫을 기세로 쳐다보고 있다.

빠안~ 뭔가 효과음까지 들리는 것 같다. 뚫어져라 쳐다본다.

“저기요? 가드릭 씨?”

“……이런, 예상은 하고 있었다만, 나쁜 버릇이…….”

당황하는 카냐와 가드 형의 목소리가 들리지만, 눈앞의 여성에게서 흘러나오는 수수께끼의 박력 때문에 어쩐지 눈을 돌릴 수가 없었다.

'뭐야, 왜 저러는 거야? 가드 형의 신부가 될 사람이라니까 사이 좋게 지내고 싶었는데, 내가 어딘가 마음에 안 드는 거야……?'

"가, 가드 형? 내가, 이 누나한테 뭔가……."

아무튼 마냥 눈싸움이나 할 수는 없었던지라 난처해서 가드 형에게 도움을 요청했을 때였다.

"푸핫?! 누 · 우 · 나 · 아?! 더는 못 참아아아아아아아앙!!"

"어웁?!"

꾸준히 수행해서 제법 성장한 나도 못 좇아가는 신속함으로 움직인 츠카사 씨는 갑자기 나를 꽉 껴안더니 뺨을 부비적대기 시작했다.

"꺄, 뭐야, 이 아이! 치사해, 비겁해, 보물 발견~!! 쇼트커트의 금발 미소녀! 꺄앗~ 머리카락 살랑살랑, 팔다리 가늘어, 피부 매끈매끈에 완전 하얘! 진짜 반칙이야!!"

"꺄아아아아아악!? 가, 가드 형?! 뭐야, 왜 이래, 이 사람 뭔가 무서운데?!"

"……후유. 츠카사, 슬슬 진정해라."

한숨을 쉰 가드 형이 달래봐도 츠카사 씨는 나를 단단히 껴안은 채 놓아주지 않는다.

"뭐야! 이런 아이를 숨겨 놓다니 사기야, 사기!! 게다가 『가드 형』이라고 부르게 시켰겠다, 이 변태!!"

"누가 변태인가, 남들이 듣고 오해하겠군!! 우선 거울부터 보고 지껄일 말이 아닌가!!"

"항의!! 단호하게 항의!! 본인은 형사 소송도 불사할 각오이다~!!

미소녀 은폐죄로 가드릭은 유죄(길티)!!"

"에잇, 헛소리 말고 일단 노노릭을 놔줘라!!"

"싫은데!! 오늘부터 이 아이는 내 여동생이야!!"

"정신 좀 차려라!! 애당초 미소녀에 여동생은 무슨 넋 빠진 소리인가! 노노릭은 남자라고 미리 분명하게 얘기해줬을 텐데!!"

가드 형이 실력 행사에 나설 기세로 쏘아붙이자마자 츠카사 씨는 뚝 움직임을 멈췄다.

"……낭자, 아이?"

끼익, 끼익, 끼익, 목에서 소리를 내며 망가진 인형처럼 이쪽을 돌아보는 츠카사 씨는 방금 전까지 풍성했던 표정이 완전히 빠져나간 무표정이었다.

"저기, 네, 나는 남자아이, 인데요?"

질문하는 말의 발음이 조금 이상하기도 했고, 냅다 기행을 저지른 탓에 일단은 흩어졌던 수수께끼의 압력 때문에 왠지 의문형으로 대답하게 된다.

"……후유우으으……."

"어? 잠깐?!"

그 순간, 마치 강한 햇살에 쏘인 것처럼 뒤로 휙 쓰러져 가는 츠카사 씨.

놀라서 굳는 나 대신에 미리 행동을 예상했는지 가드 형이 몸을 받쳐준다.

"이런, 이봐, 제정신은 돌아왔나?"

"리얼, 낭자아이라니, 보물이야아아……. 더는, 무…… 리……."

뭔가 유언 비슷한 분위기를 연출하며 츠카사 씨는 잘 알아들을 수 없는 대사와 함께 꼴깍 정신을 잃어버렸다.

“거참, 이 바보 녀석은…….”

“어, 어엇? 저기, 괜찮은 거야? 저 사람.”

“몸이야, 대강 괜찮긴 하지. 몸이 약한데도 과하게 흥분해서 정신을 잃었을 뿐이니까. 다만 머리는, 이미 손쓸 도리가 없군. 이 녀석은 이런 생태를 가진 무언가라고 생각하는 게 좋겠다.”

“……저 사람, 용사가 맞아?”

“그래, 자격상 용사가 맞다. ……난감한 부분은 있지만 굉장한 녀석이지.”

그렇게 말한 뒤 가드 형이 츠카사 씨의 머리카락을 조심스레 쓰다듬어주자 츠카사 씨는 흐냥~ 행복해하는 표정을 지었다.

아무런 말을 않더라도 정말 소중한 상대라고 온몸으로 대변하는 듯한 모습이었다.

……아주 살짝만, 가슴 깊숙한 곳이 따끔거렸다.

“흐응~ 뭐, 그렇겠지. 가드 형을 함락시킨 사람이니까.”

“뭣?!”

히죽 웃으며 놀리자마자 가드 형은 얼굴을 새빨갛게 물들인다.

흡혈귀가 성인 대우를 받는 이백 살까지 마을 바깥출입을 허락받지 못하는 나에게 자랑이나 하는 가드 형이 잘못한 거야.

‘……나도, 마을 바깥에 나가는 날이 오면 두 사람 이외에도 소중한 사람이 생길까?’

『신조의 피를 보유한 흡혈귀』가 아니라 『노노릭』 본인을 우선해주는 이를테면 가드 형이나 카냐와 같은 상대가.

"저기요오, 슬슬 집 안에 들어갈까요? 그쪽 분도 눕혀들여야 할 텐데요오."

"으음, 끙, 그렇군."

놀리는 말에 무언가 반론하려는 듯한 모습이었던 가드 형은 결국 아무런 말도 못한 채 대답했다.

가드 형이 마을에 돌아온 뒤 며칠이 지났다.

그동안 츠카사 씨와도 잔뜩 친해져서 가드 형의 부끄러운 이야기를 들려주거나 츠카사 씨가 원래 살았던 세계의 이야기를 듣거나 같이 요리를 만들기도 했다.

그리고 지금은 마을 변두리에서 가드 형과 대련을 하는 중이었다.

"이야아아아아아앗!!"

까까까까까까깡, 힘껏 휘두른 검이 맞부딪치며 연속해서 금속음이 울려 퍼진다.

"더 힘내봐라. 뭐야, 고작 이건가?"

"나는 이도류로 몰아치는데 어떻게 다 막아 내는 거야!!"

"하하핫, 아직 검을 겨뤄서 지진 않는다. 이도류로 몰아치겠다면 최소한 지금의 곱절은 공격 횟수가 많아야겠지."

이쪽은 죽기 살기로 검을 휘두르는데도 가드 형은 천연덕스러운 표정을 지은 채 나의 검을 받아준다.

벌써 몇 판을 싸웠는데 한 번도 때리지 못했다.

"끄응!"

"아직은 많이 어설프구나. 자, 뭐하나. 더 힘내라, 힘을 내."

"짜증 나~!!"

'가능하면 검 실력만 갖고 한 번은 때려주고 싶었는데, 무리인 것 같으니까 비장의 수단을 써버리자!'

"……그러면 이건 어떠냐!! 『신혈박쇄(神血縛鎖)』!!"

"으음, 이것은!"

종횡무진 춤추는 검극의 사이를 누비며 나의 두 팔 소매에서 오렌지색의 광채를 발하는 피 사슬이 몇 가닥 튀어나왔다.

사슬은 마치 몸체가 직접 의사를 지닌 것처럼 공중에서 구불거리며 가드 형에게 다가든다.

"놀랐다만 이런 정도론 아직 공격 한 번도 맞아줄 수 없군."

마력을 안 쓰는 이 기술에는 노련한 가드 형도 허를 찔린 것 같았다. 그러나 허를 찌른 정도로 어떻게든 파고들 수 있다면 이런 고생도 하지 않았겠지.

가드 형은 불규칙적으로 구불거리며 자신의 몸을 구속하려고 드는 피 사슬의 대부분을 베어 쳐내곤 사각에서 치고 들어온 두 가닥을 덥석 움켜잡아서 제압, 한 가닥을 다리로 밟아 눌렀다.

"흐흥, 내 피를 만졌네?"

"음!! 설마!!"

내가 히죽 웃었던 순간, 피 사슬은 액체로 돌아와서 마치 슬라임처럼 가드 형의 손을 감쌌다. 그리고 그 순간, 가드 형의 몸에서 직접 체력과 마력을 빨아들이기 시작한다.

"크, 이건, 떨어지질 않는군……?!"

"지금이다!!"

가드 형에게 빨아들인 힘이 내 몸을 순환하며 힘이 되어준다.

'승산이 있다면 지금 이 순간뿐이야!'

쥐어짠 힘 전부를 쏟아부은 일섬이 가드 형에게 육박하고…….

"『귀장(鬼葬)의 춤』!!"

"엇, 우와앗?!"

……그 일격이 적중할 틈도 없이 나는 단순한 검압에 날려 가버렸다.

"자, 끝났다. 나의 승리군."

"으읏……."

꽤나 긴 거리를 굴러서 나무에 부닥치게 된 내가 자세를 가다듬기보다 빨리 가드 형이 검을 가까이 들이밀고 있었다.

"어휴~ 가드 형도 츠카사 씨도 너무 강해. 한 번도 못 때려봤어."

완전히 외통수였기에 또 한 번을 못 때려봤다고 한숨 쉬면서 나는 바닥에 큰대자로 눕는다.

덧붙여서 가드 형과 승부를 시작하기 전에 츠카사 씨하고도 붙어봤는데 가드 형 이상으로 싸움이 되지 않았다.

마주 선 다음 순간, 저항할 틈도 없이 온몸의 기력과 마력 대부분을 **잡아먹혀**버렸으니까.

내가 쓴 『신혈박쇄』과 같은 계통이라 짐작되는데 나보다 훨씬 위력이 강한 능력이었다. 나는 사슬이 상대에게 맞닿아야만 힘을 발동할 수 있는 데 반해서 츠카사 씨는 단지 나에게 접근만 해도 힘을 잡아먹을 수 있었다.

"너무 침울해하지 마라. 놀랄 만큼 강해졌더라."

"그래그래, 내『폭식』에 당한 뒤에도 싸울 수 있는 사람은 별로 많지 않거든? 역시나 노노. 후유~ 어쩐담, 귀여운 데다 강하다니 진짜로 정신 나가버리겠어! 있지, 어떻게 생각해? 어떻게 생각해?"

"에이~ 예쁜 옷이 더러워졌어."

혼자서 또 꿈틀꿈틀 요란을 떠는 츠카사 씨를 무시한 채 옷에 묻은 먼지를 털면서 일어난다.

"흠, 노노릭도 츠카사 다루는 방법을 깨달았나 보군……. 그나저나, 아까 사슬은『신조의 피』를 이용한 기술인가?"

"응, 옛날 문헌에 말야, 그렇게 힘을 활용하는 방법이 적혀 있어서 시험해봤어. 꽤 편리하더라, 이거."

방금 전에는 사슬 형태로 사용했던『신조의 피』를 이번에는 손 모양으로 만든다.

"그래, 괜찮구나. 사용할 때는 조심해라, 나조차 제법 흡수당했으니. 어설픈 녀석에게 쓰면 순식간에 폐인이 되어버릴 거다."

"에이, 알거든~."

"두 사람 다 무시하다니 너무해……. 그치만 그게 또 좋아!!"

"여러부운~ 식사 가져왔어요오~."

그런 이야기를 나누던 때에 카냐가 특대 바구니를 들고 다가왔다.

하늘을 올려다보면 태양이 높이 떠올랐다. 점심시간이었다.

"자, 그러면 식사를……."

잠시 긴장을 푼 순간이었다.

"……음, 이 기척은……."

"뭔가 불길한 느낌이야~."

"흐엥, 어쩐지 하늘이 어둡게……."

그것은 정말, 정말로 갑작스럽게 나타났다.

쓱, 별반 대단한 조짐도 보이지 않은 채 마치 처음부터 저곳에 있었던 것처럼.

그런데도 압도적인 위압감을 발휘하며 저곳에 불쑥 생겨났다.

"『까키잇?』"

작은 산처럼 커다란 부정형의 투명한 육괴.

크기를 감안하지 않는다면 슬라임과 비슷하지만, 슬라임이라고 부르기에는 압도적인 기세를 가진 저 마물은 눈도 없는 주제에 우리를 보고 있었다. 우리를 바라보며 마치 먹이를 찾은 굶주린 늑대처럼 환희의 소리를 내질렀다.

"『까키이이이이이이이이이이이이이이이이이이이이잇이이이이이이이이이이이잇!!』"

저 생물은, 위험하다.

머릿속에서 생각이 이루어지기보다 앞서 오싹거리며 공포가 몸을 치달린다.

처음으로 느낀 생명의 위기를 앞에 둔 본능적인 두려움.

그 두려움이 불러일으킨 몸의 위축은 급박한 상황에서 치명적인 지체가 되었다.

몇백, 아니, 몇천의 수에 달하는 촉수의 벽.

사냥감을 찾아냈다는 듯이 쇄도하는 촉수의 맹공에 대응할 만한 여유가 나에게는 없었다.

“『신장(神葬)의 춤, 카구라』!!”

이제 글렀다고 체념한 순간, 나를 보호하며 가드 형이 눈앞에 나타났다.

상대가 촉수의 벽이라면 가드 형이 날리는 것은 검극의 해일 같았다.

“우오오오오오오오오오오!!”

공기를 찢어발기는 소리가 마치 방울 소리처럼 딸랑딸랑 울려 퍼지고 있었다.

“……아름다워.”

지금까지 얼마나 나를 봐주며 대련했는지를 절절히 깨닫게 되는 날카로운 검.

사나운 가드 형의 검섬은 한편으로 마치 섬세한 예술과 같은 치밀함을 지녔다.

“『까키잇……!!』”

먹이를 앞에 둔 채 기다려 명령을 받은 개가 으르렁 소리를 미처 자제하지 못하듯 저 마물은 대기를 뒤흔들었다.

그러나 분노에 휩싸인 저 율동도 불현듯 움직임이 둔해진다.

“【폭식의 권위】, 기동.”

츠카사 씨가 가만히 중얼거린 순간, 포식자와 피식자의 관계가 반전되었다.

“『까키잇? 까키잇?』”

두웅, 주위의 공기가 무거워진다.

감지되는 것은 나와 겨루었을 때도 사용된 기술.

“안 되지. 그건 내 전매특허인데.”

평소의 유감스러운 모습은 온데간데없이 주위를 위압하는 기세와 함께 츠카사 씨가 나선다.

“빨아들이고 잡아먹는 나무들이 되어라. 『기아의 숲』.”

쓱, 츠카사 씨가 지면에 손을 짚자 마물의 주변 땅에 회색의 이끼 비슷한 것이 펼쳐져 간다.

이끼가 펼쳐진 위치에서 녹색의 버섯 비슷한 것이 잔뜩 자라서 뻗어 오르고, 마물의 투명한 몸이 조금씩 회색으로 물들어 간다.

그에 따라서 마물의 움직임도 점점 둔해지기 시작했다.

“두, 두 사람 모두 굉장해……. 이렇게 가면…….”

방해가 되지 않도록 틈을 보아서 마물로부터 떨어졌던 나와 카냐.

공포에 굳을 뻔했던 사고로도 이렇게 거리를 벌리면 차분하게 상대를 관찰할 수 있다.

저 마물은 마의 숲을 자기 집처럼 날아다니는 드래곤들보다 훨씬 더 강한 힘이 느껴졌다. 그러나 가드 형도 츠카사 씨도 초월적인 실력을 가지고 있다.

사실 지금도 마물을 상대하며 압도하고 있었다. 두 사람에게 맡기면 틀림없이 괜찮다.

“카냐, 일단 조금 더 물러나자. 이 위치면 전투의 여파에 휘말릴 수도 있으니까.”

“아무 조짐도 없이 갑작스럽게 나타나서……. 나타난 뒤 주위에 원인 불명의 어둠이 퍼지고……. 슬라임처럼 투명한 육체와 거구…….

이런 특징을 가진 마물은……. 설마!"

"어? 카냐?"

카냐는 뚫어져라 마물을 관찰하고 있다.

나의 목소리도 안 들릴 만큼 집중하는 것 같았는데 어떤 해답에 도달하자마자 얼굴에 험악한 표정을 짓고 있었다.

"왜, 왜 그래? 카냐."

"이러면, 아, 큰일, 큰일 났어요오……."

재차 조금 더 고민하는 몸짓을 보인 카냐는 자꾸자꾸 안색이 나빠졌다.

"『끼키이이이이이이잇!!』"

한층 더 움직임이 둔해져 가던 와중에 마물은 불쑥 제 몸뚱이를 팽창시키기 시작했다.

"읏! 싱거운 주제에 양만 넘치는 녀석이잖아!"

"어쩔 수 없군, 일단은 조각조각 잘라보자고."

마물의 행동에 즉각 반응한 가드 형과 츠카사 씨가 마력을 고조시킨다.

하지만 이에 대응하는 마물의 반응을 본 카냐가 소리 질렀다.

"아!! 안 돼요! 도망쳐어어어어!!"

그 말과 함께 팟, 마물이 온몸으로 발한 강렬한 빛이 눈을 살랐고, 카냐가 나를 감싸며 꽉 끌어안았다.

영문을 알 수 없었지만, 카냐의 말을 따라서 반사적으로 자신의 피를 조작한다.

"『신혈방벽』!!"

급하게나마 만들 수 있었던 피의 방어벽으로 주위를 둘러쌌지만, 방어벽이 침식되는 것을 느낀다.

어중간하게 힘이 조금만 주입된 신조의 피는 상대의 마력과 서로 반발하며 대항했다.

'윽, 뭐야, 이 마력! 다 제압할 수가 없어, 터지…….'

"으아아아아아앗?!"

서로 반발하는 힘에 의하여 마력 폭발이 발생한다. 피의 벽도 카냐의 부드러운 감촉도 꿰뚫어서 굉음과 충격이 온몸을 뒤흔들었다.

그 기세에 나의 의식은 마치 막이 내려가는 것처럼 두절되었다.

정신을 잃은 게 얼마나 되는 시간이었을까.

내가 눈떴을 때 우선 의식에 올라온 것은 날아오르는 흙먼지 냄새였다.

그리고 그 속에 섞인 강렬한 피 냄새.

하나, 둘, 셋, 넷…….

몇 사람이나 쏟아 내서 섞인 피가 강렬하게 의식을 찔러 들어온다.

마치 유혹하듯이 감미롭고 고혹적인 피 냄새.

평소의 흡혈 충동과 달리 본능을 직접 자극하는 갈증의 충동.

"윽, 크읏, 도대체, 뭐가 어떻게……."

주위를 둘러보면 그곳은 잔해의 산이었다.

주위 나무들은 석화되어 산산이 부서졌고, 보드라운 지면은 쩍 갈라져서 바위의 표면 같았다.

그곳에 누워 있는 사람은 낯익은 마을의 흡혈귀들.

"『까키이이이이이이이이이이잇!!』"

"『마천장(魔天葬)의 무도, 삼라(森羅)』!!"
"【폭식의 권위】, 『찬식환수(餐食幻獸)』!!"
"아직이다, 저 두 사람을 따라가라!! 흡혈귀의 의지를 보여줘라!!"
"신조님을 지켜야 한다!!"
"상대는 고작해야 슬라임 변종이다!! 두려워하지 마라!!"
그리고 지금껏 줄곧 싸우고 있는 이웃들의 모습.
"읏, 다, 다들?! 어째서 다 같이 싸우는 거야."
"하하, 역시 노노 님, 노린 듯한 타이밍이에요오."
"아! 맞아, 카냐?!"
뒤쪽에서 목소리가 들려오자 정신을 잃기 직전에 카냐에게 보호받았던 것이 떠오른다.
"카냐……?! 파, 팔이!!"
"아, 아뇨오. 집순이한테 이 상황은 조금 버거워서요. 석화됐으니까 아픔은 없는 게 위안이네요, 아하하~."
급히 돌아본 눈앞에는 만신창이의 모습이 된 카냐가 있었다.
곤란해하며 웃는 얼굴을 분명 낯익은데도 당연히 있어야 할 왼팔이 없었다.
팔이 붙어 있어야 할 어깻죽지도 까맣게 돌이 되어버렸다.
카냐뿐이 아니었다. 나를 지키려는 듯 싸우고 있는 마을의 이웃들도 어딘가에 부상을 입고 피 흘리거나 혹은 주위의 환경과 마찬가지로 몸 일부가 석화되었다.

“뭐, 뭐야, 이게. 어째서 이런……!”

“저 괴물은요, 아마 『엘펜테리우스』예요. 거대한 슬라임 같은 모습을 갖고 있지만, 정작 실상은 레이스에 가깝죠. 주위의 에너지를 포식하려는 목적만 갖고 움직이는 마력 생명체예요. 옛날 문헌에서 읽은 기억이 있어요. 과거에 저 녀석이 나타났을 때 대륙 하나가 전부 바위가 되고, 결국에는 모래가 되어 바다 밑바닥에 가라앉았다나 봐요~.”

“어, 어째서, 왜 그런 마물이 느닷없이!!”

“유감이지만 저 마물이 발생하는 과정은 해명되지 않아서 말이죠오. 천재지변 같은 취급이랍니다아……. 아!”

그때 갑자기 마물이 있는 방향에서 응축된 마력 덩어리 같은 무엇인가가 날아왔다.

“『까키이이이이잇!!』”

“어림없다!!”

“노노릭 님!!”

깨달았을 때는 이미 피하지 못할 타이밍.

다만 주저하지 않고 몸을 던지며 사이에 끼어드는 흡혈귀들이 방패 역할을 했다.

“읏, 다들 왜?!”

털썩털썩, 나의 눈앞에서 또 두 사람 이웃이 쓰러졌다.

곧장 가까이 달려가려다가 자신의 몸이 마력 사슬로 구속되어 있다는 것을 깨닫는다.

"이, 이것은……?!"

"안 돼요, 노노 님. 아직 의식을 하는 도중이니까요."

사슬은 지면에 그려진 마법진에서 뻗어 나오고 있었다.

본 적도 없는 복잡한 마법진에 속박당한 것을 느낀다. 나를 둘러싼 저 원에서 나가고자 해도 사슬이 나를 묶는다.

"의식이라니, 뭘 하는 거야, 카냐?! 어서 사람들을 구하러 가야지!!"

"괜찮, 답니다아~. 걱정하지 않아도, 노노 님은 반드시, 지킬 테니까요……."

"무슨 이상한 소리를 하는 거야! 그동안 다들 얼마나 오래 싸웠던 거야?!"

"전투가 시작된 지 대강 사흘쯤 됐을까요오? 마력 폭발의 영향으로 노노 님, 줄곧 정신을 잃고 있었으니까요오."

"사흘이나?! 일단 물러나서 치료부터 하자. 이러다간 다들 죽어버려……!!"

"그것도 유감스럽지만 무리랍니다아. 『엘펜테리우스』는 사냥감을 포식 공간에 가두어 놓는 성질이 있어서 바깥에서 들어올 순 있어도 안쪽에서는 나갈 수 없는 초강력 결계를 펼치거든요오. 봐요, 낮인데도 하늘이 어둡잖아요?"

카냐의 말대로 태양은 떠 있는데도 마치 색유리를 사이에 둔 것처럼 하늘이 어둡다.

"전이계 기술도 안 써지니까 도망쳐서 태세를 다시 정비하는 방법도 안 되거든요오. 일단 결계의 경계에서 물자를 피스톤 수송으로

들일 수 있어서 어떻게든 버티곤 있지만요…….”

“읏!! 그럼! 나도 싸울래! 싸워서 다 같이 살아서 돌아갈 거야!! 저 마물만 쓰러뜨리면 다들 안전한 장소로 옮길 수 있잖아?!”

주변 참상을 봐서 지금이 얼마나 혹독한 상황인지는 예상할 수 있었다.

그게 아니더라도 마물에게서 느껴지는 힘은 터무니없는 수준이었다. 그러나 구출하기 위해서는 할 수밖에 없다.

“유감이지만요오, 『엘펜테리우스』의 가장 까다로운 성질은 죽었을 때 해방되는 마력에 있단 말이죠오~. 그게, 죽을 때 포식 공간 아쪽에 강력한 석화 마력을 퍼뜨려요~. 본체도 물론 강하니까 까다로운데요, 저 성질 때문에 기껏 마물을 쓰러뜨려도 아군이 전멸해 버리거든요.”

“읏, 그럼, 어떻게…….”

‘그럼 어떻게 해야 사람들을 구할 수 있는 거야……?’

“……그래도, 어차피 죽는다면 다 같이 싸우다가 죽을래! 여기서 쓰러뜨리면 적어도 결계 바깥의 사람들은 구할 수 있어!!”

“……역시, 노노 님은 착한 아이네요오. 그치만 그건 노노 님의 역할이 아니랍니다아. 아까도 말했지만 걱정하지 않아도 노노 님은 반드시 지킬 테니까요…….”

그때 나를 속박하고 있었던 마법진이 엷게 빛을 발했다.

“카, 냐? 저기, 아까부터, 뭘 하는 거야? 이 마법진은 뭐야?”

“석화의, 마력에 대항하기 위한, 술법이에요오. 에헤헤, 역시 실전은 좀 서툴러서 이렇게나 시간이 많이 걸려버렸어요.”

"아! 그런 술법이 있으면 사람들을 다 구할 수 있잖아……!!"

"유감이지만요오, 사용 가능한 대상이 한 명뿐이고요, 평소부터 미리 준비를 할 필요가 있거든요. 그래서 지금 쓸 줄 아는 사람이 저뿐이에요."

"……읏, 그러면! 내가 아니라 가드 형이라든가! 카냐 본인한테 쓰란 말이야!!"

"본인한텐 못 쓰는 술법이고요, 가드릭 씨를 봉인해버리면 석화 이전에 마물을 쓰러뜨릴 수가 없답니다아."

"앗?! 잠깐, 카냐, 잠깐만, 잠깐잠깐잠깐만!! 봉인은 또 뭐야?! 이건 뭘 하는 술법인 거야?!"

"책의 지식은 정말 위대하답니다아~. 목숨을 대가로 모든 것을 정지시키는 수정(水晶) 금술이에요. 어떠한 간섭도 물리치고, 신의 숨결마저도 밀어내는 시공간 격리 술법. 최악의 경우 저 마물을 쓰러뜨리지 못하는 사태가 오더라도 때가 올 날까지 노노 님을 쭉 지켜줄 거예요오."

"목숨이 대가라니, 싫어, 싫어싫어싫어!! 그게 뭐야, 나만 살아남으란 말이야?!"

"그런 말이다, 노노릭."

"아!! 가드 형!!"

큰 기술을 날려『엘펜테리우스』를 후퇴시켰던 가드 형이 가까운 곳에 돌아온다.

장시간 전투를 치러 피투성이가 된 몸이지만, 그럼에도 눈동자에는 굳건함이 깃들어 있었다.

“『신조의 피』를 지켜달라는 것이 선대의…… 어머니의 마지막 소원이다.”

“그게 뭐야! 무슨 소리야?!”

“노노릭……. 너를 상대해주는 것은 즐거웠다. 그러니까 최후에 내가 전력으로 휘두르는 검을 보여주마. ……네 피를 조금만 받아 가지.”

“가드, 형?!”

푸욱, 못 움직이는 나의 목덜미에 가드 형의 송곳이가 틀어박힌다.

꿀럭, 꿀럭, 흐르는 피 소리.

“끄윽, 큭, 여전히 나에게는 안 맞는군. 신조의 피.”

곧 머리카락이 빨갛게 피와 비슷한 색으로 물들더니 가드 형의 온몸에 깃든 마력이 증대됐다.

온몸의 상처 부위에서 구현화된 마력이 쓰읏쓰읏 소리를 내며 연기처럼 흘러넘치고 있다. 그럼에도 불구하고 육체의 그릇에 미처 다 담기지는 못하는 듯 가드 형의 피부가 찢어지고 새로운 마력이 분출되고 있다.

“……그런 표정은 짓지 마라, 노노릭. 너는 끝까지 지켜주마.”

“가드 형…….”

“그렇게 울면 내 검을 제대로 못 볼 텐데?”

덥석, 조금은 거칠게 가드 형이 머리를 쓰다듬어준다.

“카냐, 시작해다오.”

가드 형의 말에 카냐가 고개를 끄덕인다.

“……영원히, 영원히, 영원히, 영원히. 슬픔의 물방울은 그릇을 적신다. 그럼에도 불구하고 바라는 뜻을 위하여. 『비술, 영원수정』."

"앗, 카냐?!"

영창과 함께 카냐는 정면에서 나를 꽉 끌어안았다.

발밑의 마법진이 한층 더 강하게 빛을 발하고 따뜻한 녹색 수정이 뒤덮이기 시작한다.

"『까키이이이이이이잇!!』"

"버텨라!! 얼마 안 남았다!"

"카냐의 술식이 완성될 때까지 절대 공격을 허용하지 마라!!"

"신조님을 끝까지 지켜 낸다!!"

꽉 끌어안긴 어깨 너머로 마을 사람들 싸우는 모습이 보였다.

"가드릭!! 언제까지 농땡이 부릴 셈이야!!"

"요구가 많군!! 애당초 상성도 나쁜 신조의 피를 대뜸 제어할 수 있겠나!! ……아무튼, 이제 충분하다."

츠카사 씨가 이름 부르는 목소리에 대꾸하면서 가드 형이 도저히 믿기지 않는 속도로 전선에 달려 나간다.

"『까키이이이이이잇?!』"

명백히 방어 일변도였던 전투가 강화된 가드 형의 복귀로 반전되어 오히려 상대를 몰아붙이기 시작한다. 게다가 가드 형은 검을 휘두를 때마다 점점 더 힘이 늘어나는 것 같았다.

다만 저 모습이 마치 완전히 타버리려는 찰나에 더욱 밝아지는 불꽃 같아서.

"안 돼! 이러면 안 되잖아!! 싫어, 사람들 다 희생시켜서 혼자 살아남으면 뭐해!!"

"그게, 마을에 사는 흡혈귀들의 임무였으니까요."

"또 무슨 소리야?! 몰라, 모르겠어, 카냐!! 나 혼자 살아남는 데 무슨 의미가 있어?!"

"은둔촌의 흡혈귀는……. 가드릭 씨 외에는 모두 선대의 신조 흡혈귀에게 구원받고 힘을 나누어 받은 사람들이에요……. 『신조의 피』를 지키는 것은 선대가 남긴 유일한 바람이고요. 저희는 처음부터 신조의 피를 지키기 위해 존재했어요. 그러니까, 괜찮답니다, 노노 님."

"안 돼, 이러지 마!! 신조의 피가 뭔데, 난 몰라!! 모른단 말야!!"

"떼쓰면 안 되죠. 음, 지금은 좀 아닌가? 저희가 가장 떼쓰고 고집부리는 상황이니까요."

헉, 헉, 헉, 카냐의 숨이 가빠지고 얼굴이 점점 핼쑥해진다.

발밑을 덮기 시작했던 수정이 커다랗게 자랄 때마다 그 분량만큼 카냐의 몸이 수정으로 바뀌어 깎여 나간다.

"노노 님, 제가 없어지더라도 편식은 하면 안 돼요. 공부는 충분히 많이 하셨고요~. 그 대신 많은 광경을 보고, 많은 시도를 하고, 많은 경험을 쌓아주세요."

"어째서 이런 소리를 하는 거야?!"

따뜻하다, 따뜻하다, 마치 카냐의 생명에 직접 맞닿은 것 같은 따뜻함.

항상 느끼며 아주 좋아했던 따뜻함이 사라져 간다.

"……마지막이나마, 제대로 이야기할 시간이 있어 다행이었어요오."

이미 카냐의 몸 대부분은 수정으로 바뀌어버렸다.

그럼에도 카냐는 살며시 미소 짓고 있었다.

"카냐아……."

"그런 표정은 짓지 말아주세요오……. 저는 영원히, 영원히 노노님의 곁에 있을 테니까요……."

눈앞에 보이는 것은 아무 근심도 없다는 듯이 정말 아름답게 웃는 얼굴이었고.

"아아, 하지만, 정말…… 많이 좋아해요……. 노…… 노…………."

그 말을 마지막으로 카냐의 전부가 수정으로 바뀌어버렸다.

나의 온몸이 수정에 감싸이고, 그와 동시에 자신이 어딘가 다른 공간에 분리되었다는 것을 느낀다. 수정 감옥과 같은 공간 안쪽은 카냐의 의사가 깃들어서인지 몹시 따뜻하고 보호받는다는 감각이 들었다.

그런 장소에서 의식은 또렷하게 유지된 채 변함없었지만, 죽기 살기로 바깥에 나가고자 발버둥 쳐도 아무것도 해낼 수 없었다. 수정 안쪽에서 바깥의 상황을 살필 순 있었지만, 아무리 소리 높여도 수정의 벽을 때려도 전혀 소용없었다.

바깥 세계에서는 전투가 이어졌고, 결국에는 츠카사 씨가 어떠한 능력을 썼는지 가드 형과 융합한 츠카사 씨가 『엘펜테리우스』와 함께 쓰러졌다. 그렇게 주위 일대가 싹 날아갔다.

남은 것은 돌이 된 엘펜테리우스, 츠카사 씨, 가드 형뿐.

그 광경을 보고 구멍이 뻥 뚫린 마음은, 그러나 곧 다른 감정으로 채워졌다.

며칠 지나지 않아 금술로 『엘펜테리우스』를 불러냈다는 흑막이 그곳에 나타났기 때문이었다.

아마도 『용사를 처단한다』라는 목적을 갖고 활동했을 그 자들은 이곳의 광경을 보고 너털웃음을 터뜨리곤 돌이 된 츠카사 씨와 가드 형의 유해를 걷어차서 부쉈다.

이제 자신은 세계의 왕이 될 수 있다며 소리 질렀던 그 남자에 대한 증오만이 마음에 솟구쳤다.

나는 증오를 양식으로 수정 감옥 안에서 단련을 거듭했고, 바깥 세계로 나가기 위해 수정의 벽에 밤낮없이 검을 휘둘렀다.

일심불란하게 매진했던 나날이 결실을 맺었는지, 혹은 카냐가 말했던 때가 온 것인지는 알 수 없었지만, 터무니없이 긴 시간을 보낸 끝에 나는 수정의 감옥에서 해방되었다.

사락사락, 나를 둘러쌌던 수정이 모래처럼 자잘한 입자가 되어 지면에 쌓였다.

줄곧 증오했던 남자를 죽이기 위하여 검을 손에 들고 인간들의 세상으로 향했다.

그러나 자신의 감각 이상으로 세계의 시간은 많이도 흘러갔다.

복수를 맹세했던 상대는 200년 이상이나 전에 이미 살해당했다.

"……."

그다음은 그저 혼자서 수정에 봉인됐었던 고향 황무지를 걸어 헤맸다.

하지만, 정말 그곳에는 아무것도 남아 있지 않았다.

전투의 흔적마저도 남지 않았다.

『엘펜테리우스』도, 마을의 이웃들도, 츠카사 씨도, 가드 형도, 카냐도, 아무도.

누구 한 사람, 무엇 하나, 그곳에서 발견할 수 없었다.

"……윽, 아악."

죽은 사람처럼 그저 오로지 주위를 방황하고 걷다가 문득 깨달았을 때 나는 수정에 갇혀 있었던 장소로 돌아왔다.

그곳에는 자잘한 입자가 된 수정 가루의 산은 안 보이고 한 벌의 낯익은 의복이 떨어져 있었다.

"이거, 카냐의……?"

지면에 주저앉아 옷을 주워 들었다.

"으아아아아아아아아아아아아아아아아아아아아아아아아아아아아아아아아아아앗!!"

그 순간, 마치 수정과 함께 얼어붙은 것 같았던 감정이 눈물로 뒤바뀐다.

"어째서! 어째서어째서어째서어째서어째서야아!!"

『괜찮, 답니다아~. 걱정하지 않아도, 노노 님은 반드시, 지킬 테니까요…….』

『노노릭. 너는 끝까지 지켜주마.』

"나 혼자 살아남아 어쩌란 말인데!! 무엇을 위해 살아가라는 거야!! 아무것도 없는데 살아남아 봤자 아무것도 할 수가 없잖아!!"

소중한 사람이 아무도 없다.

좋아했던 사람들은 흔적조차 남지 않았다.

복수를 다짐했던 상대마저 시간의 흐름 속에서 사라져 없어졌다.
힘을 손에 넣었고 자유를 손에 넣었는데 그럼에도 내 손에는 아무 것도 없었다.

『저희는 처음부터 신조의 피를 지키기 위해 존재했어요.』
『『신조의 피』를 지켜달라는 것이 선대의…… 어머니의 마지막 소원이다.』

"필요 없어! 필요 없어!! 필요 없다고, 『신조의 피』 따위!! 나한테 그딴 건 필요 없어!! 나는 『신조의 피』를 보관하는 그릇이 아니야!! 이딴 거, 나한텐 필요 없어!!"

손목을 베어 가르고 온몸을 순환하는 『신조의 피』를 몸 바깥으로 쥐어짜 낸다.
자신의 몸 안에 있는 『신조의 피』를 끄집어낸다.
"헉, 허억, 나는 『신조의 피』가 아니야, 신조님이 아니야, 노노릭님이 아니야."
오렌지색으로 빛나는 신의 피 구체를 결국에는 쥐어 부스러뜨려서 내버린다.
"나는, 노노야. 그냥 흡혈귀이고 노노야."
그렇게 나는 자신을 노노라고 부르게 됐다.
다른 누구도 아닌, 신조의 피 따위 가지지 않은 흡혈귀 노노가 됐다.
카나가 남긴 『군복』을 걸치고, 가드 형에게 훈련받은 검을 휘두르며.

그저 저 사람들이 있었다는 증거를 남기기 위해 노노는 떠돌아다녔다.

그것만이 노노가 계속 살아갈 이유였다.

☆

"으, 으응……."

"흠, 겨우 정신을 차렸군."

"꺄앗~ 역시 보물이야아아. 몇 년이 지나도 바래지지 않는 이 보무울! 줄곧 당대 용사의 안에서 봤었지만, 몇 번을 봐도 군복 코스프레의 파괴력은 끝내준다아아앗!! 아앙, 좋아 죽게써어……."

멍한 의식을 간질이는 듯한 목소리가 들린다.

"흐아아, 어라, 노노…… 는……."

그러니까 천천히 눈을 뜬 곳에서 보인 저 광경이 이해되지 않았다.

아직껏 분명 옛꿈을 꾸는 것이라고 생각했다.

"오랜만이군, 노노릭."

"안농안농~♪ 노노, 오랜만~."

"츠카사, 씨……? 가드, 형……?"

눈앞에 보이는 것이 아주아주 옛날에 잃은 소중한 사람들의 얼굴이었으니까.

"자, 노노릭, 아직 잠에 좀 취한 것 같아 미안하다만……. 시간이 딱히 많지도 않아서 말이다. 분리해 있는 것도 슬슬 한계인 데다가 무엇보다 말로 하기에는 품위가 없지."

"응, 동감이야. 얼른 돌아오렴~ 가드릭."

"……넌 도대체, 아니, 뭐, 새삼 할 말은 아닌가."

가볍게 한숨 쉬고는 가드 형이 츠카사 씨에게 손을 뻗는다.

그리고 두 사람은 곧장 겹쳐지듯이 서로가 뒤섞였다.

저곳에 다시 나타난 것은 옛날에 단지 바라볼 수밖에 없었던 모습.

빛의 반사에 따라 흑색과 적색이 이리저리 바뀌는 머리카락 색.

중성적인 용모에 흑색과 홍색의 오드 아이.

저런 색깔들과 대비되는 것은 병적이라 보일 만큼 새하얀 피부의 색.

몸에서 김이 피어오르는 것처럼 흘러넘치는 마력과 그 마력을 미처 다 받아 내지 못해서 딱딱 터져 나가는 공기.

"『자, 이곳이【대죄의 검 · 과식 요새의 마흡희(魔吸姬)】의 시련을 치를 곳이다. 이곳에서 앞쪽에는 돌아갈 길은 없다.』"

"읏?!"

다음 순간, 두 사람은 강렬한 살의와 검섬을 내세워서 노노의 앞에 들이닥쳤다.

잠에 취했던 사고가 단박에 싹 맑아지고, 줄곧 전투에 잠겨왔던 몸이 순식간에 반응하여 뒤로 뛰어오른다.

"『뭐냐, 뭐냐, 왜 이래!! 손을 안 쓰면 싸움이 안 되잖나!!』"

"읏, 뭐야, 이게?!"

잇따라 휘둘러지는 난잡함과 치밀함이 동반된 검.

"『정신 못 차리면 눈 감을 틈도 없이 끝나버린다! 설마 옛날에 훈련을 봐줬던 때보다 약해지진 않았겠지?!』"

"크윽!! 시끄, 러워! 잘난 척 떠들지 마!!"

혼란에 빠진 사고를 수습하기보다 빨리 손이 움직였다.

백검을 불러내어 두 손에 쥐자마자 수를 헤아리기도 우스울 만큼 휘둘러온 검격을 날린다.

그 순간, 마치 뇌가 뒤바뀐 것처럼 청명해졌다.

주위가 보인다. 정보량이 늘어난다. 사고 속도가 올라간다. 상황의 이해가 가속된다.

더욱 예리해진 오감이 이것은 꿈이 아니라고, 눈앞의 상대는 가짜가 아니라고 좋든 싫든 인식시킨다.

"왜 여기에 있었던 거야, 가드 형!! 아니, 츠카사 씨?! 아앗, 머리 복잡하니가 이러지 좀 마!!"

"『지금의 나는 단순히 폭식의 글라토니다. 그래도, 뭐, 너의 상대로서는 가드릭이면 될 테지.』"

달린다, 달린다, 질주한다.

검극이 거듭될 때마다 좋든 싫은 마음이 들썩인다.

"『이곳에 있는 이유는, 뭐, 이것저것 있다만. 극단적으로 말하면 우리가 용사이기 때문이겠군. 죽어서 윤회의 고리로 돌아가기 전에 존재가 아예 용사의 힘에 붙들려서 말이다.』"

"그 말부터 벌써 의미를 모르겠거든! 그래서 왜 덮쳐드는 건데!!"

"『방금도 말했을 텐데? 이곳은 폭식의 시련을 받는 곳. 최후의 선택을 강요받는 장소다. 약한 녀석은 받아들이지 않는다, 함께하지 않는다, 들여보내지 않는다. 그것을 위한 선별이 나의 역할이다.』"

"읍!! 꺼흑!!"

한 수 한 수, 장기의 묘수풀이처럼 유리한 형세가 만들어지고 혼

신의 힘이 담기는 일격을 휘두를 여유를 상대에게 허용해버린다.

깊이 밀이넣은 칼날이 드득드득 삐걱이고, 자루를 쥔 손이 피부째 벗겨져 나갈 것 같다.

그것을 다 견뎌도 미처 흡수하지 못한 충격에 휙 날려 가다가 콰앙, 소리와 함께 일직선으로 바위 벽면에 틀어박히는 신세가 됐다.

"『이런, 쯧, 여전히 무게가 없이 가볍구나. 쓸데없이 카냐의 옷을 입고 낭자아이 흉내를 내는 바람에 근육이 덜 성장한 게 아닌가?』"

"쿨럭쿨럭! 시끄러워, 쓸데없이 힘만 세서는."

거리가 벌어짐으로써 새삼 주위를 둘러본다.

반경 5미터 정도의 원형 광장은 말라붙은 흙, 말라붙은 나무, 쩍 갈라진 바위가 있을 뿐 살풍경한 장소였다.

주위를 둘러싼 바위 벽은 올려다봐도 최상부가 안 보일 만큼 드높이 우뚝 서 있었다.

그리고 재차 눈앞의 상대에게 모든 신경을 집중한다.

"……환각이라든가 내 기억을 본뜬 복제라든가 역시 그런 건 아니구나."

"『그래, 아무 거짓도 없이, 나는 가드릭 본인이며 츠카사 본인이다. 뭐, 이미 죽어버린 만큼 유령 비슷한 존재이다만.』"

"그러면, 응, 이제 다 상관없어. 가드 형한텐 하고 싶은 말이 잔뜩 있거든 내가 수정에 갇힌 때부터 수도 없이 수도 없이 힘이 있었다면, 아쉬워하며 힘을 갈고닦아왔어. 혼자 남겨지는 건 더는 싫으니까 말이야~."

"『…….』"

"아까, 약한 녀석을 골라내겠다고 말했지? 그럼 이번에야말로 잘 선별해봐. 또 혼자만 뒤에 남겨지는 건 농담으로도 싫으니까 말야~♪ 그날 이후로 **노노가** 얼마나 많이 강해졌는지 보 · 여 · 줄 · 게♪"

그래, 빨리 카이를 두드려 깨우고 노노는 이번에야말로 다 같이 싸울 거야.

사력을 다해서, 결사의 각오와 함께 찰나의 전장에 존재하기 위해서.

"자, 놀아볼까?"

주위에 열두 자루의 백검을『비상백무(飛翔白舞)(랜플 화이트)』로 전개한다.

"『하하핫, 좋다. 가슴을 내어줄 테니 언제든 덤비도록 해라. 생각한 것 이상으로 두꺼워 보이는 그 가면 안쪽을 조금 더 검증해보도록 할까.』"

씩 웃는 저 얼굴에 츠카사 씨와 가드 형의 얼굴이 겹쳐 보인다.

어딘가에서 끓어오르는 민감한 부분을 까슬한 쇠줄로 문지르는 듯한 불쾌감을 가슴에 품은 채 노노는 눈앞의 상대에게 검을 휘둘렀다.

얼마나 오래 칼날을 맞부딪쳤을까.

변화가 없는 공간인 탓일까, 아니면 휘두르는 검에 너무나 집중했기 때문일까. 노노의 머릿속에서 시간 감각이 애매해져버렸다.

"허억, 허억, 허억."

"『전투 경험을 쌓고 또 쌓아온 결실이군. 확실히 단련을 게을리하지는 않은 것 같다.』"

"아직 이렇게 아득하다니 진짜 난처하네……!!"

전투는 압도적인 노노의 열세로 기울어져 있었다.

공격 횟수로는 분명 압도하는데도 순수하게 힘에서 압도당한다.

전력으로 휘두른 세 자루의 검을 상대는 고작 일섬으로 한꺼번에 날려버린다. 그 후의 빈틈을 노려서 검을 휘둘러봐도 단순하게 초고속으로 물러나서 이쪽의 검이 막혀버린다.

수 싸움을 섞어 가면서 페인트로 허를 찌르고 사각에서 날린 일격을 더해봐도 단순한 스펙 차이로 적의 검이 제때 돌아와서 방어에 성공한다.

"『흥!!』"

"커흑?!"

콰쾅, 철 때리는 듯한 소리와 함께 바위 벽에 내동댕이쳐졌다.

"『자, 더 해볼 테냐?』"

"……하는 게, 당연하잖아♪"

만신창이가 된 몸에 채찍질하며 검을 다시금 쥔다.

"『이대로는 아무리 계속한들 네가 나를 넘볼 수 없다. 스스로도 잘 알 텐데, 이대로는…… 죽는다?』"

"그래도 말야, 포기할 수는 없단 말이야……."

흔들, 유령과 같은 발놀림으로 다시 적 앞에 걸음을 뗀다.

"『포기한다?』"

"**그때**와 달리 지금은 노노한테 선택지가 있으니까, 지금 물러나면 전부 다 거짓말이 되어버리는걸."

그렇다. 단지 카냐에게 보호받기만 했던 그때와는 다르다.

어떻게 행동할지 선택할 권리는 지금 노노에게 있다.

몸이 만신창이이고 괴롭고 어째서 이런 짓을 해야 하는지 알 수 없지만, 그럼에도 노노는 마음이 벅차오른다.

"『……역시나, 너는 **약하구나**.』"

"막말을 하네. 그래도, 싸움은 아직 이제부터가……."

"『아, 아니, 아닌데. 전투력 이야기가 아니란다?』"

오싹, 등줄기에 얼음이 기어오른다.

"『싱겁다는 뜻이다, 증오가.』"

"흡?!"

어둡게, 어둡게 암흑을 섞어 넣은 듯 비뚤어진 미소.

"『너는 말이다, 복수하고 싶은 게 아니야. 단지 죽고 싶을 뿐이다. 감정의 가장 앞쪽에 증오가 없어. 쓸쓸해서 쓸쓸해서 단지 혼자 남는 게 무서울 뿐이다.』"

"윽, 다 아는 척 떠들지 마!"

이제껏 시종 수세가 기본이었던 상대에게서 깊이 파고드는 일격이 휘둘러진다.

겨우 반응하며 검을 막아 내봐도 발이 제대로 못 버텨서 쓰사삭, 뒤로 밀려난다.

"『카이토와 레티시아의 복수를 도우며 복수 놀이는 충분히 즐겼겠지? 어쩔 수 없이 복수를 선택했던 다른 녀석들과 너는 다르다. 너의 본질은 단순한 미아이지.』"

"그렇지 않아!! 노노는……. 큭!!"

동요한 틈을 찌르려는 듯이 이번에는 찰나의 일순간에 등 뒤로 돌아든다.

간신히 그 검을 막아 냈지만, 기세에 밀려 중앙 부근으로 날려 갔다.

"『카냐의 옷을 입고, 나와 단련한 검을 휘두르고, 『신조의 피』마저 내버리고. 줄곧 줄곧, 죽을 장소를 찾아 헤매기만 한 미아다.』"

"아냐 아냐 아냐!!"

공중에서 몸을 비틀어 자세를 가다듬은 뒤 이번에는 노노가 먼저 상대에게 달려 나갔다.

"『전혀, 아닌 게 아니다. 이렇게 죽으려 하는 태도도 어디로 가면 되는지 알지 못하기 때문에 간단하게 목표로 삼을 수 있는 지점을 선택했을 뿐이다.』"

"그게 맞아도 뭐가 나쁜데?! 이제 아무도 없단 말이야!! 마을의 이웃들도, 이렇게 싸우고 있는 가드 형이랑 츠카사 씨도, 카냐도!! 『엘펜테리우스』도 없는 데다가 그 자식을 불러냈던 복수 상대도 혼자 멋대로 죽어버렸다고!! 아무도 남지 않았어!!"

"『어이쿠.』"

"그래도 줄곧 살아왔어!! 이제야, 이제야 만족하며 싸우고 죽을 수 있는 전장을 찾았는데!! 세계를 구하는 싸움에서 죽을 수 있다면 충분하잖아!!"

코등이싸움으로 돌입한 채 아우성치듯 말을 쏟아 낸다.

푹 찔린 정곡이 너무 아파서 되레 정색하며 본심을 떠들 수밖에 없었다.

“이만큼 했음 됐잖아!! 뭐가 불만인데!!”

“『……웃음이 나오는군. 자포자기로 뒤섞이는 사태는 이쪽도 도저히 받아들일 수 없단 말이다.』”

순간, 이제까지 겪었던 중 가장 강력하게 검이 튕겨 나왔다.

“『우리가 하는 것은 자살이 아니다. 복수다.』”

“아끄아아으읏!!”

무너진 자세에서 마무리 일격을 당한 것처럼 두 팔과 두 다리에 타오르는 듯한 아픔이 치달린다.

지금까지는 대강 봐주며 상대해줬다는 듯이 사지의 힘줄을 잘라 놓았다.

“『그러니까, ……너는 살아라.』”

그렇게 말한 얼굴이 무척 서글퍼 보여서.

“어째서……. 대체 어째서야……. 또, 외톨이가 되라는 거야? 어째서 그런 얼굴로 살아가라는 말을 해? 노노는 이미 『신조의 피』도 버렸는데.”

“『……이제 와서 할 말은 아니다만, 어설픈 거짓말은 하는 게 아니군.』”

무릎부터 쓰러져 허물어진 노노를 내려다보며 가드 형은 한숨을 쉰다.

“『『신조의 피』는 모든 흡혈귀의 시조다. 흡혈귀는 다른 생물과 마찬가지로 생식 행위로 불어나지만, 『신조의 피』를 보유한 신조 흡혈귀는 그 피의 힘을 부여함으로써 흡혈귀를 만들어 낼 수가 있다. 종의 존속을 위해 『신조의 피』를 지킬 필요가 있었다. 그런데 말이지,

적어도 나에게 그런 이유는 아무래도 상관없었다. 단지, 네가 살아가주길 바랐을 뿐이니.』"

"무슨 소리를……."

"『적어도, 츠카사도 나도 카냐도, 남길 수 있는 생명은 남기고 싶었다. 마을 녀석들 역시 선대의 신조 흡혈귀에게 받은 은혜 때문만은 아니다. 네가 살아가기를 바랐기에 비로소 죽기 살기로 싸웠던 거다.』"

"……알아, 그런 건, 안단 말이야."

부끄러움을 느낄 겨를도 없이 뚝뚝 흐르는 눈물에 시야가 흔들린다.

알고 있었다. 『신조의 피』를 버려도 의미가 없다는 것도, 다들 얼마나 노노를 소중하게 아껴줬는지도.

그래서 더더욱 살아가는 나날이 공연히 괴로웠다.

"『거참, 너는 옛날부터 외로움을 많이 탔었지. ……그러니까 그때 받았던 신조의 피를, 너에게 돌려주마.』"

가드 형은 자신의 손목을 얇게 베어서 흘러나오는 피를 노노의 입술에 떨어뜨렸다.

"……."

처음 몇 방울이 입술을 적신 순간, 씨앗이 발아하듯 자신의 힘이 해방되는 감각이 느껴졌다.

평범한 흡혈 행위로는 이제껏 채워지지 않았던 감각.

온몸의 상처가 단번에 치료되는 것을 느낀다.

"『그때 우리는 너를 혼자로 두는 방법이 아니면 지킬 수 없었다. 그 결과 너를 많이도 괴롭게 해버렸지. 그러나 너는 더 이상 혼자가 아니다.』"

"……무슨 소리야? 이제야 겨우 대등하게 치고받을 수 있는 상대를 찾아냈는데. 그런데 쫓아내려고 한 사람은 가드 형이잖아."

"『멍청한 말이군, 우리는 사이좋고 정다운 집단이 아니란 말이다. 복수를 단지 수단으로만 아는 넌 아무리 시간이 흘러가도 표면적인 관계밖에 맺지 못한다. 설령 심검의 힘으로 복수심을 공유했어도 근본적인 부분이 등을 지고 있어서야 의미가 없지.』"

상처 부위가 다 아물기 전에 가드 형은 노노의 몸에 흐르는 피에다가 손을 가져다 댄다.

"『그날 카냐가 노노릭을 구한 술식은 초대 용사가 썼던 결정술(結晶術)의 열화판이다. 본래는 술사의 의사로 결정화를 해제할 수 있고, 사실 목숨을 대가로 쓴다 말했지만 다소 수명이 줄어드는 정도의 힘이다. 그러니까 【시초의】 녀석에게 힘을 빌려 왔다. 이것으로 네 안쪽에 있는 카냐의 잔재를 깨우겠다.』"

"뭐? 무슨 뜻이야?"

"『간단하게 말하면 카냐를 부활시키겠다는 뜻이군.』"

"카냐를?!"

"『그래. 다만 결정화하기 직전의 카냐를 돌려놓는 것은 아니다. 더 정확히 말하자면 전생에 가깝다.』"

가드 형이 손을 댄 상처 부위에서 내 안쪽에 있던 무엇인가가 추출되는 것을 느꼈다.

"이거…… 이 느낌은……."

"『거참, 네가 『신조의 피』를 갑자기 버리지 않았다면 더 빨리 스스로 깨달았을 텐데 말이다.』"

가드 형에 추출해 낸 무엇인가는 손안에서 희미한 빛의 아지랑이 비슷하게 바뀐다.

몹시 따뜻하고도 다정하게, 잘못 착각할 여지가 없이 다가들었기에.

"카, 냐……?"

이유는 딱히 필요치 않다. 분명히 카냐였다.

"『……음, 후유, 이만큼 모아 놓았으면 일단은 어떻게든 될 테지. 다음은【시초의】녀석에게 빌린 힘으로 증폭해주면…….』"

가드 형의 손안에 있던 빛 아지랑이가 천천히 명멸을 되풀이한다.

이윽고 그 빛은 명확한 윤곽을 그려 나가며 한 명의 갓난아기로 바뀌었다.

"읏, 아아……."

퍼뜩 놀라며 받아 낸 팔에 포근한 무게감이 실린다.

가드 형에게 돌려받은 신조의 피의 영향으로 이미 회복을 시작했던 팔에 욱신, 아픔이 치달렸다.

"따뜻해……."

"새근, 새근……."

살아 있다.

희미하게 전해지는 호흡의 진동.

"『노노릭, 죽음을 재촉하지 마라. 카냐를 잘 부탁하마.』"

"읏, 그게 뭐야, 갑자기, 제멋대로, 치사해……!"

가드 형이 쥐고 있는 검을 높이높이 치켜들자 검의 주위로 빙글빙글 흑색 마력의 소용돌이가 생겨난다.

“『……【대죄의 검 · 과식 요새의 마흡희】로서 시험의 결과를 선언한다. 너는, 이 앞으로 나아가기에 적합하지 않다. 따라서 체결했던 계약은 파기한다.』”

“으, 으윽, 아…….”

휭, 검이 가볍게 휘둘러졌을 때 이제껏 연결되어 있던 무엇인가가 절단되는 것을 느꼈다.

온몸에서 무엇인가가 벗겨지고 떨어져서 사라져 간다. 퍗, 의식이 암흑 너머로 떨어져 간다.

그렇게 마지막 순간 노노가 본 것은 다정하게 미소 띤 사랑하는 가드 형의 얼굴이었다.

☆

“『자, 이러면 되는 건가, 형님.』”

그 질문에 대답하듯 카이토의 정신세계에 모습을 나타낸 자는 고드릭이었다.

“흥, 못난 동생치고는 좋은 결과였다. 한데 그 몰골은 어떻게 안 되는 건가.”

“『말이야 쉽지. 떨어지는 게 꽤나 힘든 일이라서……. 흠, 읏차.』”

꿀렁, 포기가 쪼개지듯 가드릭과 츠카사가 분리되었다.

곧장 가드릭이 힘들어하며 어깨를 떨어뜨린다.

“어우, 이거 죽겠군. 노노릭에게 신조의 피를 돌려준 탓에 소모가 심각해.”

"훗, 후훗, 매가리가 없구나아, 가드릭."

"너도 무릎이 후들후들 떨리잖나."

허세 부리는 츠카사에게 가드릭이 나른해하며 타박을 놓는다만, 츠카사는 반응하지 않았고 표정도 무너지지 않았다.

"거참, 다른 세계의 힘에 잡아먹히기나 하고. 마치 성자에게 기생하는 레이스가 아닌가."

"변함없이 형님은 입이 험하군. 아니, 확실히 비슷한 신세이기는 한데."

후유, 가드릭은 한숨을 쉬었다.

"여하튼 형님이 바란 결과가 나왔군? 노노릭은 복수의 의의를 잃어버렸고, 자신이 가져야 했던 신조의 피도 되찾았지. 이제 나처럼 잡아먹히진 않을 거다."

"……그렇군, 수고했다."

"오, 웬일이지, 인사를 다 하고."

"나는 그 녀석의 공허를 채워줄 수 없었으니까. 스스로의 실책을 다른 누군가에게 맡겨 해결하고 치하의 말을 못 하는 자에게 왕의 자격은 없다."

"하하, 그렇게 말하자면 불쑥 형님에게 그 녀석을 떠넘긴 내가 민망해지는군."

사과하는 고드릭에게 가드릭은 쓴웃음으로 답했다.

"그러면 이제, 노노릭을 이번에야말로 잘 부탁하지."

"안심해라, 나는 왕이니까. 같은 과오를 두 번 저지르지는 않는다. **못난 동생**을 지키는 것은 형의 책무이니까."

그렇게 말한 뒤 고드릭은 새근새근 잠든 갓난아이를 품에 안은 채 정신을 잃어버린 노노릭을 안아 들었다.

“음, 이제 시간도 별로 없군. 서둘러 이곳 정신세계에서 안 나가면 위험할 거야.”

“누구를 걱정해서 하는 말인가.”

“하하하, 마지막까지 안 바뀌는구나. ……가라, 형. 잘 지내고.”

“흥. ……너희가 어떤 결말을 맞이하는지 끝까지 지켜봐주마.”

고드릭은 더 이상 아무런 말도 없이 평소처럼 불손한 표정을 무너뜨리지 않고 쓱, 어둠에 녹아내리듯 그 자리에서 사라져 갔다.

—폭식의 시련, 실패.

제4장 공범자들이 선택하는 길

"아아, 질투가 나. 질투가 나. 질투가 나."

제 눈앞에는 낯익은 한 명의 여자가 있었습니다.

선명한 죽음의 흑색 머리카락과 거무칙칙한 핏빛의 눈가리개.

회색 피부를 가졌고, 녹이 벗겨져 일어나는 지저분한 사슬을 온몸에 둘러 감은 여자의 모습.

"당신은 분명, 엔비라고 했었죠."

'이곳은…….'

주인님의 정신세계 안쪽, 마법진의 빛에 감싸여 정신을 잃었다가 깨어나자 주위 광경이 휙 바뀌어 있었습니다.

그곳은 성처럼 높은 건물의 일실.

건물 자체의 호화로운 구조와 달리 방 안은 마치 폐허와 같은 상태였습니다.

쩍쩍 갈라진 벽과 유리창, 먼지가 쌓인 바닥, 방구석에 쳐 있는 거미집, 화재가 났던 곳에서 발견한 듯한 벌레 먹은 회화.

그리고 곳곳에 놓인 기사와 마술사, 왕 등등 다양한 인물의 정교한 석상은 여기저기가 파손되었거나 갈라져서 마치 고의로 흠집을 만들어 놓은 듯 보였습니다.

창밖에는 아마도 먼 옛날에나마 융성했을 번화가가 보입니다만,

건물이 낡고 허름한 것은 멀리서 봐도 알 수 있습니다.

그런 장소에서 엔비는 혼자 오래되어 낡은 빠진 탁자와 의자를 두고 앉은 채 찻잔을 들고 이쪽으로 얼굴을 향하고 있었습니다.

그리고 지금 엔비에게서 느껴지는 살을 찌르는 듯한 적대감.

"……그렇군요, 이번 제 상대는 당신이라는 말이군요?"

—강하다.

바작, 식은땀이 배어납니다. 처음부터 전력을 다해 임하지 않는다면 아무것도 못한 채 쓰러질 겁니다.

"……『시원회귀(始原回歸)』!!"

마치 온몸의 세포가 맥박치는 듯한 가벼운 도취감과 함께 온몸에서 힘이 흘러넘쳐 퍼져 갑니다.

주인님과 떨어져 지냈던 짧지 않은 수행 기간 중 터득한 비장의 수단.

이전에 쿠우가 부화했던 날 사고로 동화한 때의 경험을 토와코 씨에게 이야기한 뒤 쿠우 없이 발동과 제어가 가능하도록 훈련한 스킬.

쿠우와 동화했을 때는 나타났던 【창호조충(倉呼躁蟲)】과 같은 스킬은 사용할 수 없을뿐더러 스킬란을 봐도 가호나 능력 각성의 표시는 없습니다만, 모든 능력치에 높은 추가 수치가 부가됩니다.

토와코 씨가 말하기를 유전자에 잠들어 있는 가능성을 마력으로 강제 발현시키는 능력이라고 합니다만, 상세한 원리는 『유전 인자』에 『게놈』에 『염색체』에 뭔가 전문적인 용어를 쓰는 지식이 필요하다고 해서 완전하게 이해할 수는 없었습니다.

이 상태가 되면 스스로는 확인할 수 없습니다만, 본래 아마색을 띤 눈동자도 짙은 청색으로 바뀌고 용의 눈처럼 동공이 세로로 갈라진다고 합니다.

시야 한쪽에는 절반쯤 파랗게 물든 자신의 머리카락이 은은한 인광(燐光)을 내보내는 것이 보였습니다.

“나는 네가 질투 나. 살아 있고, 주인님과 서로를 만질 수 있고, 혼자가 아니고, 구원을 받은 네가 질투 나.”

“……그렇습니까.”

엔피는 안쪽이 빈 찻잔을 내려놓고 흐느적거리며 일어선다.

“자, 여기가【대죄의 검 · 선망성(羨望城)의 궁녀】의 시련. 이 앞쪽에는 더 이상 돌아갈 길이 없어.”

“돌아갈 길 따위 옛날에 이미 사라졌습니다.”

시작은 조용하게, 불같은 전투가 개시되었습니다.

“……녹슨 사슬이여, 묶어라.『재투성이의 뱀 사슬』.”

“둘러 감아서 쳐내라!!『환염독귀(幻炎毒鬼), 독무의 갑옷』!!”

샤라라라라라랏, 들이닥치는 두꺼운 회색 사슬을 주위에 둘러친 독무 갑옷이 부슬부슬 썩혀버린다.

“이 악물어 견뎌라,『환염독귀, 야마타의 독사』!!”

“불어서 꺼뜨려라.『모래 먼지의 한숨』.”

반대로 내가 날렸던 뱀을 본뜬 독액은 엔피를 둘러싼 사기(邪氣) 비슷한 무엇인가에 닿은 뒤 모래가 되어 사라진다.

“아아, 질투가 나, 질투가 나, 질투가 나, 질투가 나…….”

"큭, 귀찮게 구는군요."

전투가 시작된 이후 쭉 비슷비슷한 공방을 되풀이하며 비김수를 쌓을 뿐인 상태였습니다.

특기인 얼음 마법은 통용되지 않고, 환염독귀를 쓰는 공격이 유일하게 엔비의 사기를 흔들어 놓을 수 있었을 뿐, 그조차 엔비 본인에게는 미치지 못합니다.

엔비가 펼치는 공격도 지난 수 개월 동안 토와코 씨에게 받은 특훈이 아니었다면 다 막아 내지는 못했을 테죠.

서로가 서로의 공격을 무효화하며 버티는 터라 양쪽 다 결정타를 가하지 못한 채 단지 시간만 흘러갑니다.

'제 독과 엔비의 물질 지배의 힘은 거의 호각이군요……. 그러면…….'

저는 주인님을 구하기 위해 서둘러 이곳을 돌파해야 할 필요가 있었습니다.

원거리 전투로 결판이 나지 않는다면 근접 전투로 끌고 갈 수밖에 없겠습니다.

"『환염독귀, 괴이의 독우(毒雨)』."

일순간의 눈속임으로 얇고 넓게 독무를 주위에 펼친다.

그 후 주위에 떠다니는 독무에 한층 더 마력을 주입했다.

엔비는 아마 순수한 후위인 듯 본인의 몸놀림은 별로 빠르지 않다.

"……쯧!"

신체 강화를 병용해서 뛰어드니 아주 손쉽게 품속까지 파고들 수 있었습니다. 제 독무와 엔비의 사기가 서로 부딪치고, 그 경계에서 맞버티며 모래가 되어 떨어집니다.

아무래도 미세하게나마 엔비가 두른 사기의 힘이 더 강력한 듯싶습니다만, 검을 휘두르기 위한 순간의 짬이 있으면 충분합니다.

"이야앗!!"

검의 주위를 몸에 했듯이 독무로 두른 뒤 치켜들었습니다. 하지만…….

"질투가 나, 질투가 나. 내가 가지지 못한 검 실력도, 독 다루는 기술도. 내가 가지지 못한 것 따위 모조리 사라져버리면 좋을 텐데."

그 칼날은 엔비의 목을 베어 내기 직전에 독무가 서린 검을 다시 바깥에서 감싸고 있는 사기에 제지되고 말았습니다.

엔비의 온몸을 두르고 있는 사기가 그곳에 집중되자 검을 지켜주는 독무는 차차 모래로 바뀌어 갑니다.

"독무도, 검도, 검을 쥔 손도 전부 사라져버리면 좋을 텐데……."

"그것은, 사양하도록 하겠습니다."

"놓치지 않…… 아앗?!"

"아무래도 슬슬 먹히는 것 같군요. 당신이 모래로 바꿔 놓았던 독이."

거듭거듭 모래로 바뀌어왔던 환염독귀의 독.

그 독은 설령 모래로 바뀌었더라도 감쇠되지 않습니다. 모래로 바뀌었음에도 불구하고 여전히 저의 제어하에 놓을 수 있는 독이었습니다.

이런 계산이 있었기에 결정타가 부족함을 뻔히 알았지만, 『환염독귀』를 써서 무대 설치를 완료했지요.

"그 성가신 사기만 없다면 제 독은 힘을 발휘합니다. 자, 환영 속에서 허덕이세요."

엔비가 두른 사기가 엷어졌던 덕에 발밑에 흩뿌려 놓은 독 모래를 조종할 수 있었습니다. 불과 몇 알갱이, 굳이 입속에 넣지 않아도 피부에 직접 닿게 할 수만 있다면 독은 곧바로 엄니를 드러냅니다.

엔비는 살짝 몸을 움찔거리더니 팔을 축 늘어뜨렸습니다.

사용한 것은 상대를 본인이 원하는 환영에 빠뜨리는 독.

엔비에게는 주인님이 계신 곳으로 가는 길 안내인의 역할을 맡기도록 하죠.

"자, 그러면……."

"거기 누구야, 미나리스냐?"

순간, 제 귀에 감미로운 목소리가 와 닿았습니다.

"주인님?!"

목소리가 난 곳을 돌아봤더니 그곳에는 사슬로 꽁꽁 포박되어 십자가에 못 박혀 있는 주인님의 모습이 보였습니다.

"윽……."

"괜찮으십니까! 주인님."

급히 사슬을 절단하고, 막 쓰러지려 하는 주인님을 받아 낸다.

"대체 어째서 이런 곳에……."

"나도 알 수가 없네. 정신이 들었을 때는 여기에 묶여 있었으니……."

"……."

"미나리스는, 나를 구하러 와준 건가?"

"네, 맞아요. 주인님을 만나러 왔습니다."

"고마워, 역시 내 최고의 동료구나."
다정하게 미소 짓는 주인님.
그 모습을 본 나의 마음속은 단 하나의 감정으로 가득 채워진다.
"……아아."
"으, 미안해, 아직 소모가 심한 것 같아. 잠깐만 쉬어도 될까?"
"예, 그럼요."
나는 그 말에 따라 생긋 웃는다.
그리고.

"당신이 바라는 대로, ……이대로 죽어주세요."

손에 든 검을 **분노**에 휩싸인 채 심장에 박아 넣었습니다.
"어째, 서……."
"왜냐고요? 우후훗, 이상한 말을 다 하는군요. 이유는 물론 화가 났기 때문인데요?"
끝까지 딱딱하게 굳은 표정을 짓는 저 수작에 더한 분노가 솟아난다.
"아니면 당신이 가짜 주인님이라는 것을 깨달은 게 이유일까요?"
"……."
내 말에 이제껏 놀라움과 고통이 뒤섞인 표정을 연기하고 있었던 주인님의 얼굴이 무표정으로 바뀐다.
그리고 나는 주인님의 몸속에서 아마 엔비가 사용했을 환염독귀의 독을 뽑아냈다.
그러자 이제껏 주인님으로밖에 보이지 않았던 얼굴이 엔비의 모습으로 바뀐다.

"네가 만들어 냈던 독은 완전히 재현했어. 내 힘은 『물질의 절대 지배』. 모든 대상을 원하는 물질로 변환할 수 있어. 스스로 만들어 냈던 독, 효과가 감쇠하지 않는 환영의 독. 어떻게 알아챘던 거야?"

"이 독은 술사의 마력과 호응해서 술사의 이미지를 완벽하게 따른 환영을 구축합니다. 요컨대 이 독으로는 당신이 아는 주인님밖에 재현할 수 없습니다. 이 독을 활용하려면 독을 주입한 당사자 본인의 인식부터 조작하는 환영을 상상할 필요가 있단 뜻입니다. 그렇게 하지 않으면 누구나 가진 주관과 술사의 주관에 있는 차이에서 위화감이 발생하니까요."

"……."

"주인님은 저를 절대로 **동료**라고 부르지 않으십니다. 저는 주인님의 동료가 아니에요. **공범자**입니다. 무엇보다 진짜 주인님은 훨씬 더 멋있으시죠."

"……그래, 아, 질투가 나네. 정말로 질투가 나. 너희의 관계가, 너무 질투가 나."

그렇게 엔비가 무표정으로 말을 토합니다.

다만 몇 번이나 듣게 된 저 말은 오히려 제가 하고 싶은 말이었습니다.

"당신은 아까부터 질투 난다는 말을 자꾸 늘어놓고 있습니다만, 오히려 저야말로 당신이 너무, 너무나 질투 납니다만? 알아요?"

나는 견디지 못하고 마음속 말을 토한다.

"당신은 주인님과 일체화되어 있잖아요, 무슨 일이 있어도 어떤 때에도 절대 떨어지지 않죠. 진정한 의미에서 주인님의 일부. 아아, 질투가 나, 저는 당신이 정말 부럽습니다."

"……."

"치사해, 치사해, 치사햇!! 주인님께 인정받을 수 있는 무언가를 가진 모든 것이 질투 나. 슈리아의 순수함이 질투 나, 마이 씨의 남매라는 관계가 질투 나, 노노릭 씨의 가련함이 질투 나, 레티시아 씨의 깊은 신뢰가 질투 나. 그래도 가장 질투가 나는 것은 당신들, 직접 주인님의 힘이 되어드리고 있는 인격들이 가장 질투 나!"

심장을 쇠줄로 갉아 내는 것 같아, 목을 천천히 조르는 것 같아. 온몸이 불에 구워지고 있는 듯한 초조감.

주인님의 곁에 머무르지 못하고 힘이 되어드리지 못했던 시간을 체험했었기에 더더욱 주인님의 진짜 일부인 눈앞에 있는 힘의 집합체가 질투 나서 견딜 수 없어.

그 힘이 아마도 주인님을 강탈하려 드는 상황이라면, 정말이지 감정이 미친 말처럼 날뛴다.

"주인님은, 아무도 빼앗을 수 없습니다. 저 이상으로 주인님을 섬길 수 있는 인간은 아무도 없습니다."

그래, 그것이 가장 소중한 나의 본심.

무슨 일이 있어도 양보할 수 없는 나의 본심.

"아아, 진짜, 정말 질투가 나, 질투 나지만……. 너라면 좋아."

"아!!"

엔비가 말을 꺼내더니 온몸이 모래로 바뀐다.

그리고 다른 장소에서 또 모래가 모여드는가 싶더니 그 장소에서 엔비가 부활했습니다.

"그만큼 짙은 어둠을 마음에 두었다면 충분하다고 인정할게. 【대죄의 검 · 선망성의 궁녀】가 내린 시련을 너는 달성했어."

경계를 풀지 않은 채 대비하는 저를 놓아둔 채 엔비는 이제껏 보인 적의를 무산시켰습니다.

그리고 아무것도 없는 장소에 쓱 손을 뻗자 마치 공간이 찢어지는 듯한 모양새로 빛의 문이 만들어졌습니다.

"여기서 더 나아간 앞쪽에는 돌아올 길이 없어. 그럼에도 나아가겠다면……."

"어리석은 질문입니다. 처음 분명히 말했었죠, 돌아갈 길은 존재하지 않는다고."

나는 일어나서 문으로 걸음을 내디딘다. 주인님이 계신 곳으로 가기 위하여.

☆

"후훗, 아아, 정말 질투가 나네."

미나리스가 사라지고 본래의 정적을 되찾은 엔비의 공간.

"하지만 나는 너를 환영하겠어."

엔비는 혼자 중얼거리더니 빈 찻잔을 다시 입에 가져간다.

또한 은근히 기뻐하는 모습이었다.

—질투의 시련, 달성.

☆

『……우훗훗, 자아, 【대죄의 검 · 채색된 상자의 소녀】의 시련을 시작할게! 이 앞쪽에는 돌아올 길이 없을 거야.』

어딘가 몹시 아득하고 마음의 표면을 쇠줄로 쓸어 만지는 듯한 목소리가 들려왔습니다.

"……유리……."

마음 한쪽에 거스러미가 일어나는 듯한 불쾌감.

"……봐, ……슈리……."

그러나 그 대스롭지 않은 불쾌감은 마치 따뜻한 우유에 잠겨 있는 것처럼 부드럽게 감싸주었다가 사라져 가고…….

"이봐! 슈리아! 정신 차려라!!"

"앗!!"

철썩, 찬물을 뒤집어씌우는 듯한 목소리에 퍼뜩 놀라며 슈리아는 눈을 커다랗게 떴어요.

"『크라아아아아아아아아아우!!』"

"크리스털 베어?!"

눈앞에는 태양의 빛을 반사하며 빛나는 수정 신체를 가진 곰 마물이 있었습니다.

"갈라져라, 『그라운드 어스』!!"

카이토 님이 지면에 검을 박아 세우자 쿠콰콰콰쾅, 소리를 내며 마물과 슈리아의 사이에 깊은 균열이 생겨납니다.

그곳에서 솟아오르는 석창을 꺼려하며 크리스털 베어는 위치를 이탈했습니다.

“『크으르르르르르르으!』”

무척 낯익은 숲속.

파랗게 우거진 나무들과 조그만 적색 열매를 맺은 관목, 잡초도 돋아나지 않는 적갈빛으로 퇴색된 흙.

마법 연습의 표적으로 써서 흠집이 잔뜩 생겼던 바위, 여동생 셀미와 어머님의 도시락을 먹었던 나무 그늘.

“슈리아, 전투 중입니다! 집중하세요!!”

“어? 앗, 네, 네엣!!”

‘맞아요, 슈리아는, 슈리아는 고향에 돌아왔어요……!!’

복수를 전부 완수한 뒤 카이토 님과 미나리스 씨와 고향의 숲에 돌아왔습니다.

그러던 중 요즘 산을 넘어서 나타났다는 위험한 마물의 토벌 의뢰를 받아 산기슭에 있는 고향 마을을 지키기 위해 산 사냥을 하던 중이에요.

마을을, 지키기 위해?

‘어, 어라? 뭔가 좀 이상한데…….’

“『크라아아아앗오오옷!!』”

“윽, 싸워라, 『괴뢰빙대(傀儡憑代), 라스트 아머』!!”

마물이 포효하자 즉각 스킬을 써서 마물을 둘러싸고 있었던 갑옷들을 바짝 들이밀었습니다.

'전투가 한창인데 멍하니 구는 건 도대체 무슨 짓이어요!! 아무튼 눈앞에 있는 저 자식을 해치우는 게 먼저여요!!'

크리스털 베어는 몇 마리인가 무리를 짓고 있었습니다.

서로 적당히 도울 수 있는 거리에서 각자 싸우는 중입니다.

'카이토 님도 미나리스 씨도 싸우고 있는데 슈리아만 창피한 모습을 보일 순 없어요!!'

"『라스트 아머, 5연속 찍기』!!"

"『카르으아앗?!』"

우지끈우지끈, 크리스털 베어의 수정 몸체가 슈리아의 조종을 받는 다섯 대 갑옷이 내리찍은 망치와 대검에 쪼개져서 산산조각이 났습니다.

"슈리아, 한 마리 더 그쪽으로 갔다!!"

"네, 알았사와요!!"

그 이후 끈질기게 나타나는 마물과 한동안 쭉 싸워 나갔습니다.

"에잇! ……후유, 슈리아! 그게 마지막 한 마리예요! 그렇죠, 주인님."

"그래, 정답이다. 주위에 남은 마물의 기척은 저 녀석이 마지막이군."

"그럼, 이렇게 하면, 끝이어요!!"

"『크르으오와아앗오옷?!』"

까까까깡, 마지막 한 마리를 둘러싸는 갑옷들에게 뭇매를 지시합니다.

머지않아 마지막 크리스털 베어까지 다 쓰러뜨리며 전투는 끝을 맞이하였어요.

"어디 보자, 생각보다 좀 애를 먹었군."

무기를 거둔 카이토 님과 미나리스 씨가 가까이 다가왔습니다.

"해가 떨어지기 전에 산에서 내려가지요."

깨닫고 보니 하늘은 석양으로 물들고 있었습니다.

어린 시절이었다면 벌써 전에 집으로 돌아가야 했을 시간입니다.

"그러게. 길드 보고는 내일로 미루고 슈리아의 마을에 돌아가자."

"슈리아의, 마을 말씀이어요?"

"그래, 애당초 그렇게 할 예정이었잖아? 길드가 있는 도시는 조금 멀어서 말이야."

"조금 서두르시죠, 정말로 해가 떨어지겠습니다."

전투에 집중해서 잊고 있었던 위화감이 뿔룩, 터져 나옵니다.

'응? 뭔가 마음에 걸리는데요……?'

자신의 감각에 당혹감을 느끼면서도 혼자 떨어지지 않게 두 사람과 함께 걸음을 내디디어요.

어린 시절에 몇 번이나 다녔던 길을 걸어서 도착한 산기슭의 마을.

슈리아의 마을이 보입니다.

"아이고, 이제야 좀 느긋하게 쉬겠네."

"이래저래 헐레벌떡하느라 느긋하게 쉴 틈이 없었으니까요, 당분간은 푹 휴식을 갖죠."

"……거짓, 말."

그 말은 조그맣게, 무의식중에 새어 나왔습니다.

황혼 무렵, 시끌시끌 사람들이 마을 안을 오가고 있습니다.

사냥 나갔다 돌아온 사냥꾼 아저씨와 빨래를 걷어 바구니에 담아서 안은 아주머니, 해가 떨어지기 전에 서둘러 집으로 돌아가려고 뛰는 아이들.

"엉? 왜 멍하니 서 있냐?"

"무슨 일 있나요, 슈리아. 아까부터 상태가 좀 이상한데요?"

"흐엥? 앗, 아녜요, 아무것도 아니어요!"

막 새어 나왔던 목소리는 두 사람에게는 들리지 않았나 봅니다.

허둥지둥 아무것도 아니라며 대답은 했습니다만, 사실은 전혀 괜찮지 않았습니다.

가슴은 죄어드는 그리움, 또한 그리움에 반발하듯 비례해서 더욱 강해지는 이름 붙일 수 없는 감정.

두 감정이 같이 자꾸 강해져서, 다만 어째서 이런 갈등에 빠져야 하는 것인지 스스로도 알 수가 없었습니다.

그런 자기 자신에게 당황하면서도 저희는 슈리아의 집을 향하여 걷기 시작했습니다.

"어머나, 슈리아구나. 잘 지내니?"

"할머니, 그거 아침에도 물어봤잖아."

"그보다 어디 다치진 않았고? 산속 숲을 돌아다니는 마물을 토벌하러 갔다 왔다며?"

마을 안을 걷던 중 주민분들 모두가 말을 건네주었습니다.

하나하나 대답을 하며, 그때마다 주체할 수 없게 그리워지고, 그에 반발하는 감정도 세게 맥박을 치며 아무런 맥락도 없이 고함지르고 싶은 기분이 솟아납니다.

그리고…….

"……슈리아의, 집이어요."

문의 손잡이가 조금 큼지막해서 쥐기 불편하고, 짙은 갈색의 나무 벽은 표면이 옹이가 좀 많고.

살짝 질이 안 좋은 유리창에서 집 안의 포근한 빛이 새어 넘쳐서.

언제나, 돌아와서 이 빛을 보면 안심되고 따뜻한 기분이 들었습니다.

"어우, 완전히 해가 떨어졌군. 추워지기 전에 들어가자."

"가요, 슈리아, 왜 가만히 서 있나요? 분명 **어머님과 셀미**도 안에서 기다리고 계실 거예요."

"아?"

미나리스 씨의 말에 사고가 모래를 씹은 것처럼 움직임을 멈췄습니다.

말을 이해할 수가 없어요. 마치 슈리아의 시간만이 멈춰버린 것 같았습니다.

다만 당황하는 슈리아를 놓아둔 채 집 문이 먼저 열렸습니다.

"언니……?"

집 안에서 고개를 갸웃거리며 여동생이 나타났습니다.

"셀, 미……?"

기억 속 모습과 아무것도 다르지 않은 여동생의, 셀미의 얼굴이 정말 눈앞에 나타났어요.

'어째, 서……? 어째서여요……?'

으득, 마음속에서 무언가 삐걱이는 소리가 들렸습니다.

모르겠어, 모르겠어, 모르겠는데, 가슴 안쪽을 마구 긁어서 쥐어뜯는 것처럼 어지러운 감정이 마구 날뛰어.

"앗! 안녕히 다녀오셨어요, 언니!! 잘 다녀왔어?! 어디 다치진 않았지?!"

"어, 아, 아앗……. 괜찮, 아요. 괜찮아요."

급하게 달려오는 여동생의 모습.

그 모습이 그리워서, 사랑스러워서, 먹먹해서.

"슈리아? 아, 돌아왔구나! 괜찮니? 엄마도 얼마나 많이 걱정을 했는지."

저녁 식사를 준비하다가 나온 듯한 어머님의 모습이 보인다.

손에 든 냄비를 탁자에 내려놓고 부리나케 가까이 온다.

영문도 모른 채 눈물이 쏟아질 것 같아서, 소리 지르고 싶어져서, 마구 악쓰고 싶어져서.

줄곧 삐걱거리는 무언가의 목소리가 점점 더 커다래져서.

"슈리아? 무슨 일 있었니?"

"……."

저 목소리 하나에 금이 가고.

"언니? 여, 역시 다친 데 있구나?!"

"……."

저 표정 하나에 균열이 생기고.

"다쳤다고?! 어, 어떡한담?! 빨리 사제님을 불러서……."

"……."

저 몸동작 하나에 틈이 벌어지고.

"이봐, 슈리아? 진짜 괜찮은 거냐?"
"슈리아? 도대체 무슨 일이에요?"
그리고.
"흐읍."
등 뒤에서 뻗어 온 손이 두 어깨를 거침없이 건드리고.

"시끄러워예요♪ 목 잘려서 죽어버려예요♪"

"카흣?"
"히끳?"
슈리아의 안에서 새빨갛게 문드러진 분노와 함께 여태껏 몸을 구속하던 가쇄가 산산조각 부서져 흩어졌습니다.
"슈, 슈리아?! 무슨 짓을……!!"
"언니?! 어째서……?!"
투둑투둑, 막 불러낸 갑옷이 검을 휘둘러서 지면에 떨군 두 개의 머리.
카이토 님과 미나리스 씨의 옆얼굴이 위쪽에서도 보이는 구도여요.
"아아, 시끄러워, 시끄러워예요! 아아, 아아아앗, 감히 이따위 짓을 저질러주었어요. 이딴, 이렇게, 이상으로 진짜를 뭉개버리려고 하다니."
아아, 그래요, 오랜만, 오랜만에 느끼는 감각이어요.
내장이 비틀려 잘리는 듯한, 눈 안쪽에 달군 불 말뚝이 박히는 듯한, 목 안쪽을 조잡한 쇠줄로 갉아 내는 듯한.

받아 온 불씨가 아닌 자신의 밑바닥에서 흘러넘치는 불씨.

양쪽 다 동등한 가치를 가지고 슈리아의 몸을 불태워버리는 불꽃.

"—실을 따라서 춤춰라, 『괴뢰빙대, 거대 고양이』."

불러낸 것은 그날, 그때, 슈리아의 세계가 바뀐 마지막 순간에 태어났던 괴물.

"『푸냐아아아오오?』"

나타난 것은 하얀색 고양이 인형.

두 손에 포크와 나이프를 들었고, 케첩인지 무엇인지 얼룩이 묻은 듯 보이는 앞치마를 두르고 있다.

온갖 증오를 모조리 쏟아부어서 만들어 낸 슈리아의 시초 격 괴물.

"어머님도, 셀미도, 이미 살해당하였어요."

당시와 다른 것은 크기.

손에 들어서 안을 수 있는 정도였는데 지금은 슈리아의 곱절에 가까운 크기이고, 앞치마에는 그로테스크하고 큼지막한 입이 달려 있습니다.

손에 든 포크와 나이프는 각각 거무칙칙한 붉은색으로 물들었고, 단추를 겹쳐서 붙인 눈은 벌레의 복안(複眼)과 같은 섬뜩함이 있었습니다.

"무, 무슨 소리를 하는 거야, 언니!! 살아 있어, 이렇게 잘 살아 있잖아?!"

귀에 거슬리는, 몹시도 귀에 거슬리는 목소리.

"설령 어떠한 모습을 흉내 내더라도 슈리아의 세계에서 어머님과 셀미는 있는 힘껏 살다가 떠나갔어요."

어머님과 셀미는 유미스의 수작에 언데드로 바뀐 뒤 추한 고깃덩어리 비슷한 모습으로 악마에게 잡아먹혀 죽었습니다.

철저하게 사람의 존재 가치를 모독당했고, 고통 속에서 모든 것을 죄다 빼앗겨서 죽어버렸습니다.

"슈리아?! 진정하렴! 우리는 죽지 않았어!"

그런데……. 이 이상 어머님과 셀미에게서 무엇을 더 빼앗겠다는 말이어요?

"아녜요, 두 사람은 모두 죽었어요. 이 눈으로 똑똑히 보았어요."

죽은 다음에까지 빼앗아 가겠다는 말이어요?

"잊었어? 언니가 구해줬잖아? 유미스한테 죽을 뻔했을 때, 아슬아슬하게, 카이토 씨랑 미나리스 씨랑 같이 와서 구해줬는걸!!"

"그 말은 참 멋진 꿈이어요. 그래도, 꿈은 꿈. 어머님과 셀미는, 유미스가 언데드로 만들었고, 추한 고깃덩어리 같은 모습이 되어 악마에게 잡아먹혀버렸어요."

두 사람이 맞이했던 최후의 순간까지 빼앗아 가겠다는 말이어요?

"너는 단지 나쁜 꿈을 꾸었던 거야! 진정하고, 엄마를 잘 보려무나? 아무것도 무서워할 필요 없단다. 엄마도, 셀미도 무사히 여기……."

"도대체 시끄럽다고 몇 번을 말해야 되어요!! 더 이상 지껄이지 마아아아아아아아아아아아앗!!"

짓밟지 마, 빼앗아 가지 마, 더럽히지 마.

"거대 고양이! 저 녀석들을 먹어서 죽여버려요!!"

설령 어떠한 모습이어도 슈리아가 보았던 어머님과 셀미의 마지막 모습.

“『크르아오오오오오오오오오옷!!』”

“흐익, 싫어, 이러지 마, 언니!!”

“어째서, 대체 왜, 왜 이러니, 슈리아!!”

거대 고양이는 소름 끼치는 창으로 화한 포크로 두 사람의 옷을 푹 찍어서 공중에 들어 올렸습니다.

“아무리 진짜랑 똑같이 꾸몄어도 너희는 어머님도 셀미도 아니어요!!”

“그렇지 않아! 믿어줘, 언니!”

“엄마는 진짜란다! 믿어줘!!”

“……그 말은, 이 지옥 같은 세계를 살아왔던 슈리아에 대한 모욕이어요.”

“『푸먀먀먓♪』”

“꺽?!”

“끼흑.”

거대 고양이는 슈리아의 증오를 대변하듯 섬뜩한 기운이 서린 큰 톱과 같은 나이프로 상반신과 하반신을 일순간에 절단해주었습니다.

그리고 꾸득, 빠각, 버꺽버꺽, 앞치마에 늘어난 큰 입으로 저 가증스러운 무엇인가를 으깨서 먹어주었습니다.

슈리아는 그 광경을 빤히 주시했습니다.

단 한 조각도 놓치지 않겠노라고, 그저 빤히.

팔이 뭉개지고, 다리가 뭉개지고, 어깨가 뭉개지고, 배가 뭉개지고, 하나하나 사라져 갈 때마다 공간에 균열이 자꾸 생겨났습니다.

꿈이 끝난다. 악몽 같았던 달콤한 꿈에서 깨어난다.

"……으."

그렇게 두 사람의 몸이 마지막 한 부분까지 거대 고양이에게 잡아먹힌 순간, 슈리아의 입에서 뭔가 말소리가 흘러나올 뻔했습니다.

그게 욕설인지 미련인지, 아니면 다른 무엇인지, 슈리아 스스로도 도저히 알 수가 없었어요.

그리고 씹는 소리가 사라진 순간, 꿈의 세계는 완전히 허물어졌고 슈리아는 완전히 꿈에서 깨어났습니다.

주위를 둘러보면 그곳은 수많은 장난감이 굴러다니는 어린아이의 방 같았습니다.

천장에서는 빛을 발하는 마도구가 딸랑딸랑 소리를 내며 돌고 있었고, 벽과 창문은 하얀색이나 분홍색이나 노란색 등 밝은 색깔로 장식되어 있었습니다.

봉제 인형과 모형이 빼곡하게 굴러다니고 흔들면 소리가 나는 장난감이나 만지면 반짝반짝 빛나는 장난감이 어지럽게 흩어져 있습니다. 탁자와 의자와 책상, 침대 등 방에 둔 가구류도 크기를 제외하면 장난감처럼 마치 장식해 두었습니다.

단 하나 이질적인 요소는 방 안에 있는 모든 물건이 어딘가 망가져서 비틀린 모양을 가졌다는 것.

방 안의 메르헨 분위기와 저 파손된 물건들의 갭은 마치 현실을 거부하는 것 같은 느낌이 들었습니다.

"여기는…… 카이토 님의 정신세계 안쪽이어요?"

슈리아는 방심하지 않고 주위를 둘러봤습니다. 이대로 쭉 정신 못

차리는 모습을 보여줄 순 없으니까요.

"『냐앙?!』"

"앗, 거대 고양이?"

그때, 갑자기 거대 고양이가 앞치마에 달린 입을 부여잡으며 괴로워하기 시작했습니다.

게다가 입에서는 검은 아지랑이가 새어 나옵니다.

"아아~ 열심히 만든 장난감 상자였는데 망가져버렸어, 망가져버렸어, 칫~ 칫~ 칫~♪"

그 검은 아지랑이가 모여서 인간의 형태로 바뀌어 갔습니다.

깨닫고 보니 어느 틈인가 천진난만하게 웃는 소녀가 둥실둥실 떠올라 있었습니다.

"너는…… 카이토 님의 심검인……."

분명 러스트라는 이름으로 불렸던 심검이에요.

허리까지 내려온 머리카락은 무지개처럼 일곱 가지 색깔로 그러데이션을 이루었고, 투명하고 맑은 하얀색 피부를 감싼 백색의 원피스 자락이 팔랑팔랑 흔들리고 있었습니다.

"그 목소리……. 맞아요. 아까 멍청한 꿈을 꾸기 직전에 들렸던 목소리여요."

콜록콜록, 사레들린 듯이 기침하는 거대 고양이를 도로 집어넣고 러스트와 마주 섭니다.

"멍청한 꿈이라니 너무해~! 너무해? 너무한가? 너무하지 않아?

역시 너무해~!! 아하하하하하핫♪"

러스트는 너무해, 너무해, 떠들며 즐겁게 웃고 있었습니다.

"이게!!"

그 태도에 슈리아의 안에서 또 증오의 불이 싹텄습니다.

하지만 러스트는 울컥하는 마음을 꺾으려는 듯이 큭큭큭, 갑자기 눈앞까지 다가와 웃었습니다.

"있잖아, 있잖아, 대체 왜 부숴버렸어?"

숨결이 닿을 만큼 가까운 곳에서 마음 전부를 꿰뚫어 보는 듯한 텅 빈 눈동자가 슈리아를 들여다보고 있었습니다.

"그게 네가 바랐던 최고의 결말이잖아? 전부, 전부 다 진짜였는데. 부수지 않았으면 영~원히 행복할 수 있었을 텐데. 다른 누구도 부술 수 없는 세계였는데, 어째서? 응? 어째서?"

방금 전까지 유쾌하게 깔깔 웃었던 것이 거짓말같이 느껴지는 무표정함.

"……어떤 세계를 믿어도 이미 일어난 일은 달라지지 않아요."

"후회하진 않아? 믿기만 하면 달~콤한 달~콤한 행복 가득한 생활을 누렸을 텐데. 있잖아, 어째서 하필 복수를 선택한 거야? 그럼 이렇게 괴로운 일은 경험 안 해도 되었을 텐데."

"옛날에, 이 길을 선택했을 때, 카이토 님도 똑같은 질문을 하였어요. 언젠가 시간의 파도에 쓸려 흘러가면 복수를 잊고 행복하게 살아갈 날이 올지도 모른다고."

"응응, 알거든? 그런데 결국 복수를 선택했지? 후회하지 않아? 분명 네 여동생도, 어머니도, 다들 다아들 네가 자기들은 잊고 행복하게 살아가길 바라…….”

“만약에 반대 입장이었다면 어땠을까 생각해보았어요. 자신이 죽고 셀미가 살아남았다면 어땠을까 생각해보았어요. 그럼 나오는 대답이 딱 하나밖에 없었어요.”

“……요컨대?”

“셀미와 어머님이 슈리아를 잊고 그냥 혼자서 행복해졌다면…….
슈리아는 분명 섭섭했을 거예요. 행복해지길 바라는 생각을 가지면서도, 서글퍼서, 괴로워서, 잊지 말라고, 잊지 말라고, 슈리아를 잊지 말아달라고, 줄곧 섭섭했을 거예요.”

“…….”

“설령 어떠한 기억이어도, 설령 어떠한 모습이어도, 거기에 진짜 슈리아가 있었다는 사실이 사라져버린다면……. 슈리아는 분명 상대가 셀미여도 어머님이어도 저주해버릴 거예요.”

그래요, 그러니까 슈리아는 이곳에 와 있어요.

어둡고, 어둡고, 어두운.

끈적하게 몸에 들러붙는 피의 바다가 슈리아의 세계.

“……너, 싫어. 싫지만……. 좋아, 친구가 되어줄게~♪ 꺄하하하하하핫!!”

“에잇, 아무리 카이토 님의 심검이어도 슈리아는 네가 싫어요오!!”

“아하하하하핫!! 같이 놀 사람이 늘어나겠네~♪ 와아~ 와아와아, 와아~ 와아!!”

둥실, 유령처럼 떠오른 소녀는 또 즐거워하며 웃습니다.

상당히 짜증 나요!!

"【대죄의 검 · 채색된 상자의 소녀】의 시련은 합격으로 처리해줄게, 아하하핫!!"

러스트는 집게손가락을 내밀더니 떠오른 채 빙글 공중제비를 넘으며 선을 그렸습니다.

그 손가락의 자취를 따라가듯이 공간에 생긴 자국에서 빛이 새어나옵니다.

"앞으로 가면 주인님이 있는 곳으로 연결될 거야~♪ 근데근데~ 나아간 곳에 돌아오는 길은 없다~?"

"에잇, 잘난 척 내려다보며 깔깔대지 마요~!"

언젠가 처죽여주겠어요!

"흥, 돌아갈 길 따위 벌써 옛날에 무너져 사라져버렸어요. 그러니까 슈리아는 이런 피 바다의 아래를 헤엄쳐온 것이어요."

"또 같이 놀자아~♪"

"싫단 말이어요! 싫~엇!!"

메롱, 마지막으로 혀를 내밀고 슈리아는 빛의 균열에 뛰어들었습니다.

이 피 바다를 함께 헤엄쳐온 공범자를 되찾기 위해.

☆

"키히히힛, 치인구우, 친구우~♪"

슈리아가 사라져서 혼자 남게 된 러스트는 빙글빙글 즐겁게 공중에서 춤추고 있었다.

"있잖아, 있잖아, 아빠, 엄마. 마지막의 마지막에 나랑 똑같은 생각을 해준 친구가 늘어났어어♪"

러스트는 한 쌍의 망가진 부부 인형에 대고 즐겁게 미소 지었다.

"빨리, 똑같아지고 싶어~♪"

랄라라 웃는 러스트의 모습은 평소 이상으로 기분이 좋아 보였다.

—색욕의 시련, 달성

☆

"『만마풍인(万魔風刃), 야마타의 염풍(炎風)』!!"

번쩍 치켜든 언월도에서 바람을 두른 하얀색 불꽃이 공중을 달린다.

바람을 둘러 주위로부터 산소를 거두어들이고 공기를 마구 헤집어 가며 나아가는 불꽃은 목표의 눈앞에서 여덟 개로 갈라지더니 호를 그리며 목표에게 들이닥친다.

일본 전설에 나오는 대사(大蛇)의 이름을 붙여준 저 불꽃은 명칭에 걸맞도록 살아 있는 뱀처럼 사나운 기세를 쏟아 내며 자신의 사냥감에게 나아간다.

하지만…….

"나와라, 『흑색 톱니바퀴의 공방』."

목표로 삼은 거한은 귀찮다하며 드러누운 채 팔을 흔든다.

막 나타난 반투명의 검은 톱니바퀴 결계에 막혀서 불꽃의 뱀은 바람과 함께 활력을 잃어버린다.

발사했던 마법은 잘게잘게 분해되어 녹아내리듯 무언가의 입자가 되어 사라져 갔다.

'큭, 빨리 오라버니가 계신 곳으로 가야 하는데…….'

어둑어둑한 이 장소는 대장간이라는 말이 잘 어울리는 장소였습니다.

다만 앞쪽에다가 『버려졌다』라는 수식어를 붙여야 할 상태였습니다.

흐슬부슬한 흙담, 먼지가 쌓인 바닥, 잡동사니와 다를 바 없는 탁자며 의자 등 가구류.

불을 피워야 할 화로는 쩍 갈라졌고, 모루는 진흙 비슷한 것으로 더러워졌고, 녹슨 도구가 어지럽게 흩어졌습니다.

그런 장소의 한복판에서 저 거한은 이쪽에 등을 보인 채 드러누워 있었습니다.

트롤과 같이 커다란 몸과 드워프와 같은 외모를 가진 남자.

대장장이 같은 차임을 하고 허리에는 거무스름한 금빛 은빛의 긴 망치를 달아 놓았습니다. 근육이 가득하여 솟아오른 두 어깨에는 금속의 고리가 돌고 있었습니다.

—『【대죄의 검 · 게으른 암굴의 공방주】가 시련을 개시한다. 이곳에서 나아간 곳에 돌아갈 길은 없는 줄 알아라.』

강제 전이를 당한 뒤 주위를 확인하던 제게 갑자기 들려왔던 말.

저 거한이 아마 오라버니의 이야기에 나왔던 슬로스라는 것은 쉽게 상상할 수 있었습니다.

너무나 짧은 설명이었기에 처음에는 저도 조금은 당황했습니다만, 지금은 오라버니를 구하러 가는 중이니까 당황하는 데 시간을 낭비하는 것은 더없이 어리석은 행동입니다.

이제껏 겪은 규칙에 따라 『당신을 쓰러뜨리면 오라버니가 계신 곳으로 갈 수 있습니까?』라고 물어봤더니 『마음대로 해라』라는 대답이 돌아온지라 그 이후부터 줄곧 슬로스에게 공격을 펼쳐왔습니다.

무저항으로 드러누운 상대에 대한 당혹감도 처음 두세 번의 공격에 맞서 하품을 하며 쳐내는 광경을 보고 완전히 사라졌습니다.

직접 칼날을 휘둘러봐도 결계에 도달하기 전 자력에 튕겨 나가듯 기세가 죽어버리고, 기껏 날리는 마법은 곧장 해체되어버립니다.

슬로스를 쓰러뜨리기는커녕 아직껏 일으켜 세우지도 못한 상황이었습니다.

“크!! 『만마풍인, 얼음 칼날의 가시 바람』!!”

‘어떻게 하지?! 어떻게 해야 저 슬로스를……!’

사고를 끊임없이 회전시키며 잇따라 마력을 끌어 올린다.

무수히 많은 가시가 달린 2미터 길이의 얼음 창이 주위에 두른 바람으로 회전하며 마치 드릴처럼 윙윙 소리를 낸다.

그것이 내가 휘두르는 언월도를 따라 십수 개, 공기를 찢어 가르며 슬로스에게 날아간다.

“시끄럽다, 내 공장에서 소란 피우지 마라.”

그러나 드래곤조차 저며서 죽일 수 있을 만한 위력이 담긴 마술인데도 결계에 가까워지자 회전력을 잃어버리더니 얼음 덩어리가 무

수히 많은 가루로 부서지고 입자가 되어 허공에서 녹아내렸습니다.
"아, 나른하군……."
밤샌 날 느지막이 깨어난 사람처럼 낮고 걸걸한 목소리.
말을 꺼내기조차 귀찮다는 듯이 이쪽을 힐끔 보더니 흥미를 잃었는지 시선을 떼고.
"윽, 아, 당신은 나태였지요. 굳이 방해를 하는 것도 귀찮지 않습니까?"
"잘 아는군. 난 망치 휘두를 때 말곤 잠이나 자거든."
"그럼 거기에서 비켜주세요!! 저는, 오라버니가 계신 곳으로 가야 합니다!!"
힘을 가득 준 일격이 통하지 않는다면 점이 아니라 면으로 눌러 죽이는 방법을 선택하겠어.
'전개, 전개, 전개, 전개!'
넓게, 빈틈없이, 거듭거듭 겹치고 포개서 두껍게.
그렇게 공간에 넓힌 마력이 무수히 많은 바람의 바늘로 바뀌어 간다.
상대가 끝까지 공격을 가하지 않겠다면 트라이 앤드 에러로 해답을 찾아내야겠지.
어딘가 한 곳이라도 벌어진 데가 있다면 빈틈을 파고들어서 저 까다로운 결계를 공략할 수 있을지도 몰라. 아니, 공략해야만 해.
"……너, 어째서 이렇게까지 열을 올리냐? 열 올려 봤자 아무것도 좋을 게 없잖냐."
"갑자기 무슨 얘기죠? 말 걸지 마세요, 집중력이 흐트러집니다."
"시련은 가장 적합한 인물에게 할당된다. 즉 너는 『나태』하다는 말이잖냐?"

"왜 불쑥 막말이죠……. 뭐, 짚이는 게 없다는 말은 못 하겠습니다만……."

나법의 컨트롤은 복잡한 수식을 암산하는 감각과 비슷하다.

화륵, 머릿속 심지가 열기를 띠는 감각. 그리고 마법을 날릴 때는 저 열기를 꽉 쥐어 뭉개서 찬물을 쏟아붓듯이 날린다.

"『만마풍인, 바람 바늘의 선율』!!"

미처 헤아릴 수 없도록 무수히 많은 조그마한 바람의 바늘.

바늘 하나하나가 눈에 제대로 보이지도 않는 속도로 슬로스를 둘러싼 결계에 들이닥쳐서 다른 마법과 마찬가지로 입자로 허물어져 사라져 간다.

'역시나, 하나하나 마법의 표면적을 억제해도 결과는 달라지지 않아……. 뭔가 단서는…….'

막 발사한 『바람 바늘의 선율』이 한동안 쭉 바늘을 날린다.

다만 아무리 많은 바늘을 집어삼키고도 막상 결계에는 흔들림이 보이지 않는다.

"아, 알겠습니다. 당신의 태도가 이렇게 짜증 나는 이유는 동족혐오 때문이었군요."

"어엉? 난 너처럼 열심히 하지 않는데? 할 일만 대충 끝내면……. 어우, 말하기도 귀찮군."

"……역시, 그렇게 많이 닮지는 않았나 봐요."

'관찰, 관찰, 관찰, 관찰! 어딘가에 있는 변화를 발견해 내야……!'

오감은 죄다 가동시키며 추이를 관찰한다.

"그래 갖고는 몇 번을 덤벼도 소용없다. 시간 낭비야, 쓸데없는 노력은 싫잖냐?"

"예, 싫습니다. 더 정확하게는, 태어나서 이제껏 쓸데없는 노력은 아예 한 기억이 없군요."

나태.

네, 확실히 제게 어울리는 말인지도 모릅니다.

이제까지 줄곧 여동생이라는 입장에 어리광을 부려왔습니다. 오라버니에게 여동생 이상의 이성 친구가 생기지 않게 술수를 쓴 것이 고작이었습니다. 왜냐면 더 앞서가려는 노력은 쓸데없는 짓임을 뻔히 알았으니까요.

여동생인 제가 할 수 있었던 것은 자신을 갈고닦아 오라버니의 마음속 기준을 높이는 방법과 불여우가 접근하지 못하게 저지하는 방법. 즉 현상 유지.

하지만……. 오라버니를 위한다는 생각으로 한 일들은 무엇 하나도 쓸데없는 노력이 아니었습니다.

"어떤 의미로 이 판타지 세계에 감사하는 게 좋을지도 모르겠습니다. 많은 것들을 빼앗아 갔습니다만, 가능한 범위의 폭은 무척이나 넓어졌어요."

"보답 못 받는다, 그런 짝사랑은."

"저는 이루지 못할 꿈을 위해서 노력하진 않아요. 이제까지도, 이제부터도."

"……."

쉴 새 없이 발사되던 바람 바늘도 마지막 하나까지 분해되어 입자로 바뀌어버린다.

'……조금 알겠네요. 즉 남은 수단은 하나…….'

줄곧 관찰했었던 자신의 공격이 분해되는 광경에서 하나의 예측과 가설을 세운다.

"그 벽, 돌파하겠습니다."

"……어우, 귀찮은데."

빙글빙글, 마력을 순환시키며 모양을 만들어 간다.

"윽!!"

어질, 일순간 시야가 일그러지고 의식이 흐트러져서 제어를 놓아버릴 뻔했던 마력을 다시 서둘러 장악한다.

'마력을 지나치게 많이 썼네요……. 윽.'

연습도 없는 실전으로 시험해보고자 한 마력의 사용법은 순수한 공격 위력이라는 관점에서는 아마 효율이 나빠.

부족한 위력은 더 많은 마력을 주입함으로써 보충할 수밖에 없는지라 마력을 마지막 한 방울까지 죄다 쥐어짜고도 끝내 부족했고, 결국은 생명력을 마력으로 바꿔 채워야 했다.

'이건, 꽤 힘들어요……. 아, 오라버니에게 쓰담쓰담을 받고 싶어라…….'

핏, 피핏, 자신의 피부가 갈라지는 소리가 들렸습니다.

그러나, 좀 다치는 게 무슨 상관이죠. 필요하다면 더 한계까지 쥐어짜겠습니다.

"진정한 의미에서 오라버니와 하나가 될 수 있는 가장 좋은 기회에요. 저와 오라버니의 멋진 미래를 위해……."

그리고 충분하다고 판단되는 위력으로 가능한 한 많은 마력을 끌어 올렸습니다.

손에 든 언월도의 칼날에 휘감기며 제어하에 둔 입자가 소용돌이치고 있습니다.

“산산이 흩어져라, 『만마풍인, 세미(細微)의 이치』.”

당장에라도 무산되어버릴 것 같은 입자를 두른 언월도로 기술도 없이, 기세도 없이, 단지 자연에 맡겨서 내리 휘두른다.

“……끄응, 귀찮군.”

“제 승리입니다.”

마법은 전부 자잘한 입자로 분해되어버린다. 그럼 처음부터 분해된 다음의 입자 상태에서 위력을 발휘할 수 있게 손쓰면 그만이지.

분해하는 것이 결계의 능력이라면 처음부터 분해 후 입자를 조작하는 공격을 펼친다, 그럼 결계는 의미를 갖지 못하리라 짐작했습니다.

제 예상은 적중했고 그토록 견고했던 결계는 지난 고생이 거짓말이었던 것처럼 허망하게 쨍그랑, 소리를 내며 깨졌습니다.

“괜찮겠냐. 여기서 더 나아가면 이제 두 번 다시 돌아올 길이 없다만?”

“그딴 거 필요 없어요. 왜냐하면 괜히 돌아가 봤자 오라버니로부터 멀어지기만 하잖아요?”

“……그런가. 그럼 【대죄의 검 · 게으른 암굴의 공방주】의 시련은 이제 종료다. 아, 귀찮군.”

그렇게 말한 슬로스가 드러누워 있었던 몸을 일으키더니 책상다리를 하고 허리에 찬 두 자루의 망치를 꺼내 든다.

그리고 여전히 이쪽에는 등을 돌린 채 두 자루의 망치를 맞부딪쳤습니다.

까아앙, 맑은 종소리가 울려 퍼지자 그곳에서 공간에 틈이 벌어지며 빛이 새어 나옵니다.

직감적으로 저게 오라버니가 있는 곳으로 이어지는 문임을 알았습니다.

“이 앞에 오라버니가 있단 말이죠……?”

“그래, 기축은 주인이 무릎을 끌어안고 있지.”

“그렇습니까. 그러면 앞으로도 오라버니와 함께 신세를 지겠습니다.”

오라버니를 되찾으면 저 남자도 다시 오라버니의 힘이 되어준다.

그러니까 저는 인사말을 남긴 뒤 빛의 너머로 걸음을 내디뎠습니다.

☆

“아, 나른하군, 귀찮다. 잠이나 자자…….”

한 명만 남은 공방은 방금 전까지 격렬했던 공방이 거짓말이었던 것처럼 싸늘함을 되찾아 간다.

그것을 슬로스는 괴롭게 여기지 않았다.

스스로가 바란 정적과 정체.

시간이 멈추기를 바란 이 장소는 처음 바랐던 대로 변함없이 쭉 존재할 테니까.

다시 드러누운 슬로스는 곧 잠들어 숨소리를 냈다.

—나태의 시련, 달성.

☆

"체크."

톡, 백색과 흑색으로 칸을 나누어 칠한 판 위에서 돌로 제작한 백말이 움직인다.

"흥, 범용한 수법이군. 시시하다."

눈앞에서 한숨 내쉬며 말을 움직인 자는 금발이 눈에 띄고 프라이드라는 이름의 어린 남자아이.

머리에는 찬연하게 빛나는 왕관을 썼고, 단정한 용모에는 지루하다는 표정이 떠올라 있다.

【대죄의 검 · 교만성(驕慢城)의 유일왕(唯一王)】의 시련.

기다리고 있었던 것은 초대 용사가 널리 전파했다는 『체스』라는 이름의 말판 놀이 대결이었습니다.

다만 서로의 자아를 걸고 벌이는 승부.

이 자리에 있는 서로의 정신체는 패배하는 순간에 프라이드의 힘에 의하여 모든 것이 무로 환원되어버린다.

"당대 성녀는 어떤 수준인가 싶었더니만, 역시 나의 발밑에도 못

미치는군."

"그 호칭은 거둬주세요. 저는 메테리아. 성녀 신분이 전부는 아닙니다."

"흥, 입으로야 무슨 말을 못 떠들까."

톡, 프라이드가 흑말을 움직인다.

전이당한 방의 안쪽은 루나리아 교를 신전과 비슷한 구조로 장식되어 있었습니다.

바닥도 벽도 천장도 세간도, 방의 대부분이 백색을 기조로 하고 있습니다.

무엇보다 눈길을 끄는 것은 높은 천장에 아슬아슬한 크기로 서 있는 루나리스의 하얀 여신상.

그 방의 중앙에 놓인 순백의 대리석 탁자에서 저와 프라이드가 마주 앉아 있었습니다.

"어떻게 발악한들 네 녀석은 결국 성녀, 신의 인형에 불과하다. 애매하게 죽음의 경계선을 왕래함으로써 신의 속박으로부터 해방된 듯하나, 일단 뿌리내린 것은 달라지지 않는다."

"……."

"조종하는 자의 실이 끊어졌어도 성녀의 이름은 여전히 남아 꽁꽁 옭아매는군. 성녀이기를 중지하지 않는 한 네 녀석은 무대에서 내려갈 수 없다."

"……."

"당대 용사를 사모하는 네 마음마저 진짜가 아닐지도 모르건마는 용케 구태여 이런 곳까지 찾아오는군그래."

"그 말씀을 당신이 하는 겁니까? 프라이드…… 아뇨, 전직 신성 루나리아 법국의 신왕, 『포학악왕(暴虐惡王)』 아크라이트 루나리우스 님."

"……흥, 아직껏 그 이름이 전해졌던가."

"성녀 교육의 일환이지요. 신왕으로서 군림했음에도 불구하고 마족에게 가담하여 사교에 손을 뻗쳤고, 신께 대항했던 대죄인이라며 철저히 가르쳤으니까요. 이곳에 올 때까지는."

다시 백말을 집어 들어서 국면을 한 차례 진행시킨다.

500년 이상 이전에 광대한 영토를 자랑하는 국가에서 신을 끌어내리기 위해 사교에서 만들어 낸 마수에게 신민을 먹이로 내어 주기를 거듭했었고, 끝내 학대당한 신민들 중 나타났던 용사에게 살해당한 배교자.

"성녀 교육이라. 그렇군. 시대는 달라져도 항상 어딘가에서 누군가가 같은 생각을 떠올리는군. 뭐, 자기 욕심껏 세뇌 교육을 실시한 결과가 결국 신에 맞서는 반역으로 귀결되니만큼 역시 우민의 잔꾀에 불과할 터이나."

흥, 프라이드는 코웃음 쳤다.

"거듭거듭 돌이켜 봐도 괘씸한 우민들을 다 죽이지 못했던 것이 애석하구나."

"……당신의 딸이 던전 깊숙한 곳에 남긴 비문을 읽었습니다."

다시 흑말에 뻗은 프라이드의 손이 꿈틀, 움직임을 멈춘다.

"수많은 사람을 희생시켜서 불러낸 아기를 신의 아이로 길러서 추대한다. 주위 인간들이 바랐던 대로 신왕으로 자라난 당신은 정략

결혼의 끝에 한 명의 딸을 얻었습니다. ……당신은, 사랑을 알고 계셨군요?"

첫 번째 세계에서 카이토 님과 만나기 이전까지 저는 그야말로 루나리아 교의 성녀였습니다. 교리에 몸을 바치고, 교리를 의심치 않고, 교리만이 세계의 진리임을 철저하게 교육받았던 새장 속 새.

단지 신탁에 복종하는 꼭두각시 인형.

신의 사자라는 용사를 수행하며 보조하고 그 용맹함에 약간이나마 도움이 되기 위하여 살아왔습니다.

용맹 과감하며 어떤 상대도 두려워 않고, 정의를 집행하며 일부의 빈틈도 없는 영웅으로서 언젠가 제 앞에 나타난다는 용사.

다만 현실은 달랐습니다.

제 앞에 나타난 자는 어수룩하고, 약하고, 걸핏하면 상처 받고, 겁 많고, 불안에 떠는 결점투성이의 평범한 한 명의 남자아이었습니다.

그곳에 상상했었던 영웅은 존재하지 않았는데. 그런데도 요구받는 결과만큼은 영웅과 다를 바 없어서.

이 세계가 얼마나 혹독하며 박정한지 깨닫게 됐고, 그러던 때 던전화된 고대의 유적 안쪽에서 함정에 걸려버린 바람에 혼자 던전의 가장 밑바닥에 남겨져버렸습니다.

"……무언가, 쓰여 있었더냐?"

"네, 당신이 불치병에 시달리는 딸을 구하기 위해 마족의 일부와 손을 잡았던 것도, 손을 끊도록 내려왔던 신탁에 거역한 이후 부자연스럽게 강력한 마수가 대량 발생했던 것도, 결국에 딸이 도망칠 수 있도록 혼자 성안에 남았다가 용사에게 죽임당했던 것도…….
모든 경위가 쓰여 있었습니다."

톡, 또다시 프라이드는 흑말을 움직인다.

"……."

"그리고 마지막으로, 당신에 대한 감사의 말. 낳아줘서 고마워요, 아버지가 되어줘서 고마워요, 사랑해줘서 고마워요. 흘러넘치는 마음 전부를 남기려는 듯이 정성껏 새겨져 있었습니다."

"그런가."

말판 위쪽에 작고도 작은 빈틈이 생겨난다. 이제껏 프라이드의 손에 나타나지 않았던 흔들림.

'규칙에서 벗어난 전술 같아서 조금 미안합니다만, 저 빈틈을 보고 넘어가줄 만한 여유는 없군요.'

프라이드의 어설픈 응수에 맞춰 또 말판을 원하는 형태로 진행시킨다.

"흠."

프라이드도 곧 자신의 응수에 틈이 생겨난 것을 깨달았는지 그 빈틈을 수습하기 위한 수순을 밟는다.

"당신에게 감사드리고 싶습니다. 당신과, 당신의 딸이 남겨주었던 비문은 제가 진정으로 바라는 것을 자각시켜주었습니다. 그 덕분에 저는 지금 이렇듯 이곳에……. 카이토 님의 곁에 머무를 수 있었습니다."

"시답잖은 감상이군. 아무리 공통점이 있을지라도 그런 사실에는 아무 의미가 없다."

톡, 톡, 톡, 말판을 전진하는 속도가 불어난다.

"그야 그렇기는 하지요. 조금 비슷할 뿐 저와 당신은 다릅니다. 왜냐하면 저는 절대로 카이토 님과 함께하기를 포기하지 않을 테니까요."

"……흥, 하층민 주제에 시건방진 말을 늘어놓는군. 하나……."

프라이드는 따악, 한층 더 강하게 말을 전진시켰습니다.

"공교롭게도 네 녀석이 자격을 증명하지 못한다면 너에게 내일은 없다."

"그 말씀이야말로 불가능하지요. 불필요한 걱정입니다."

과연 솜씨가 좋은 응수입니다.

작은 빈틈을 분명히 벌려 놓았던 말판이 지금은 동점까지 다시 재편되었습니다.

하지만 제가 바라는 말판의 모양새는 이미 완성되었습니다.

"당신이 말했던 대로 저는 성녀이기를 그만두지 않습니다. 카이토 님은 용사입니다. 그리고 언제 어떠한 때에도 용사를 곁에서 받쳐주는 사람이 성녀입니다. 지금보다도 훨씬 더, 이제까지보다도 훨씬 더, 깊숙이 깊숙이 깊숙이 깊숙이 그 사람의 바닥에서 함께 뒤섞이기 위해 이곳에 제가 왔습니다."

설령 ————하게 되더라도.

"……그랬던가, 처음부터 각오를 다져 왔다는 말이더냐."

말판을 내려다본 프라이드는 이쪽의 의도를 파악한 듯 작게 한숨을 쉬었다.

하지만 굳이 피하고자 무리한 수를 쓰고자 하면 단박에 형세가 이쪽으로 기울 테니까 최후에는 같은 결말을 맞이하게 될 테지요.

"네, 카이토 님의 힘이 되어드리는 방법을 고민하니 결국은 그런 결론에 도달하더군요. 이 시련이라는 절차는 각오를 다진 인간을 판별하기 위한 과정이잖아요?"

"영악하게 입을 놀리는 하층민이군."

"아닙니까? 뭐, 아니어도 할 일이 달라지진 않겠지만요."

"정녕 하층민이란 것들은 구제 불능이다. 아직껏 살아 있는 처지임에도 나와 똑같은 입장을 목표로 삼아 전진하니까 말이다."

"아뇨, 아뇨. 보세요, 저도 일단은, 한 번은 죽어봤습니다. 이제와서 새삼스럽게 겁먹지는 않습니다. 왜냐하면 그 결말은 제가 줄곧 줄곧 바라왔던 **당연함**이니까요."

쿡쿡 웃음을 흘리자 프라이드는 어안이 벙벙한 모습이었습니다.

"후훗, 하하하하하핫!! 당연함, 당연함이라 말했는가!!"

한 박자 늦게 프라이드는 진심으로 유쾌하다는 듯이 웃음을 터뜨리며 퍽퍽, 무릎을 두드립니다.

"그렇군, 너는 나의 시련에 올 만한 인물이다! 오만, 오만, 오만!! 그래, 확실히 너는 나의 시련을 받기에 어울리는 하층민이다! 존재 자체가, 마음의 근간이, 이 말판에 그린 결말도! 모든 것이 기막힐 만큼, 애처로울 만큼 오만하구나!!"

그렇게 프라이드는 한바탕 너털웃음을 쭉 터뜨리다가 아직도 유쾌해서 못 견디겠다는 표정을 지은 채 흑말을 하나 밀어서 전진시켰다.

"자, 가도록 해라. 지옥으로 가는 여로도 동행이 많아야 더 좋은 경험이 되지 않겠나."

"네, 그분은 그래 보여도 무척 외로움이 많은 사람이니까요."

히죽 웃는 프라이드에게 엷은 미소를 지어준 뒤 마지막 한 수를 움직인다.

"이번이 딱 50수군요. 서로의 말을 하나도 잡지 못했습니다. 따라서 이 대결은 무승부입니다."

그래, 이 국면이야말로 내가 바랐던 결말.

이제 게임의 패자는 생겨나지 않고, 양쪽 다 페널티를 받지 않아.

카이토 님은 무엇 하나도 잃지 않은 채 나는 시련을 달성할 수 있어.

"음, 【대죄의 검 · 교만성의 유일왕】의 시련은 지금 이 순간 만료되었음을 알린다. 네가 원하는 것은 저 문의 너머에 있으리라."

그렇게 말한 프라이드가 손가락질한 것은 방에 설치되어 있는 거대한 여신상.

그 발밑의 대좌 부분이 마치 갈라지는 것처럼 빛의 균열을 만들어내고 있었습니다.

"즐거운 시간을 보낼 수 있었습니다. 이만 실례하지요."

나는 자리에서 일어나 저 빛의 균열로 걸어간다.

'아아, 드디어 보답받을 때가 오는구나……. 카이토 님, 카이토 님, 카이토 님. 이제껏 많은 일들이 있었습니다. 하지만, 드디어 저는, 당신만의 성녀가 될 수 있어요.'

그래요, 왜냐하면.

—성녀는 용사의 반려가 되는 법이니까요.

☆

"흥, 이래서 여인네들은 감당이 되질 않는다."

지긋지긋하다는 감정이 묻어나는 말과 다르게 프라이드는 아직껏 즐겁게 웃음을 띠고 있었다.

성녀는 이름뿐이었던 어두운 욕망에 물든 메테리아의 눈동자를 떠올린다.

소용돌이치며 모든 것을 끌어들이려 하는 눈.

자신이 바라는 것은 기필코 이루겠다는 원념 비슷한 집착덩어리.

"큭큭큭, 나의 딸에게 감사한다는 말을 늘어놓은 주제에 스스로는 축생의 길을 선택하는가."

프라이드는 흑말 중 왕(킹)을 주워 들어서 손가락으로 빙글빙글 돌린다.

그리고 자신이 살해당했던 방 안에서 소리 죽여 웃음을 흘렸다.

—오만의 시련, 달성.

☆

"이보게, 초대 용사."

"네, 부르셨습니까."

"이 다화회는 언제까지 이어지는 게냐?"

후루룩, 세 잔째 홍차를 입에 가져가며 나는 눈앞에서 의자에 앉은 채 멍하니 있는 인간형의 빛 덩어리에게 물었다.

"어머나, 제가 끓인 차가 마음에 들지 않으셨습니까?"

"그럴 리야 있겠느냐? 맛이 없었다면 애당초 세 잔이나 입에 대지는 않았지."

밤하늘에 떠올라 있는 것 같은 공간, 지면도 아무것도 없는 장소에 준비된 자그마한 탁자를 사이에 두고 의자에 앉은 채 우리는 마주하고 있었다.

전이당한 직후, 나는 스스로를 초대 용사이며 【시초의 심검】이라고 소개한 이 인간형 빛에 안내받아 이렇듯 차를 마시며 상대해줘야 했다.

아지랑이 덩어리 비슷한 외형의 이유를 물었더니 초대 용사의 소환 때 루나리스가 자신과 최대한 가까운 신체를 지닌 인물을 소환했었기 때문에 용모가 루나리스와 판박이라 대답했다. 루나리스를 증오하는 마음 때문에 자기 자신의 용모도 싫어졌다던가.

"그건 다행이군요. 생전부터 유일한 취미였습니다만, 이쪽 세계에 온 다음부터는 딱히 남들에게 대접할 기회를 누릴 수 없었던지라."

"그런가, 귀한 솜씨를 놀려 두었구나. 왕궁에서 쓰는 시녀들마저 이렇게 차를 잘 끓이는 자는 좀처럼 없거늘."

"어쩔 수 없었습니다. 이 세계를 위해 베풀고 싶은 일 따위 무엇 하나도 없었으니까요."

"그 말은 즉 이렇듯 나를 대접하는 것도 이유가 있어서라는 뜻이더냐."

"어머, 어머, 걱정하지 않으셔도 순수한 호의 때문이랍니다. 동거인과는 친하게 지내는 법이잖아요?"

"……역시, 마지막에는 그런 결말이 기다리는 것인가."

"뭐, 당신은 처음부터 다 알고 있었잖아요? 덕분에 무척 도움이 되었습니다. 최소한 당신과 선대 용사가 있다면 괜찮기는 했지만, 주인님을 위해 여인들을 거느리고 와주신 덕에 최고의 결말을 기대할 수 있습니다."

깔깔, 눈앞의 여자가 웃는다.

"딱히 의도해서 거느린 게 아니니라. 애당초 내가 무언가 손을 쓰기도 전에 이러한 상황이 만들어져 있었던 데야. 괘씸한 난봉꾼 녀석. 나 같은 여인을 두고도 몇 명이나 더 여자를 낚아채다니."

"뭐, 안에서 지켜보았던 바, 제법 심각한 바람둥이에다가 겁쟁이였죠, 당대의 용사는. 어중간하게 기대만 갖게 만들었을 뿐 아니라 이런 상황까지……. 같은 여자로서는 동정해요. 용사의 힘 일부가 되어 세계를 쭉 지켜봤던 사람으로서 말씀드리자면 특별히 미어지는 비련도 아니니까요, 그 문제는 자업자득이겠지요."

"신랄하구나."

정론만큼 듣기에 뼈아픈 말이 없는지라 어쩔 수 없이 얼굴이 떨떠름해진다.

"예, 뭐. 딱히 복수와 양립하지 못할 문제가 아니니까 원하는 대로, 하고 싶은 대로 해버리면 될 거예요. 복수의 순도가 옅어지지 않는다면 원숭이처럼 마구 교미해도 상관없습니다."

"그런 게 진짜 이루어져도 꽤 복잡할 테지……. 아니, 언사부터가 좀 당황스럽네만……."

"뭐, 원하는 만큼 고민하면 될 테지요. 하지만 시간은 썩 많지가 않은지라 너무 망설이면 시기를 놓쳐버릴 겁니다."

"……끄, 끄응."

"어머나, 얼굴이 새빨개요."

"시, 시끄럽구나. 그보다, 처음 질문에 대답하거라."

어서 얼버무리려고 어긋날 만큼 어긋난 대화를 처음 느꼈던 의문으로 되돌린다.

"언제까지 이러고 있어야 하냔 질문이었지요. 전원의 시련 결과가 나올 때까지입니다."

"시련이라?"

"예, 이곳에 온 분들이 과연 순수한 존재인가. 몸 안에 받아들일 수 있는 존재가 과연 맞는가 확인하는 시험입니다. 시련이 다 끝나면 이 장소로 도착하게 되어 있습니다."

"그 시험, 나는 치르지 않아도 되는 게냐?"

"예, 당신의 시험은 이미 끝났습니다. 당신은 한 차례 당대 용사의 내면에 정신체를 옮겨 둔 전적이 있죠. 당신 자신은 회복에 집중했던 터라 이 안쪽 깊숙한 곳을 알아차리지 못했을 뿐 아니라 저희 쪽에서도 굳이 존재를 알려드리지는 않았습니다. 다만 그동안 줄곧 당신을 관찰해왔습니다."

"……조금 석연치 않은 구석이 있다만, 뭐, 넘어가자꾸나."

나야 알지도 못하는 동안 남들이 제멋대로 관찰해서 제멋대로 합격을 통지한 입장인지라 반응해주기가 난처하다.

그때, 오른편에 갑자기 빛의 균열이 생기기 시작했다.

"여기는……."

어떠한 돌발 사태인가 싶어서 경계 수준을 끌어올리던 때에 커다래진 빛의 균열에서 미나리스가 나타났다.

“1등 도착은 미나리스입니까.”

“그렇군. 시련을 극복하면 도착한다는 게 이런 뜻이었나.”

“……즉 저는 2등으로 도착했다는 말이군요. 조금 분합니다.”

미나리스는 나와 초대 용사를 보고 대강이나마 상황을 알아차렸는지 작게 한숨을 쉬고는 저리 말했다.

“아니, 그것이…….”

“아뇨, 딱히 신경 쓸 필요는 없습니다. 당대의 마왕은 특별 추천으로 시련을 받지 않았으니까요.”

“네 녀석, 분위기 파악 좀 하고 말하거라?!”

깜짝 놀라서 이상한 대사가 나와버렸구나.

“특별……. 그렇군요, 특별입니까. 아뇨, 알고는 있었습니다만……. 네. 알고는 있었습니다만.”

“아, 아니, 미나리스? 특별 추천이 딱히 대단한 게 아니라, 예전에 혼만 남아 카이토의 내면에서 잠든 채 지냈다는 이유가 있어 말이다……!”

웃는 얼굴은 거두지 않은 채 그림자를 등에 지우는 별난 재주를 부리고 있는 미나리스에게 아무튼 변명하고자 조바심치던 때 또다시 하나의 균열이 생겨났다.

“후유, ……3등 도착, 이군요.”

다음번 빛의 균열과 함께 나타난 자는 메테리아였다.

한 차례 빙글 주위를 둘러본 메테리아가 한마디 하고, 몇 초 뒤에 두 개의 균열이 동시에 생겨났다.

"와앗, 깜짝이어요!!"

"으읏, 오라버니는……."

나타난 인물은 슈리아와 마이.

슈리아는 아무것도 없는 장소에서 가볍게 발을 헛디디고, 마이는 카이토를 찾아서 둘러보고 있다.

그 모습을 본 초대 용사가 상황을 정리하기 위해 짝, 손을 맞부딪쳤다.

그냥 아지랑이 덩어리로 보이는지라 괜히 신기하다는 생각이 든다.

"자, 전원의 시험이 완료되었습니다. 유감스럽게도 노노릭 씨는 실격 처분을 받았습니다만, 여섯 명 중에 다섯 명이나 합격했으니 초대 용사로서 기꺼운 마음이군요."

"음! 노노릭은 안 되었던 겐가."

"예, 뭐, 그 사람이야 힘은 충분했습니다만, 출신의 문제 및 복수에 불순물이 있었던지라."

대강 예상은 하고 있었다만, 조금 섭섭한 감도 드는구나.

이러니저러니 해도 마음이 잘 맞는 친구였다. 허나 사이좋은 관계만으로 공범자가 될 수는 없겠지.

"자, 이제 가실까요? 목적지로 떨어져주세요."

그렇게 말한 뒤 초대 용사가 가리킨 장소에는 어느 틈인가 흑색과 회색과 홍색이 섞인 구멍이 있었다. 아니, 저것은 구멍이 아닌 도리어 그로테스크한 생물과 닮은 무엇인가였다.

비유하자면, 그래, 쩍 벌어진 『주둥이』로구나.

이빨도 없건마는 대상을 물고 늘어지며 씹고 삼켜서 소화하는 무언가.

"흠, 좋다. 가도록 할까."

한데 그래서 어쩌라는 말이더냐. 저 앞쪽에 정녕 카이토가 있다면 망설일 이유가 없다.

나는 한 발짝 앞으로 내디디고자…….

"아앗?!"

"그러면 먼저 실례하겠습니다♪"

어느 틈인가 마음을 다잡은 미나리스가 쓱, 옆을 지나쳐서 나를 추월하더니 저 구덩이로 몸을 날린다.

마지막으로 힐끔 이쪽을 본 눈에는 1등 도착은 본인이 낚아챘다는 듯한 감정이 떠올라 있었다.

"에잇~ 2등이어요!!"

"우후훗, 바로 갈게요, 카이토 님."

"아앗!! 오라버니를 깨우는 건 여동생의 특권이에요!!"

"으음?! 너희들까지……!!"

어리둥절하는 사이에 쏙쏙 앞질러 가서, 깨닫고 보니 나 혼자만 남아버렸다.

"에잉, 이러고 있을 순 없지!!"

나는 기세를 몰아 앞서간 자들을 쫓았다.

길기도 하고, 일순간 같기도 하고, 애매하게 느껴지는 시간이 지난 뒤 우리는 한 장소에 내려섰다.

끝없이 넓은 어두움 속에서 피처럼 붉은색을 띤 지면만이 마냥 뻗어 나간다.

유일하게 우리를 둘러싸며 커다랗게 원을 그리고 있고, 당장에라도 사라질 것 같은 자그만 푸른 불꽃만이 애매한 세계를 구획 지어서 안정시켜주는 것 같았다.

그리고 그곳에 있는 인원은 나를 포함한 다섯 명과 골렘처럼 비대화된 모습을 가진 인간형의 백색 거인.

“거참, 참으로 얄궂은 몰골이 되어버렸구나.”

저 거인은 복수의 하얀 수목이 뒤얽혀 만들어졌다.

낯익은 형태, 과거에 마황수에게 삼켜졌던 나와 똑같았다.

“뭐, 이것도 인연일 테지. 빚을 갚아주기에는 딱 좋은 모습이구나, 카이토.”

“…….”

의식이 있는가 없는가. 거인의 중심부에 삼켜진 모습으로 카이토의 눈에는 빛이 없었다.

하나 카이토를 집어삼킨 하얀 거인은 그렇지 않은 것 같았다.

일단, 우리가 보내는 전의에 반응하여 하얀 거인이 움직이고 있잖은가.

몸을 일으킨 저 모습은 대략 6미터, 양손에는 위용에 걸맞은 대검을 칼집 없이 들고 있었다.

장식도 없고, 녹이 들떴고, 파손된 부분이나 흠집이 눈에 띄는 대검은 어쩐지 뼈와 같은 인상을 주었다.

“……어디 보자, 이거 고생깨나 하게 생겼구나.”

우리는 아마 마지막이 될 시련에 맞서 걸음을 내디뎠다.

제5장 그럼에도 선택하는 것

어둑어둑하고 엷은 안개에 자신의 생명이 녹아 들어가는 듯한 상실감.

이 감각은 경험한 적이 있었다.

다만 이전의 **기억**과 다른 부분은 몹시 느릿하고 잔잔하게 사라져 간다는 것.

그리고 무엇보다 그때는 느껴졌던 검붉게 타오르는 피가 어딘가 멀리 사라져버렸다는 것.

의식도 있다, 부상은 없다. 그러나 결국 이곳에 있는 것은 결국에 끊임없이 타오르지는 못했던 단순한 빈껍데기.

짓밟혀서 불은 사라졌고 피도 통하지 않는 단순한 시체였다.

"……그러니까, 더는, 응."

그렇다. 더 이상 나는 전진할 수 없다. 어째서 전진해왔는지 알 수가 없다.

부릴 수 있는 허세도 찢겨 나갔고, 고집할 수 있는 의지도 산산조각이 났고, 지금은 아예 분노마저 잃어버렸고.

"나는, 더 이상, 못 하겠어……."

그러니까 이제 포기해주면 안 되나.

"포기한 나 따위, 어서 외면해줘."

나는 암흑에 둘러싸인 세계 속에서 모두를 내려다보고 있었다.

“『만마풍인, 칼바람』!!”

“『환염독귀, 염독의 칼날』!!”

마이가 날린 예리한 바람의 칼날 다수와, 자색의 불꽃을 굳힌 커다란 칼이 세 자루 들이닥친다.

이대로 죽을 수 있다면 상관없다.

첫 번째에서 죽었을 때부터 복수에는 집착했어도 삶 자체에는 집착하지 않았다.

“『쿠워오오오오오오오아……!!』”

그러나 나를 집어삼키고자 하는 힘의 집합체는 내 의식의 잔재와 관계없이 요격 태세를 취하고 있었다.

흐슬부슬한 대검으로 바람도 불꽃도 쳐내며 내리 휘두른다.

쿠쿠우우우우우우우우웅, 둔탁하고 묵직한 소리를 내며 손에 든 대검이 바닥인지 지면인지 모를 무언가에 푹 박힌다.

얼핏 보기에 둔중한 인상을 주는 거체임에도 저 일격은 날카롭게 허공을 찢었고, 미나리스도 마이도 종이 한 장의 차이로 공격을 피하고 있다. 미처 방어하지 못하는 여파 때문에 두 사람의 차림은 너덜너덜했다.

“빈틈투성이입니다!!”

“오라버니를 풀어놓으세요!!”

그러나 두 사람도 가만히 당하기만 하는 게 아니라 미세한 빈틈을 찔러서 바짝 파고들더니 하얀 거인의 발목을 깎아 떨구려는 듯 무기를 휘두른다.

“『쿠르오아아아오아오아오아』!”

자꾸 달라붙은 두 사람을 멀리 치우려는지 대검을 옆으로 휭 휘두른 하얀 거인을 향하여 슈리아와 메테리아의 스킬이 쇄도한다.

“『괴뢰빙대, 무리 곰』!!”

“『뇌빙섬, 발키리의 선율』!”

슈리아가 조종하는 무사히 많은 소형 곰 인형이 발밑을 쫄랑쫄랑 돌아다니며 다리 일부를 물어뜯고, 메테리아가 불러낸 벼락을 두른 세 개의 여기사 빙상(氷像)이 손에 든 원추형 랜스로 찌름을 날린다.

슈리아의 곰을 짓밟고자 다리를 들어 올리면 메테리아의 얼음 여기사가 자세를 무너뜨리고자 공세에 나서고, 반대로 얼음 여기사를 집중해서 노리면 방어 위주로 전환하여 시간을 끄는 틈에 슈리아의 곰이 마음껏 날뛸 수 있다.

발군의 연계력을 보이는 얼음 여기사와 슈리사의 곰과 맞서는 하얀 거인은 농락당하며 자꾸 부상을 입는다.

“『카르오르르우오오오오옷……!!』”

다만 유리했던 형세도 오래 이어지지는 못했다. 얼음 여기사로 분명하게 표적을 정한 하얀 거인이 치켜든 방패와 함께 세 개를 때려 부수고, 지면을 달리는 슈리아의 곰에게 급격히 비대화시킨 팔을 내리찍어서 짓뭉갰다.

아무렇게나 마구 날뛰는 하얀 거인의 맹위 앞에서 슈리아와 메테리아가 불러낸 부하는 전멸했다.

단 **시간 끌기**라는 역할을 분명하게 달성한 이후에.

“다들 물러나거라!! 『마염옥(魔炎獄), 염천화사(炎天火舍)』!!”

거인이 슈리아의 곰을 짓뭉개는 데 열중한 틈을 노리며 줄곧 후방에서 마력을 체계화하고 있었던 레티시아의 큰 기술이 작렬한다.

고속 회전하는 진홍의 불꽃 수레바퀴.

직경이 어른 한 사람 몫은 충분히 될 저것이 열 개, 불규칙적인 궤도를 그리며 거인의 사지를 향해 돌진하더니 구속구처럼 끼인다.

그 순간, 각각의 수레바퀴는 단번에 회전 속도를 높이며 적의 사지를 태워 떨궜다.

"『크르아아아아아아아아아앗!!』"

과하게 둔한 감각이 약간이나마 아픔을 전해준다.

다만 찰나의 아픔마저 남 일 같았고, 이미 아무래도 좋은 자극이었다.

'…….'

전투가 시작된지 이미 한 시간 가까이 경과됐다.

하얀 거인이 사지를 한 번에 잘려서 오뚝이 모양이 되며 가장 큰 대미지를 입은 상태가 됐다.

하지만 아마 첫 번째 세계에서 쓰러뜨렸던 폭주 마황수를 원본으로 삼은 이 하얀 거인은 까다로운 특징을 갖고 있을 것이다.

……그것은 몸에 큰 손상을 입는 순간에 발휘되는 재생력이었다.

분명 완전히 소실되었던 손발이 놀랍게도 불과 몇 초도 지나지 않아 재생되며 지난 위용을 되찾아버린다.

"끄응, 먼지도 남지 않게 싹 불살라도 재생하는가……."

"재생 속도가 심각하게 빨라요."

분한 기색으로 레티시아가 푸념하고, 슈리아가 말을 거든다.

아까 전부터 이어졌던 전투 중 다섯 사람은 몇 번이나 하얀 거인을 궁지에 몰아넣었다.

그러나 자잘한 상처는 느릿하게나마 줄곧 치유되고 있고, 잘라 낸 사지는 촉수가 뻗어 나오듯이 절단면과 결합되어 재생한다.

대충 머리로 짐작되는 부분을 날려버려도 문제없이 행동하며 조금 지나면 또 재생해버린다.

이번에는 결합하지 못하게 잘라 떨어진 부분을 완전히 소멸시켰지만, 재결합을 못 하면 못 하는 대로 사라진 부위를 처음부터 새로 재생한다는 것을 지금 막 알아버렸다.

남은 수단은 이제 단 하나 시도하지 않은 부위를 공격하는 것이다.

'다들, 강해졌구나…….'

전투는 계속된다.

미나리스, 슈리아, 마이, 메테리아, 레티시아.

다섯 명의 스킬과 마법이 전장을 난비하며, 전투는 더욱 격렬해진다.

설령 사라지려 하는 도중이어도 이곳은 나의 정신세계다.

모두가 이 세계에 들어왔을 때부터 지금 내가 있는 이 장소에 도착할 때까지 치른 전투를 감지할 수 있었다.

각자가 어떤 심정으로 이 자리에 와 있는지도 현재 진행형으로 전달된다.

그러니까 메테리아를 포함해서 나는 이 자리에 있는 다섯 명 전원을 눈부시다고 생각했다.

'……정말, 강해졌어.'

미나리스와 슈리아.

본래는 싸울 방법도 갖지 못하고 사람들이 알지 못하는 곳에서 스러질 운명에 있었던 소녀들.

유린만 당하다가 끝나야 했던 소녀들은 지금 이렇게까지 힘을 길러서 본인들의 의사를 증명하고 있었다.

마이와 메테리아.

분명 나라는 존재가 아니었다면 이런 피투성이에 구제할 도리가 없는 길을 선택하지 않아도 되었을 소녀들.

싸우지 않는 길을 선택할 수도 있었는데 이렇게 못난 나를 위해서 고난의 길을 선택해줬다.

그리고 마왕 레티시아.

용사를 쓰러뜨려도 구원받을 수 없고, 용사에게 쓰러지는 것이 운명 지워졌던 소녀.

주위의 어둠에 무너져서 사람의 형태를 유지할 수 없게 되어버렸던 나의 마음을 그저 가까이 함께하며 받쳐주었다.

'……그래, 그러니까.'

나는, 이곳 두 번째 세계에서 동료 따위는 필요 없다고 생각했다.

애매하고, 따뜻하고, 고작 신뢰라는 불면 사라져버릴 것 같은 말만을 근거로 한 관계.

그런 관계를 믿는 것은 두 번 다시 사절이라고 생각했으니까 나는 계약으로 묶어서 모두를 공범자로 만들었다. 배반을 두려워했기에. 그런 주제에 유토를 희생해서 살아남았으며 또한 모두를 끌고 들어왔던 복수의 길 중간에서 가만히 멈춰 선 채 허우적거리고 있다.

이대로 포기하면 이제껏 지난 과정들은 대체 무엇이었냐고 이성이 소리 지르는 것을 알면서도 단지 울고불고 외치는 감정은 이윽고 울다 지쳐서 움직임을 멈췄다.

그리고 나는 가장 혐오스러운 쓰레기로 전락하려는 중이다.

모두에게 죄책감을 느끼면서도, 그럼에도 불구하고 나의 내면에서 사라진 불씨는 연기를 내는 낌새마저 보이지 못한다.

“이렇게 된 이상 사지를 싹 잘라서 재생 속도보다 빨리 구속하겠다!! 그다음에 카이토를 저 괴물에게서 끄집어낸다!! 구속의 토대는 메테리아, 네게 맡기마!!”

“잘 알겠습니다. 술식을 구성하는 데 시간이 걸리니까 5분만 시간을 끌어줄 수 있겠습니까?”

“그럼 호위는 슈리아가 맡겠사와요. 오세요, 『괴뢰빙대, 거대 고양이』!!”

“제가 마이 씨와 교란을 맡죠. 저는 오른쪽에서 치고 들어갈 테니 마이 씨는 왼쪽을 부탁드립니다!”

“알겠어요. 레티시아 씨는 방금 전과 똑같이 고화력으로 단번에 잘라 없애주세요.”

훌륭한 연계로 다섯 사람은 계속 싸워 나간다.

시간이 지남에 따라 연계는 더욱 매끄러워지고 움직임에서 불필요한 부분이 없어진다.

‘너희는, 내가 없어도 충분히 강해졌으니까.’

“……, …………, ……. 여러분! 술식 구축이 끝났습니다!! 다시 한 번 사지를 잘라서 움직임을 봉해주세요!!”

“알겠느니라!! 미나리스, 마이, 큼지막한 녀석을 날릴 테니 신호하거든 살짝 떨어지거라!!"

"네, 알겠습니다!!"

"오라버니에게 맞히면 가만 안 둘 거예요!!"

"내가 누구인 줄 알고 하는 말이더냐!!

『—먹어라, 먹어라, 먹어라, 먹어라. 선조는 굶주린 이리보다도 탐욕스럽게 열기를 갈구하는 자.

—그대는 피의 밑바닥에서 기어 나온 피안화.

—찰나에 터져 나가는 주검을 내보여라.』"

레티시아가 영창을 마치자 미나리스와 마이가 하얀 거인을 위축시키고자 강타를 때려 박는다.

방어 이외에 도리가 없는 하얀 거인은 제자리에서 대검으로 공격을 막아 낸다.

"간다! 미나리스, 마이!!

—『마염옥, 홍염화(紅焰華)』!!"

숨도 못 쉬겠다 착각해버릴 것 같은 농밀한 마력의 기세.

한순간에 마법으로 모습을 바꾼 저것은 방금 전 하얀 거인의 사지를 불살라 없앴던 불꽃 수레바퀴 마법보다도 강한 마력이 담겨 있었다.

미나리스와 마이의 공격을 막는 데 힘이 쏠렸던 하얀 거인은 이어지는 공격을 피할 수 없었다.

눈보라처럼 흩날리는 진홍의 꽃잎. 아름다운 불꽃이 하얀 거인의 주위를 둘러싼다.

다음 순간, 살며시 하얀 거인에게 닿은 불타는 꽃잎은 마치 본성을 드러내는 것처럼 엄니를 박아 넣더니 파캇, 안쪽으로 파고드는 소리와 함께 거인의 몸을 깎아 먹는다.

'나 같은 쓰레기 자식 따위는 그냥 내버려도 되니까.'

"『쿠우르오오오오오오오오오!!』"

잇따라 몸을 깎아서 터뜨리며 꽃잎이 하얀 거인의 신체를 부숴 떨군다.

끊임없이 이어지는 폭발음 속에서 맑은 물이 흐르는 것처럼 메테리아의 투명한 목소리가 울려 퍼진다.

"『—얼음 소녀는 초침을 떼어 낸다.

—그 사랑의 저주나마 연모의 매개로 쓰기 위하여.

—얼음 천사는 나타나는 빛을 덮어 가린다.

—오직 그 한때를 자신의 것으로 두기 위하여.

—그리고 서로의 맹세와 소원은 미혹됨 없이 월신의 가시나무로 바뀔지니.』

—『봉빙술(封氷術), 연모의 주빙(呪氷)』."

소리 높여서 성가를 노래하는 듯한 영창의 끝. 마치 이때를 기다렸다는 듯이 울려 퍼지던 폭음이 멎는다.

"『크갓, 까가가갓, 크르오오오오오오오오오!!』"

또다시 폭발에 사지를 빼앗긴 하얀 거인은 지면에 벌렁 나자빠진다.

방금 전과 달라진 것은 하얀 거인의 탄화된 사지의 절단면에 빛을 집어삼킨 거뭇한 얼음이 뒤덮여 있다는 것.

그것은 폭발이 멎은 순간에 지면으로부터 나타난 검은 얼음의 가시나무가 휘감겨 만들어 낸 봉인이었다.

푹 꽂히는 가시나무의 가시가 새로 재생하고자 하는 하얀 거인의 몸에서 수분을 빨아들이며 얼려버린다. 그리고 얼음 가시나무는 의미가 있긴 있는지 알지도 못할 소리를 쭉 내질러왔던 머리 부분에도 휘감기더니 새어 나오는 목소리도 들리지 않게 완전히 얼음 감옥에 감금했다.

"……성공입니다. 이제 당분간은 꼼짝도 하지 못할 테지요."

"후유, 이제야 겨우 한숨을 돌리겠어요."

자, 이제 진정한 종막이다.

하얀 거인은 옴짝달싹 못하는 상태에서 쓰러졌고, 남은 것은 **한 번도 공격당하지 않았던** 몸체 부분뿐.

"방심하지 말거라, 슈리아. 이제부터가 진짜이니."

"앗, 뭐가 또 남았사와요?"

"네, 레티시아의 말이 맞습니다. 문제는 이제 주인님을 어떻게 하냐입니다."

"다들 알고야 있을 테지만, 무작정 막 꺼낸다고 해결될 문제는 아니니라. 마력을 쭉 훑어보니 핵이 된 카이토와 하얀 거인이 깊숙이 결부되어 있구나. 이것은 내가 마황수에 집어삼켜졌던 때와 거의 똑같은 상태이군."

"그 말은, 어떻게 된 거예요? 왜 그런 상태가……."

"방금 전까지와 똑같을 테지. 어떤 의미로 인간을 집어삼킨 마황수라는 적도 카이토가 심검으로 쓰러뜨려왔던 상대 중 하나잖느냐."

레티시아가 어깨를 으쓱인다.

"자, 다음은 카이토의 상태인데……. 의식은 있느냐?"

“……그래, 너희가 지독하게 하얀 거인을 부숴 쓰러뜨렸잖냐. 이야기할 정도의 기운은 있고말고.”

‘마지막 순간에 아무 감춤도 없는 마음으로 모두의 얼굴을 볼 수 있겠군.’

내 몸은 대부분이 하얀 거인에 삼켜진 터라 상반신의 일부만이 노출되어 있는 상태였다.

나를 둘러싸고 내려다보는 위치에 다들 모여든다.

“즉 방금 전처럼 이 하얀 녀석을 계속 부수면 카이토 님은 원래대로 돌아온단 말씀이어요?”

“아니요, 그렇게 간단한 문제가 아닐 겁니다. 만약 주인님의 현 상황이 레티시아 씨와 같다면 주인님이 예전 세계에서 레티시아 씨를 구하지 못한 원인을 알 수 없지요. 그런 간단한 조치는 물론 시험해봤을 테니까요.”

“잘 아는구나. 확실히 핵이 된 부분 이외의 손발이며 머리를 대량으로 파괴하면 일시적이나마 자아의 침식은 멈춘단다. 다만 그것은 단지 잃어버린 부분을 보충하고자 신체적인 면의 침식에 집중하기 때문이니라.”

“그, 그러면, 어떻게 해야 되어요?!”

“우선 카이토의 상태부터 조사한 뒤에…….”

“소용없다, 네가 가장 잘 알 텐데. 레티시아.”

나는 레티시아의 애매한 대답을 잘라 냈다.

'그래, 이미 충분하다. 이대로 끝나면 이미 충분하다고.'

힘냈다, 힘냈다, 힘냈다.

힘껏 버텼다, 핏덩이를 토했다, 몇 번이나 몇 번이나 마음을 죽여 가면서 힘내왔다.

그 최후가 이런 몰골이라면, 그래, 나쁘지 않아. 확실히 나쁘지 않다.

"자기 상태쯤이야 조사하지 않아도 안다. 더는 무리야, 도저히 방법이 없을 지경으로 뒤섞여버렸지. 원래대로 돌아갈 순 없다."

이 말은 거짓이 아니다.

지금 내 전부를 빼앗고자 하는 이 하얀 거인도 역시 내가 몇 년이나 함께하며 함께 싸워온 심검의 일부이니까.

어쩔 도리가 없도록 나의 몸에 어우러져서 깊이 뿌리를 내뻗고 있다.

만약 이 상황에서 나의 자아를 유지하고 싶다면 나 자신이 이 녀석을 지배하고 제어하는 방법뿐이다.

그러나 이미, 저 방법을 실행하기 위한 **열기**를 나는 다 잃어버렸으니까.

나는 이미 타오르기 위한 무언가를 다 잃어버렸으니까.

"『크갸르아아르르라아르카오우라키아아아아아아앗!!』"

""""""""윽!!""""""""

그때, 하얀 거인이 갑자기 격렬하게 날뛰기 시작한다.

놈을 구속해 둔 검은 얼음에 쩍쩍 소리를 내며 잔금이 생겨난다.

메테리아가 사용한 것은 신화 속 영령의 힘을 유용한 저주의 얼음.

힘을 세게 준다고 부서지는 물건이 아니지만, 이 장소는 현실 같아도 현실이 아니다.

나의 정신세계 안쪽에 있는 이상은 아무리 저주의 얼음이어도 본래의 힘을 온전하게 다 발휘하지는 못한다.

"아, 안 됩니다!! 레티시아 씨! 보조를 부탁드려요!!"

"크읏, 웬 힘이 이리도 무식하더냐!! 마력이……."

허둥지둥 메테리아가 얼음 유지에 사력을 쏟아붓고, 레티시아가 보조를 담당한다.

"그만해라, 두 사람 다. 이미 늦었어."

"하나도 늦지 않았어요!! 슈리아도 거들겠어요!!"

"오라버니를 대체 어떻게 포기할 수 있겠어요!!"

"저도……! 꺄앗?!"

슈리아와 마이도 보조에 손을 거들고, 한 박자 뒤늦게 손을 거들고자 다가온 미나리스가 하얀 거인의 꿈틀거림에 놀라 자세를 무너뜨린다.

"정말로, 이제 괜찮아. 무엇보다, 나 자신이 살고 싶다는 생각을 하지 않으니까……."

무릎을 꿇은 미나리스의 머리가 눈앞까지 가까이 다가온다.

사소한 우연이었으나 이렇게 미나리스가 가까운 곳에 쓰러졌다는 것이 운명처럼 생각된다.

만약 이 녀석들이 이 장소까지 찾아와주고, 이렇게 내가 **끝나는** 때를 맞이한다면.

한 가지를 부탁하자고 나는 결심했었다.

"……그러니까, 미나리스, 네가 나를 죽여줘."

“““““““아!!”””””””

“그리고, 내 힘을, 가져가라.”

세대를 넘어 조금씩 힘을 비축해왔던 용사의 힘.

용사로서 강제 전이당했던 인물들 틈을 전전하며 버틴 이 힘이라면 나의 내면을 벗어나서 대죄의 검에게도 인정받은 미나리스에게 양도할 수 있을 것이다.

나처럼 거짓된 감정을 이식당하지 않게 나 자신을 필터로 써서 이 힘만을 넘겨주겠다.

‘이런, 저 얼굴을, 보고 싶지는 않았는데 말이지…….’

미나리스, 나의 가장 첫 번째 공범자.

즐거웠다.

꽤나 비뚤어지고, 숨 막히고, 피투성이의 길을 걸어왔지만.

네가 곁에 있어줘서 꽤 위안을 받아왔다. 곁에서 떨어지지 않고 내 힘을 줄곧 지켜봐줬다.

어떤 의미에서는 레티시아 이상으로 나의 힘을 잘 이해해주는 네가 내 힘을 받아주기에 가장 적합한 인물일 테지.

“심검이 가진 힘의 본질은 죽여서 빼앗아온 무언가의 집합이지. 이 정신세계에서는 나라는 필터를 통해 순수하게 힘을 넘겨줄 수 있다.”

“자, 잠깐만요, 주인님!”

“레티시아, 너는 미나리스에게 쓸데없는 것까지 흘러가지 않게 마력의 흐름을 살펴봐줘라. 미나리스에게게 힘이 안착할 때까지 상태를 지켜봐줘. 미안하다, 너에게 항상 의지만 했네. 네가 아니었다면 이렇게 되기보다 훨씬 옛날에 죽어서 끝났을 거다. 새카만 세계에서, 태양처럼 빛나는 네가 정말 좋았어. 지금껏 쭉, 사랑했다."

"……으, 카이토, 네 녀석……."

"주인님, 주인님?!"

얼굴을 찌푸리는 레티시아와 당혹감을 숨기지 못하는 미나리스에게서 시선을 떼고 나는 메테리아를 돌아본다.

"그리고, 메테리아. 미안했다, 모르는 곳에서 나 때문에 꽤 고생을 했지. 그런데도 아직 나 같은 녀석을 좋아해줘서 고맙다. 아무것도 보답해주지 못한 채 이런 상황을 만들어서 면목이 없어."

"……."

"잠깐만, 잠깐만요!! 제 말을 들어주세요, 주인님!!"

미나리스의 말에는 대답하지 않은 채 언제나 머금고 있는 미소를 지운 무표정한 메테리아에게서 슈리아에게 시선을 향한다.

"슈리아, 너는 앞으로도 미나리스를 곁에서 도와줘라. 가족들 모두 죽은 줄 알았던 나는 여동생처럼 잘 따라주는 너의 호의가 무척 기뻤어. 가족 같았다는 말은 불만일지도 모르겠지만, 그래도 너는 달리 대체할 수 없는 소중한 나의 일부다."

"아? 아? 아? 카, 카이토 님……?"

"마이, 살아 있어줘서 고맙다, 정말 고맙다. 원래 세계의 모두와, 친구들과, 선생님과, 아버지와 어머니와, 그리고 너와, 줄곧 만나고 싶어서 만나고 싶어서 견딜 수가 없었어. 그러니까 그게 절대로 이룰 수 없는 꿈이라는 선고를 듣고, 끝내 부정조차 하지 못하고 살해당했을 때는 절망했지. 그러니까 네가 살아 있어줘서, 너와 다시 만난 것만으로도, 그것만으로도 너무나 많이 기뻐서 견딜 수가 없었어. 그런데, 미안. 또 한동안 작별이네."

"오라버니……! 어째서……."

어쩔 줄을 몰라 하는 슈리아와 눈자위에 눈물을 글썽거리는 마이.

그때 욱신욱신, 자신의 안쪽에서 또 용사의 힘이 꿈틀거리는 것을 느꼈다.

휙, 마치 물밑에 잠겨 들어가는 것처럼 의식이 멀어지는 느낌이 든다. 하지만 혼자 있었던 때는 몸을 내맡겼던 저 감각에 지금은 죽기 살기로 저항한다.

'아직이다……! 아직, 끝까지 다 전해주지 못했어!'

자포자기의 방관만으로 가득 차 있었어도, 아니, 그랬기에 더더욱 마지막 순간 정도는 망가진 감정을 긁어모아서 버텨야 했다.

내가 이곳에서 사라져도 또 앞으로 나아가야 할 이 녀석들을 조금이나마 상처를 덜 받게 배웅하기 위해서.

"미나리스, 넌 내가 가장 첫 번째로 선택했던 공범자다. 내가 너를 이 길에 끌어들였지. 이 길을 걷기 시작했을 때부터 줄곧 함께 걸어왔어. 틀림없이, 너는 최고의 파트너였다. 레티시아 이외에 이런 존재가 생겨날 줄은 전혀 생각하지 못했는데. 소중한 사람에게 순서를 매길 순 없지만, 다시 한 번 처음부터 공범자를 선택한다면 나는 분명히 또 너를 선택할 거야. 설령 몇 번을 되풀이하더라도 나는 너를 선택하겠어. ……최악의 바람둥이 자식이지만, 레티시아와 비슷할 만큼, 난 분명히, 너를 사랑한다."

"이러지 마세요!! 그런 말, 그런 말은!! 지금은 듣고 싶지 않아요!!"

매달리듯 주저앉은 미나리스의 눈에서 눈물이 뚝뚝 떨어진다.

아, 미나리스, 우는 표정은 짓지 마. 우는 얼굴을 보고 싶은 게 아니었어.

꾸욱, 간신히 남긴 감정을 무언가가 조여든다.

"저희는 복수를 완수해야 해요!! 저 자식도, 이 자식도, 그 자식도, 전부 전부 전부, 빛도 비치지 않는 이 진구렁 바닥까지 끌고 내려온다고! 그렇게 맹세하며 지금까지 버텨왔잖아요!! 주인님에게 고백은, 다 끝낸 다음에 제가 해야 됐어요! 그렇게 결정했다고요! 그렇게 결정했었단 말이에요!"

감각 따위 분명히 벌써 옛날에 사라졌을 텐데 내 뺨에 떨어지는 눈물이 이렇게나 따뜻하다.

깨달았을 때는 나를 둘러싸며 모두가 무릎 굽힌 채 나를 내려다보고 있었다.

'……정말, 신기한 기분이구나.'

이 구도는 마치 첫 번째 때 내가 살해당했던 장면 같았다.

그때도 역시 나는 지면에 쓰러져 있었고, 엷어지는 자아가 어둠 밑바닥으로 떨어져 가는 것을 느꼈었다.

내리쏟아지는 조소와 악의의 비에 노출된 채 절망의 구렁텅이에서 쏟아져 나오는 분노에 몸을 불살라야 했다.

아무것도 하지 못하고 생명의 불이 사라져 가는 처지에 속수무책의 실망감과 아픔을 느꼈었다.

그런데, 이렇듯 자신의 존재가 사라지려는 처지인데, 그럼에도 불구하고 마음은 몹시 평온했다. 오래도록 잊고 있었던 마음 밑바닥의 안녕과 행복을 느끼는 듯한 기분이었다.

그토록 아무것도 못한 채 죽기를 싫어했었는데 지금은 아무것도 하지 않은 채 사라질 수 있는 처지에 안도감을 느낀다.

"미안해, 미안하다, 미나리스."

다만 이렇게 떠나려 하며 느끼는 죄책감 또한 가슴속에 분명히 있었고.

그럼에도 불구하고, 더 이상은, 방법이 없었던지라.

"미안하다, 이만 포기해야겠어. 나는 더 이상, 나아갈 수 없다. 머리가 알고 있어도 마음이 거부하니까."

아, 한심하구나.

너는 정말로 최고의 공범자로 함께해줬는데 너를 이 길에 끌어들였던 내가 이렇게나 한심하구나.

"내 안에, 복수의 열기는, 더 이상 없어."

"……거짓말, 거짓말이에요. 주인님, 이런 말씀을 할 리 없습니다!!"

죽여달라 지목까지 하며 부탁했기 때문일까.

미나리스는 누구보다도 격렬하게 지금의 나를 거절하고 있었다.

"그래요, 거짓말이에요, 말이 안 되잖아요, 속지 않아요, 용사의 힘에 조종당해서 마음에도 없는 말을 강제로 꺼내게 된 게 분명합니다!!"

"……."

"정신을 단단히 붙들어주세요! 네? 복수를 해야 되잖아요?! 알레시아를 죽여야 되잖아요? 어서요, 지금껏 잔뜩, 함께, 고민해오지 않았던가요!!"

"……미나리스……."

"뭔가, 뭔가 말씀을 해주세요! 뭔가 말씀을 해달라고요, 주인님!!"

"……."

이성을 잃고 매달려서 울고불고하는 미나리스에게 아무 대답도 해줄 수 없었다.

……최악이다. 그래, 정말 최악이다.

결국 마지막 순간을 잘 수습하지도 못하는구나.

이게 마지막인데 멋있는 말 한 마디도 전해주지 못한다니.

이 자리에서 무엇을 말하든 무엇 하나도 전해지지 않음을 알고 있었으니까.

그러니까 나는 몸에 남은 힘을 긁어모아서 한 자루의 심검을 만들어 낸다.

"으, 끄윽, 헉."

"아! 주인님!"

투욱, 막 생겨난 심검이 가슴에 떨어진다.

무의식중에 만들어 낸 것은【복수의 성검】이었다.

첫 번째에서 죽었을 때 손에 넣었던 심검이자 나의 두 번째 인생의 상징과도 같은 심검.

힘을 쥐어짜서 심검을 만들어 낸 나에게 뭔가 희망을 발견했는지 미나리스의 표정에 웃음이 피어난다.

"미나리스, 그 검을 쥐어서, 나를 죽여라……."

"……아……."

쓱, 그림자 드리우듯 미나리스의 얼굴에서 색이 사라진다.

슬픔, 실망, 비관, 그리고…… 체념.

'그러면 된다, 그러면 되는 거야, 미나리스…….'

나는 이미 습기가 꽉 들어찬 숯 비슷한 물건이지만.

그렇다면 하다못해 조금이라도 모두에게 무언가를 남기고 싶어서.

"……그래요, 됐어요. 이제, 됐어요……."

얼굴을 숙인 채 미나리스가 【복수의 성검】을 손에 쥔다.

신기하게도 이제껏 경험한 적이 없을 만큼 평온한 기분이었다.

줄곧 가슴속에 남아 있었던 희미한 불쾌감마저 끝을 앞에 두자 더 더욱 작아져 간다.

"애당초, 처음부터 이렇게 하는 계약이었으니까요……."

심검을 유지하고 있는 탓인가, 점점 자신의 윤곽이 애매해지고 있다는 감각이 든다.

미나리스가 무언가 말을 하는 듯싶은데 잘 들리지 않았다.

"동료도 아닌, 아군도 아닌……. 말도 마음도 피도 살점도 뼈도 끈적끈적 녹아서 섞이는……."

"이런! 미나리스, 무얼 하려는 게냐!!"

"무슨 짓이어요, 미나리스 씨?!"

"카이토 님!! 으긋!"

"오, 오라버니?!"

미나리스 이외에 다른 녀석들의 목소리도 들린다.

내용은 뚜렷하지 않았고, 말에 담기는 감정도 파악할 수 없었다.

그게 조금은 아쉬워서, 다만 끝을 맞이하는 안도감도 있어서.

높이높이 【복수의 성검】을 들어 올리는 미나리스의 모습이 마치 옅게 빛나는 보석같이 시야에 뜨겁게 새겨져서.

그래서.

"……?"

이상한 표정이었다.

분명 서글픈 표정을 짓고 있을 것이라 생각했다. 혹은 어두운 분노가 담긴 표정이거나 그게 아니라면 경멸과 비슷한 실망의 빛이 떠올라 있을 줄 알았다.

그러나 저 얼굴에 있는 것은 애정이, 만족감이 가득한 미소.

무슨 까닭인가 의문을 느끼면서도 다른 부분은 전부 내가 바랐던 광경이니까.

미나리스가 손에 든 심검이 살에 푹 박혀 들어왔다.

"주인님, 갈게요."

"끄읏, 윽……."

츠츠츠, 검이 몸을 베어 가르며 파묻힌다.

감각이 둔해졌는데도 하얀 거인의 몸이 아니라 직접 나 자신에게 박힌 칼날은 제법 큰 아픔을 주었다. 쇄골부터 뼈의 사이를 누비듯 잠겨 들어와서 검 끝이 이윽고 심장에 도달한다.

'이제야 겨우 해방되는군……. 더 이상은, 괴로워하지 않아도 되겠구나…….'

자신의 생명이 사라져 간다.

이제야 겨우 끝난다.

끝난다…… 끝난다, ……끝난다?

'뭐, 지……? 어째서, 몸의 감각이 선명해지지……?'

죽음의 도래는 상상했던 것과 꽤 달랐다.

방금 전까지 작아졌었던 가슴 안쪽의 불쾌감이 꿈틀, 꿈틀, 맥박을 치기 시작한다.

몸에 틀어박힌 칼날의 감촉이 점점 뚜렷해지고, 겹겹이 천을 둘러싼 듯한 아픔이 면도칼과 같은 예리함을 되찾아 간다.

아니, 이상하잖아. 명백하게 이상하잖아.

첫 번째 때 죽음의 순간에서 느낀 감각은 지금도 잘 기억하고 있다.

자기 자신의 윤곽이 해체되어 엷어져 가는 듯한, 몸의 열기가 사라져 가는 듯한, 어두운 물속 밑바닥에 떨어지는 듯한.

그렇게 소중한 무언가를 잃어버리는 감각.

"크으윽, 끄읏, 뭐가 어떻게 된……?"

그러나 지금 내 몸에 일어나고 있는 감각은 저게 아니었다.

오히려 무언가를 주입당하고 있는 것 같은 감촉이었다.

"저희는 공범자입니다, 주인님. 서로가 서로의 열기를 함께 공유하며, 두 번 다시 갈라질 수 없는 관계. 아아, 우후훗, 우후후훗!! 이제까지 느꼈던 중에 가장 깊숙하게 연결되고 있다는 걸 알겠어요! 더 빨리 이렇게 하면 좋았을 텐데, 간단한 문제였네요!!"

"미, 미나리스……? 너, 설마……!!"

서서히 뚜렷해지는 감각.

부옇게 물들었던 시각도 청각도 색채와 명암을 되찾았고, 부예졌던 사고도 윤곽을 그리기 시작한다.

그렇게 눈에 들어온 것은 아직껏 내 몸에 박혀 있는 심검.

심검은 어느 틈인가 엷게, 하지만 강하게 붉은 빛을 맥박 치듯 발하고 있었다. 그 맥동에 맞춰 내 안에서 무언가가 꿈틀거린다.

박아 넣은 칼날의 아픔은, 깨달았을 때는 절정을 지나간 듯 감쇠되어 있었다. 다만 이번에는 방금 전까지 잠에 취해서 자기 감각을 속였던 느낌이 아니었고, 오히려 감각은 더욱 예민해졌다.

나의 힘을 미나리스에게 넘겨주기는커녕 명백하게 미나리스의 힘이 나에게 흘러들고 있었다.

"멈춰……! 내게 이렇게까지 할 가치는 없어!! 나를 죽여!! 이런 짓을 계속했다간 오히려 네가……!"

이대로 두면 미나리스라는 존재가 아예 나의 일부가 되어버린다.

"우훗, 걱정하지 마세요. 주인님이 그 지옥 밑바닥에서 제게 불을 밝혀주셨듯이 이번에는 제가 주인님에게 불을 밝혀드릴 차례가 왔을 뿐이에요. 자, 이제부터는 진짜 하나네요. 저는 주인님의 안에서 살아가겠습니다."

"너, 뻔히 알면서……!"

벌컥, 벌컥, 미나리스는 심검을 통해 자기 자신을 내 안쪽으로 집어넣었다.

그러나 이것은 마력이나 생명력의 공급에 의한 **회복**이 아니라 심검을 지나 연결된 경로를 이용하는 **동화**다.

"멈춰! 너! 이대로 가면……!"

"……놓아주지 않는답니다? 열기가 없다? 우후후훗, 거짓말 거짓말 거짓말 거짓말! 그런 말씀이 어디 말이나 되냔 말이에요!!"

"무슨, 짓을……!"

"뜨겁게 끓어올라서 끈적끈적, 목구멍 안쪽에 달라붙어서, 눈꺼풀 뒤에 인두질해서, 머리 안쪽을 질퍽질퍽하게 만들어서, 피부 표면을 굽고 태워서!! 사라질 리가 없잖아요. 그럼요, 사라질 리가 없답니다!! 우후후후훗♪"

나를 바라보는 듯 바라보지 않는 저 눈동자에는 빙글빙글 소용돌이치는 무언가가 잠재되어 있다.

"그건……! 아니야…… 아니라고……! 나의 증오는, 복수심은 가짜다. 용사의 힘이 떠넘겼던 모조품이었을 뿐……. 내 안에서 그런 감정은 이미……."

"아하하핫, 역시 주인님은 용사의 힘에 휘둘리고 있는 거예요!"

"크, 미나…… 리, 스. 이 이상은……!!"

쿡쿡 웃는 미나리스가 자꾸자꾸 나의 안쪽에 들어와서 뒤섞이고 있다.

그에 비례하듯이 몸 안에서 무언가가 터져 나간다.

"가짜? 모조품? 말도 안 되는 말씀이세요! 우후후훗, 주인님도 참♪"

뚜둑!! 뚜둑!! 터지는 하나하나가 나의 안쪽을 휘젓고 간다.

그리고 황홀한 표정을 지은 미나리스는 쭉 치켜 올라간 입꼬리를 잠시 내려뜨리는가 싶더니 이제까지보다 더욱 깊숙하게 균열이 벌어지는 환희의 표정을 지었다.

"어서, 어서요! 어머…… 찾았다♪"

"크?!"

그리고 나는 나의 밑바닥에 있었던 무언가를 콱 붙들리고 말았다.

뒤틀리는 몸에서 천천히 사라져 가던 불쾌감을 미나리스가 감싸 쥐고 있었다.

어머니의 자애와 같이 부드럽게, 뱀의 간사함과 같이 놓치지 않겠노라며, 절대적인 의지를 가진 미나리스의 손 안쪽에 갇혀버렸다.

"허윽……?!"

그 순간, 몸속에서 그『불쾌감』이 거하게 욱신거리는 것을 느꼈다.

다만 그 불쾌감은 곧 나에게 당혹감을 가져다줬다. 불쾌감의 욱신거림이 기억에 있는 욱신거림과 똑 빼닮았기 때문이었다.

"있잖아요, 주인님. 분명 주인님의 복수심은『용사의 힘』이 부추기고, 유도를 당했는지도 몰라요."

미나리스의 얼굴은 더욱 상기되면서 어딘가 색기를 느끼게 하는 표정이 되어 있었다.

그러나 나는 도저히 미나리스의 상태를 신경 쓸 여유가 없었다.

마치 부활하듯 몸속에 퍼져 나가는 것은 언제나 친근했던 감각, 언제나 나와 함께했었던 감각.

—밉다, 밉다 밉다 밉다 밉다!!

—용서 못 한다, 용서 못 한다 용서 못 한다 용서 못 한다!!

—어째서 네 녀석들이 살아 있나! 어째서 네 녀석들이 웃고 있나!

자칫 머리가 돌아버릴 만큼 자신의 내면에서 절규를 쏟아 내는 증오의 목소리.

"그렇다 해도, 그 감정은 주인님 본인의 감정인걸요. 절대 이식당한 게 아니에요. 절대 가짜가 아니야. 절대로 모조품이 아니야!!"

죽기 살기로 자신의 안쪽을 제어하고자 힘써봐도 온통 흩뿌려 놓은 기름에 불을 붙인 것처럼 저 감정은 더 넓게 옮겨붙는다.

날뛰는 감정 때문에 의식이 명멸하는 중 조금 힘들어하는 미나리스의 목소리만이 명료하게 들려온다.

이미 상당히 나의 내면과 동화가 이루어졌다. 마치 분출되는 피를 자신의 의사로 쏟아 내는 것 같은 행동이다. 미나리스도 분명히 고통스러울 텐데 그럼에도 불구하고 미나리스의 목소리는 생명의 발현이라고도 표현할 수 있는 폭력적인 열기가 가득 흘러넘쳤다.

"『용사의 힘』 때문이라는 우스운 변명으로 도망치겠다고요? 아니요, 제가, 저희가 용납할 수 없습니다, 주인님. 길 중간에서 쓰러지더라도 기어서 끝까지 나아가실 분이죠, 주인님은."

어둡고 끈적끈적한 저 말은 마치 저주와 같았다.

저주의 말, 그날 내가 미나리스에게 걸었던 저주다.

그리고 지금, 지금은 미나리스가 나에게 완벽하게 같은 저주를 걸고 있다.

"주인님, 당신은 복수자입니다."

"으끄앗, 크아아아앗, 아아아아아아아아아아앗!!"

타오른다, 타오른다, 타오른다.

온몸에서 당장에라도 끓어넘칠 것 같은 기세로 몸 안쪽을 저주의 불꽃이 불사른다.

그리고 그 불꽃이 미나리스에게 전달되는 것처럼 미나리스의 온몸이 검은 불꽃에 휩싸인다.

"주인님, 당신은 복수자입니다."

이미 미나리스의 대부분이 나와 동화되어버렸다.

조금씩 타오르는 듯 녹아내리는 미나리스는 나의 내면에서 작게 연기만 내고 있었던 증오의 불꽃에 검은 저주라는 연료를 집어넣는다.

검은 불꽃에 모조리 흡수되는 모양새로 자꾸자꾸 미나리스의 존재 자체가 사라져 간다. 아니, 나의 내면에서 나의 일부가 되어 간다.

"주인님, 당신은 복수자입니다."

미나리스의 거듭된 말과 함께 나의 안쪽에서 엶어지려고 했던 우리의 저주(계약)가 더 깊이 스며든다.

그 전부가 어쩔 도리가 없어 쭉 내가 오로지 눈을 돌려왔던 증오에 불을 지핀다.

그리고 【복수의 성검】을 붙잡은 채, 검은 불꽃에 불살라지는 마지막 한순간까지 웃음을 지은 채.

"주인님, 당신은 복수자입니다. 줄곧, 줄곧, 줄곧, 몇 번을 되풀이하더라도 골수까지 언제까지나 복수자입니다. 영원히……."

—입술에 독처럼 달콤한 감촉을 남기며.

—『당신은 저희의 것이에요』라는 속삭임을 남긴 뒤 미나리스는 사라졌다.

"끄으으으아아아아아아아아아아아아아아아아아아아아아앗!!"

그리고 둑이 쾅 무너지는 것처럼 그 감정은 나라는 껍질을 부쉈다.

미나리스에게 넘겨받은 검은 불꽃이 나의 온몸을 감싼다.

나와 하얀 거인의 몸을 연결하는 접합부가 검은 불꽃에 타서 끊어지며, 나와 하얀 거인의 결합이 절단된다.

"『크르오오오오오오오오오……!!』"

한층 더 커다랗게 으르렁거리는 하얀 거인의 목소리가 벽 너머에서 들려오듯 흐려지고 있다. 시야가 적색과 흑색으로 물드는데도 주위 상황은 몹시 선명하게 머릿속을 파고든다.

그러나 그 감각을 사고가 쫓아가지 못한다. 이성도 지성도 사고도, 모든 감각이 단 하나의 주체할 수 없는 감정에 먹혀 엉망이 된다.

그래, 처음 죽었을 때 사고를 온통 뒤덮었었던 단 하나의 격정.

세상아, 멸망하라고. 전부 다 사라지라고. 모조리 지옥에 떨어져 버리라고.

도저히 차마 주체할 수가 없는 증오에 온통 파묻힌다.

하지만, 그럼에도 아직 부족함을 본능이 이해하고 있었다.

몸 안쪽에서 마구 날뛰는 증오가 아직도 한참 부족하다며 더욱더 더욱 깊숙이 파고들겠다며 부르짖고 있다.

더 많이 집어삼키라며.

더 많이 거두어들이라며.

더 많이 **죽여서 되찾으라**며.

"……죽, ……여, 라……!"

그럼에도, 그럼에도 나는 끝끝 저 욕구를 짓눌렀다.

레티시아와, 슈리아, 마이와 메테리아도, 나는 고개 숙인 채 누구의 얼굴도 바라볼 수 없었다.

본 순간 자신의 자제심이 박살 날 것을 알았기 때문이었다.

"지금 당장…… 나, 를, 죽여, 라……!!"

더 이상은 내 힘을 누군가에게 넘겨주자는 사고를 끼워 넣을 여유조차 없었다.

미나리스가 나에게 자각시켰고 재차 커다랗게 불을 질러버린 증오의 불꽃을 도저히 제어할 수 없었다.

그럼에도.

그럼에도 불구하고.

"그래, 옳거니. 동화……. 그렇군, 우리에게는 이게 가장 잘 어울리는 형태일 테지. 큭큭큭, 처음부터 이렇게 될 것이라 예정한 것은 아니다만, 나는 애당초 비슷한 형태로 공존했던 전적이 있잖느냐. 그러면 조금 얼마 전으로 돌아가는 것뿐이니라."

"바보 멍청이 오라버니? 오빠를 아끼는 착한 여동생은 겁쟁이 오라버니와 줄곧 함께 있어드릴게요. 이제 죽을 때까지, 죽음 다음에도 쭉 함께할 수 있겠네요♪"

"슈리아의 생명은 옛날에 이미 주인님께 바치었어요. 그러니까 주인님의 욕구를 참을 필요는 없사와요."

"카이토 님, 저는 이미 오래도록 당신과 떨어져 지냈습니다. 또 뿔뿔이 떨어져야 할 바에야 기꺼이 이 목숨을 양식으로 가져가주세요."

누구 한 사람도 나를 막으려고 하지 않는다.

막기는커녕 자신을 거두어들여도 된다고, 오히려 거두어들여 가기를 바라는 듯이 전원이 무방비하게 제 몸을 내밀고 있다.

동화라는 말은 표현이야 그럴싸하지만, 결국 실제로 하는 짓은 단순한 흡수다.

나의 내면에서 뒤섞인 이후 얼마나 자아가 남아 있을지 알지 못하는데도.

그런데, 나는, 더 이상…….

"아아, 아아아앗, 아아아아아아아아아아아아아아아아아아앗!!"

뚝 끊어지는 실.

가슴에 박혀 있었던 【복수의 성검】은 어느 틈인가 내 손에 쥐여 있었다.

"느아아아아아!!"

"끄흑! 큭, 이거, 아픔이 없는 건 아니었군요, 오라버니. 뭐, 아무튼, 이렇게 짐승 같은 오라버니도, 착한 여동생은, 영원히 사랑할 수 있답니다……."

꿀럭, 꿀럭, 꿀럭!! 푹 틀어박힌 【복수의 성검】으로 마이가 나에게 흘러들어 온다.

미나리스와 마찬가지로 곧 검은 불꽃을 누르며 몸 전체가 녹아 사라져 간다.

잃어버린 퍼즐 조각을 보충하는 것처럼 내 안의 증오가 열락에 전율하며 본래 취해야 할 형태를 되찾아 간다.

"설령 핏줄이 이어진 남매여도, 누구보다도 깊이, 오라버니를 사모했어요."

자신이 무슨 행동을 하고 있는가 나는 더 이상 알지 못한다.

알지 못하지만 마이가 기뻐한다는 것은 알겠다.

나의 내면에 섞여서, 나의 잃어버린 증오 한 부분을 채워주면서 나와 어우러지는 것을 느낀다.

"더는 두 번 다시, 놓아주지 않아요. 사랑해요. 마이의, 마이만의 오라버니……."

그리고 또다시 입술에 부드러운 감촉이 닿았다.

끈적끈적 달콤한 꿀 같았던 미나리스의 감촉과 달리 어딘가 민트 비슷한 청량함을 남긴 채 마이가 완전히 나의 안쪽에 섞여 사라진다.

"아직, 아직……."

"컥?! 큭, 후후훗, 아아, 카이토 님의 사랑이 느껴져요. 줄곧 함께 지내지 못했었죠. 성녀라는 역할을 떠안아서, 희미하게나마 기대를 받았는데도, 그저 곁에 있어드리지도 못하고……."

메테리아의 심장에 박힌 【복수의 성검】에서 현기증이 날 만큼 거대한 쾌감이 몸을 타고 들어온다.

상대의 모든 사고가, 마음이, 감정이 밀고 들어온다.

정말, 괜찮은 건가. 이런 형태의 결말을, 너희는 정말 진심으로 바라는 건가.

"당신은 이제 용사가 아니에요. 저도 이제 성녀가 아니에요. 그러니까 이제는 한 명의 여자가 되어 당신 곁에서 함께할 수 있어요."

메테리아를 휘감은 검은 불꽃에 비추이며 쾌락과 증오와 서글픔과 슬픔과 기쁨이 뒤섞여서 자신이 무엇을 생각하고 있는가, 무엇을 느끼고 있는가도 판별할 수 없는 상태가 된다.

"사랑합니다, 누구보다도 멋진, 나의 용사님……."

메테리아의 입술은 어딘가 촉촉하게 물기를 머금은 단 이슬의 맛이 느껴졌다.

그리고 또, 나의 내면으로 녹아내리며 사라져 간다.

"아아아, 아아아아아아아아아, 어째서, 어째서, 나는, 너희는……."

"이힛♪ 아야야야, 아아, 반가운 아픔이어요. 요즘에는 줄곧 벌을 못 받았으니까 슈리아는 사실은 욕구 불만이었어요."

세 사람의 존재를 먹어치우고도 나 안의 증오는 아직 만족할 낌새가 없이 아직껏 부족하다고, 아직껏 부족하다고, 더 먹잇감이 있다며 굶주린 짐승처럼 마구 날뛴다.

그 짐승의 욕구에 저항하지 못하기에, 저항하지 말라며 상대가 진심으로 바라주고 또한 오해할 여지도 없이 스스로의 마음을 나 자신의 안쪽에서 직접 전해주기에.

"슈리아는, 이 아픔 속에서 시작되었어요. 짓밟히고, 아무 방법도 없고, 그저 오로지 고통뿐이었던 세계 전부를, 카이토 님이 모조리 새카맣게 다시 칠해주었어요. 그때부터 줄곧, 줄곧, 주울곧, 슈리아의 전부는 카이토 님의 것이었어요."

어째서인지 이유도 알 수가 없다.

이미 어떻게 해야 되는지도 알 수가 없다.

그러나, 멈추지 않는다, 이미 멈출 수 없다.

"슈리아는 카이토 님이 진짜진짜 좋아요. 사랑해요, 그러니까 앞으로도 줄곧 줄곧 함께 있겠사와요♪ 소중하고 소중한 슈리아의 공범자님이셔요♪"

달콤새큼한 맛, 설익은 과일과 같은 내음과 함께 입술에 부드러운 감촉이 느껴진다.

슈리아도 역시 내 일부가 되어 사라져버린다.

"자, 마지막은 나의 차례로구나."

"너희는……. 이게 괜찮은 거냐……?"

최후에 남은 사람은 나와 레티시아.

"푸하하하핫! 울보 녀석아, 괜찮다마다, 아무렴."

어딘가 애원하듯 토해 내었던 나의 말을 레티시아는 웃어넘긴다.

괜찮을 리 없다.

조금만 머리를 써서 생각하면 당연하잖은가. 이따위 바보 같은 결말은 뭐냐. 아무리 말을 꾸며봐도 이것은 나를 불붙이기 위한 제물에 불과하다.

"자신의 몸이 사라져도 우리는 카이토의 안에서 카이토와 가장 가까이 함께할 수 있다. 우리도, 네 녀석과 떨어지는 것은 더 이상 싫느니라. 설령 무슨 일이 있더라도, 카이토의 곁에 머무르고 싶구나."

그럼에도 레티시아는 가만히 답하더니 가까이 걸어온다.

"자, 딱히 죽는 것도 아니잖느냐, 과감하게 한 방에 부탁하마! 지금 와서 나 혼자만 따돌리겠다면 진심으로 때려눕힐 테다!"

무방비하게 두 손을 벌리는 레티시아.

그 모습이 최후의 자제심을 무너뜨렸고, 내가 감정의 고삐를 놓게 만들었다.

"큭, 우아아아아아아아아아아아앗!!"

"끅, 후후훗, 아아, 신기하구나. 첫 번째 세계 때와 똑같이 카이토에게 꿰뚫렸는데 말이야. 그때와 달리 무척이나 기분이 좋은 아픔이구나."

"바보다……! 바보라고, 너도, 너희들도 다……!"

꿀럭꿀럭, 레티시아의 생명을 걸신들린 듯이 탐한다.

"흐흥, 몰랐던 게냐? 하필 카이토에게 반하는 여자이거늘, 다들 당연히 바보가 아니겠느냐?"

레티시아의 몸을 뒤덮은 검은 불꽃은 나의 일부가 되어 감에 따라서 더욱 기세가 거세진다.

그것은 마치 막 꺼지려 하던 불꽃이 강하게 다시 타오르는 것 같아서.

"그래도 뭐, 가장 멍청한 녀석은 카이토잖느냐?"

"그래, 맞는 말이야. 제길, 제길제길제길제길제기라아아아알!"

먼저 제멋대로 마음을 바꾼 사람은 나다. 배반한 사람은 나다.

배반을 용납할 수 없었기 때문에 강제로 옭아매기 위해서 자포자기가 되어 모든 것을 배반했다.

"큭큭큭, 울보 녀석아. 딱히 죽는 게 아니잖느냐. 카이토의 안에서 살아갈 테니. 미녀를 다섯 명이나 항상 데리고 다니는 게다, 이 행운아 녀석."

"이런 때까지 무슨 말이냐……! 마지막 순간에는 좀, 달리 할 말이 있을 텐데."

"후후훗, 그럼 마왕답게, 혼자서 남는 용사에게 저주라도 걸어주도록 하마."

쓱, 뻗어 오는 레티시아의 두 손이 나의 얼굴을 살며시 붙든다.

"카이토, 철저하게 복수를 완수하거라. 도망은 용납하지 않겠다, 포기도 용납하지 않겠다, 멈춰 서도 용서하지 않겠다. 네 녀석의 마음에서, 네 녀석의 곁에서, 줄곧 네 녀석을 지켜볼 테니 말이다."

저주라 말하면서도 정작 얼굴에 더오른 것은 자애의 감정이었다.

"카이토, 설령 몇 번 세계를 되풀이하더라도 나는 카이토의 곁에 있겠다. 좋아한다, 정말 좋아한다, 연모한다, 사랑한다. 누구보다도, 무엇보다도, 이 마음만큼은 달라지지 않을 터이니."

입술에 닿은 레티시아와의 키스 감촉은 마치 이글거리며 타오르는 불처럼 뜨거웠고.

눈물이 나올 만큼 다정한 맛을 남긴 채 사라져 갔다.

"……."

혼자.

나는 혼자다.

다들, 내 안에서 나의 일부가 되어버렸다.

"『크르가아아아아아아아아아아아오……!!』"

제압해줄 사람이 아무도 남지 않음으로써 나와 분리된 하얀 거인이 얼음 금제를 부수고 다시 움직였다.

"시끄럽다."

"『크르까가갓, 카오앗?!』"

깊숙하게, 어둡게, 예리하게, 강하게, 나의 감정을 반영한 듯한 한없이 강렬한 흑염을 두른【복수의 성검】이 하얀 거인의 팔을 절단한다.

"『카오앗, 카오앗?!』"

막 입은 상처를 재생해려다가 왠지 재생이 되지 않음을 깨달은 것 같다.

당황하는 모습이 신경에 거슬려서 못 견디겠다.

"시끄럽다고 말했을 텐데!!"

시야가 새빨갛게 물든다. 그래, 맞아, 이거다, 이 감정이다.

"『크르카갓!』"

난도질해서, 난도질해서, 난도질해서, 한 조각도 남지 않도록 난도질해서.

자잘한 입자가 될 때까지 철저하게 죽여버렸다.

그리고 주위에 정적이 찾아든다.

"……도대체 뭐냐, 난."

쏟아 낸 줄 알았던 감정은 아직껏 한참 부족하도록 몸을 도사리고 있었다.

"……진짜, 도대체 뭐냐, 난."

자신의 텅 빈 손바닥을 바라본다.

줄곧 걸어왔었다.

멈춰 선 순간이 끝나는 순간임을 알았기에.

그렇게 단지 전진해왔다.

하지만, 그렇게 줄곧 걸어왔던 길의 끝에서.

꺾여버린 이 손에 남은 것은…….

"꺄하하핫!! 또 만났구나."

문득, 산산조각이 난 하얀 거인의 입자가 한순간에 모여들더니 형태를 이루었다.

이 장소에 오기 전 가장 처음으로 문답을 나눈 저 검은 그림자가 눈앞에 나타났다.

마치 게임의 2P 캐릭터처럼 색깔이 다른 흑백의 배색이 이루어진 것을 제외하면 나와 완전히 같은 외모를 갖고 있었다.

“그래, 좀 떠올랐냐? 자신이 어떤 인간이었는지.”

“……별로, 딱히 잊어버린 적은 없다만.”

그래, 잊었던 적은 없었다.

나는 언제든 어느 때에든 영원히 복수자다. 이제 복수자밖에 될 수가 없다.

……복수자밖에 될 수 없었기 때문에 복수심이 꺾인 나는 사라지고자 생각했었으니까.

“그러면 아주 잘됐군! 그래, 어쩔 셈이냐, 나는?”

“뻔히 알면서 물어보지 마라. 『선택하지 않는다』라는 선택지가 박살났다면 이제 선택할 길은 단 하나밖에 없잖냐.”

그 심정의 출처가 과연 나 자신인지, 아니면 용사의 힘에 이식된 수작인지는 알 수 없다.

하지만 이제 아무래도 좋다.

“그래, 선택해야지. 그게 녀석들의, 아니, 우리의 소원이니까.”

지금은 단지 이 몸속을 불태우는 감정에 따라.

서걱, 손에 든【복수의 성검】으로 눈앞에 있는 상대를 베어 갈랐다.

“그러냐, 그러냐. 거 돌봐주기도 참 힘든 녀석이라니까.”

크크크, 비웃는 나의 그림자가 사라져 간다.
또다시 검은 입자로 되돌아간 그림자는 이윽고 소용돌이치며【복수의 성검】에 빨려 들어왔다.

"내가 걸어가는 길은, 복수자다."

결의와 함께 중얼거린 말에 호응하듯이 검은 입자를 전부 다 빨아들인【복수의 성검】이 거대한 흑색의 불꽃을 뿜어 올린다.
마치 저 불꽃을 본 인물에게까지 농축된 증오와 원념과 분노를 감염시키는 것 같았다.
그 안쪽에서【복수의 성검】이 자신이 뿜어 올리는 불꽃을 굳혀 내듯이 검을 성장시킨다.
흑염은 흑요석처럼 굳어져서 한 자루의 거대한 대검으로 변모되었다.

——……【시스템 메시지, 당대 용사가 각성했습니다.【복수의 성검】이 본래의 모습으로 변이했습니다.】

——……【시스템 메시지, 조건을 충족했기 때문에【복수의 성검】이『대죄의 심검』시리즈에 다다랐습니다.】

——……【시스템 메시지,【복수의 성검】이【대죄의 검, 분노도(忿怒道)의 파계귀(破戒鬼)】에 다다랐습니다.】

무기질적인 시스템 메시지와 함께 손에 든【복수의 성검】이【대죄의 검, 분노도의 파계귀】로 모습을 바꾼다.

가느다랐던 칼날은 흔적도 없이 사라졌고, 어딘가 투박하며 거대한 대검으로 바뀌었다. 흑요석 같은 칼날은 탐욕스럽게 주위를 불사르고자 하는 것처럼 활활 타오르는 검은 불꽃을 둘렀고, 그 검은 불꽃은 나 자신을 온통 감싸다시피 뒤덮고 있다.

"그래, 알겠군, 이게 **나의 심검**인가."

대죄의 검은 역대 용사들의 힘을, 원통함을, 성질을 가두어 놓은 심검.

그렇다면 그중에는 나 자신의 심검이 존재해도 이상할 게 없었다.

그것이 바로【복수의 성검】이며【대죄의 검, 분노도의 파계귀】이다.

"분노의 대죄인가, 괜찮네, 그렇겠지, 나에게 남은 건 저거 하나뿐이니까 말이야."

부조리에 대한 분노, 운명에 대한 분노, 자신에 대한 분노, 세계에 대한 분노.

분명 그것이 나 자신의 본질이다.

어쩔 도리도 없이 모든 것들이 깎여 나가는 와중에 그럼에도 사라지지 않고 남아버린 나의 본질이다.

"그래, 자."

단지 가라앉아 있었던 공간에 밝은 빛이 비친다.

따뜻한 빛 앞에서 나는 천천히 등을 돌렸다.

빛이 가리키는 방향이 내가 원하는 출구에는 연결되지 않았음을 알았으니까.

나는 빛이 가리키는 곳과 정반대의 방향, 한 발자국 앞도 보이지 않은 암흑의 방향으로 돌아선다.

이 앞이야말로 내가 쭉 걸어왔던 길이고.

수많은 상실을 경험하며, 그럼에도 끝내 선택한 길이니까.

"자, 다시 걸어가볼까."

나는 또다시 복수의 길을 걸어 나아간다.

종장 두 번째 용사는 복수의 길을 웃으며 걷는다

"라무네시아 언니, 차를 끓여 왔답니다♪"

포근한 햇살과 함께 꽃 향기를 실어다 주는 상쾌한 바람이 분다.

봄의 온기에 이끌렸는지 쫑쫑쫑, 작은 새 지저귀는 소리가 들려온다.

"아, 알레시아. 마침 나도 과자를 다 구웠어요. 후훗, 회심의 역작이에요."

꽃이 만발한 정원의 중앙.

얼룩 하나도 없는 대리석으로 만든 백악(白堊)의 정자에 마련해 둔 조그만 티 테이블의 위쪽으로 향긋한 내음이 나는 홍차와 달콤한 향을 풍기는 쿠키 비슷하게 구운 과자가 놓입니다.

홍차는 내가 끓였고 구운 과자는 라무네시아 언니가 준비해주었습니다.

"어머나! 정말 맛있겠어요, 언니!"

'아아, 드디어 여기까지……!!'

마음 밑바닥에서 환희의 감정이 흘러넘친다.

바로 얼마 전까지 일어서기는커녕 제대로 대화조차 불가능했었는데 지금은 딱히 부탁하지도 않았는데 자기 의사로 이렇듯 다과회 준비까지 거들어준다.

세상 곳곳에 『씨앗』이 퍼져 나가며 내가 바라는 두 사람만의 세계가 다가오고 있다는 증거일 테죠.

"우후훗, 알레시아가 끓여준 홍차도 좋은 향기가 나는군요."

두 사람이 함께 백악의 정자에 앉아 홍차를 즐기고 차 과자에 입맛을 다신다.

줄곧, 줄곧 되찾고 싶다 소원했던 나날들.

라무네시아 언니와 둘이 서로에게 평온하게 웃어줄 뿐인, 이렇게 평범한 나날을 줄곧 애태워 그리워했다.

그리고 드디어 여기까지 다다랐습니다.

소중한 사람은 없는데도 불필요한 벌레만 잔뜩 흘러넘쳤던 이 세계.

그 불필요한 벌레 중에서도 더욱 추악한 작자들을 굳이 상대해야만 했던 하루하루.

그에 비하면 행복하게 지낼 수 있는 지금의 꿈같은 나날은 얼마나 근사한가요.

"라무네시아 언니, 언니를 떠받쳐주는 씨앗은 순조롭게 세상에 퍼져 나가고 있어요. 자질구레하게 놓친 곳에도 곧 씨앗이 심겨 자랄 거예요."

언니를 나의 곁으로 다시 데려왔던 그날 이후, 이미 3개월 가까운 시간이 흘렀습니다.

사전에 한 준비에도 힘입어서 왕국도, 제국도, 수인국도, 법국도…… 그리고 바다 너머에 마족들이 우글대는 땅에도 세계수의 씨앗이 퍼졌다. 마족(오물)마저도 평등하게 세계수의 종이 되어서 나와 언니의 세계를 떠받쳐준다.

얄궂게도 사기(邪氣)에 침식당한 세계수, 역대 마왕들의 마황수가 있는 까닭인지 마족이 오히려 세계수의 씨앗에 더 쉽게 어우러졌습니다.

지금은 아직 숲속 깊숙한 벽지나 험준한 산골, 일부 던전 따위에 틀어박혀 버티는 자도 있습니다만, 조만간 전부가 나와 언니에게 물들겠죠.

아니면 숨죽여서 틀어박힌 채 버티다가 썩어 사라지거나.

—이미, 아무도 우리를 갈라놓을 수 없습니다.

"그런데…… 이제 와서 무엇을 하러 오셨을까요?"

톡, 잔을 내려놓고 아름다운 정원에 몰래 들어온 성가신 벌레에게 눈을 돌린다.

그곳에는 언니를 손에 넣었던 찬란했던 그날, 한심한 표정으로 기어가다시피 도망쳤던 전직 용사, 카이토가 있었습니다.

다만 어디까지나 환영으로 나타났을 뿐 딱히 실체는 아니었습니다.

"……꽤 많이 죽이고 다녔더군."

"예, 다만 죽인 것은 아니랍니다. 세계수의 종이 되어서 세계를 떠받치는 가축으로서 행복 가득한 존재로 바뀌었지요."

"……이게, 네가 바랐던 세계인가?"

"물론이죠♪"

"……."

여신의 힘을 써서 만들어 낸 완벽한 세계.

나와 라무네시아 언니만의 세계.

아아, 어쩜 이리도 근사한 세계가 있을까요.

"어머, 알레시아? 저분은 누구시니? 무슨 이야기를 나누는 거니?"

"라무네시아 언니, 괜찮아요. **그냥 날벌레니까요, 신경 쓸 필요는 없으세요.**"

당황하며 묻는 라무네시아 언니의 뺨에 손을 가져다 대며 느릿느릿 말한다.

"응, 알았어. 저 남자는 신경 쓰지 않을게."

라무네시아 언니는 고분고분 말한 뒤 대답한 대로 우아하게 다과회를 재개했습니다.

다시금 나는 무표정을 가장하는 전직 용사에게로 시선을 향한다.

"……."

"그나저나, 환영체라지만 용케 이 세계의 안에 비집고 들어왔군요? 일단 벌레막이 정도의 결계는 쳐 놓았는데요."

"안심해라. 곧 직접 만나러 올 테니."

환영체 카이토가 우습지도 않은 허세를 부립니다.

"뭐, 죽기 위해서 오겠다고요? 기특한 마음가짐이네요. 살금살금 숨어 다니며 개죽음하겠다면 굳이 오물을 만나러 가자는 생각은 안 했었는데 말이죠."

"흥, 아무 말이나 지껄이는군. 그딴 표정으로 뭔 헛소리냐."

내가 생긋이 웃고 말하자 카이토는 표정도 바뀌지 않은 채 야유하듯 대답하며 웃었습니다.

"어머, 알고 계셨나요? 이상하네요, 표정은 분명 완벽하게 만들어 놓았는데요……."

"네가 적을 눈감아줄 리 없지."

"……적? 당신이요?"

너무 우스운 말을 늘어놓는지라 애써 만들어 놓은 미소 띤 얼굴이 허물어져버립니다.

"아하하하하핫, 한심하게 도망쳤던 버러지 주제에 용케 그런 말이 나오는군요? 적이라는 표현은 자신을 위협할 수 있는 힘을 보유한 상대를 뜻한답니다?"

"……."

"내가 신경 쓰는 것은 어딘가에 숨어 있을 구세계의 신이에요. 지금 당신 정도야 적이라 불러줄 수 없죠……. 음, 아무튼……."

나는 쓱, 자신의 오른손을 왼쪽 어깨로 가져가서 어깨 너머로 자신의 등을 의식한다.

"당신에게 등을 난도질당했던 적도 있었고요……. 첫 번째 때처럼 잔뜩 괴롭혀주면 보물 지도 대용품은 되어주려나요?"

등에 난 상처는 이미 옛적에 사라져서 백자 같은 피부를 되찾았습니다만, 당시 받았던 굴욕의 기억까지 다 사라져준 것은 아닙니다.

나와 라무네시아 언니의 세계에서 누릴 수 있는 행복과 비교하면 바람에 날려 사라져버릴 사소한 감정입니다만.

게다가 마침내 언니를 손에 넣었던 날 목격한 저 남자의 한심한 몰골 덕분에 가슴이 후련해졌었습니다.

공포를 허세로 감춘 채 역량의 차이를 뼈저리게 이해했기에 결국 사고를 정지하고 이를 악무는 것이 고작이었던 한심한 남자.

나에게는 이미 살짝 귀찮기만 한 날벌레에 불과합니다.

"크크크, 그러게나 말이다. 한동안 원하는 대로 일이 너무나 잘 진행된 탓에 나도 꽤 자만했던 거다."

"……?"

그러니까 가볍게 도발해주면 또 공포를 덮어 감추기 위해 덤벼들거나 자포자기해서 꼴사납게 노려보거나 할 줄 생각했습니다.

하지만…….

"공범자가 늘어나서, 복수가 순조롭게 진행돼서, 그래서, 네가 말했던 대로 자만했던 거다. 피 바다의 밑바닥에서 올려다보는 마음으로 수면 위에 얼굴을 내밀었지. 그딴 짓거리를 하면 짓밟힌다는 걸 뻔히 알면서도 말이야."

그렇게 말한 카이토는 낄낄, 징그러운 얼굴로 웃었습니다.

"……불쾌합니다. 지금 당장 그 낯짝을 거두세요."

찌릿, 눈과 코의 안쪽 깊숙한 곳을 불길한 감각이 헤집는 것 같은 불쾌감이 치달린다.

'이 감각은……. 뭐지?'

나는 불쾌감과 함께 조바심을 뱉어 내고자 신의 기운을 해방시켰습니다.

신의 기운은 이름이 나타내듯이 신이 발하는 존재의 여파.

마력을 근간으로 한 실체가 없는 환영인지라 당장 영향을 받아 흔들리기 시작한다.

그런 정도의 존재에 불과한데도…….

"하지만…… 나는 피 바다의 바닥에서 돌아왔다."

"너를 이 위치까지 끌어내리기 위해서."

“기필코 죽인다, 반드시 죽인다. 절망과 고통의 바다 밑바닥에서 구더기처럼 짓밟아 뭉개주마.”

그 모습은 마치 망령 같았습니다.

흡사 망집과 증오가 한데 뒤섞인 혐무의 망령.

“아핫핫핫! 죽인다? 나를? 우리를?”

그럼에도 나는 커다랗게 웃어넘긴다.

“나를 죽이는 건 불가능해요. 이미 나를 죽인다는 것은 세계를 죽이는 것과 같아졌어요.”

‘무언가 노림수가 있을 것이라 생각했습니다만……. 그저 절망적인 전력 차에 제정신을 잃어버렸을 뿐……. 이 상황을 뒤집는 건 진짜 신의 힘을 빌려 와도 불가능합니다.’

“그러면 죽여줘야지, 세계와 함께. 네가 행복하게 살아가는 그 세계와 함께 학살하고, 능욕하고, 구타하고, 살육하고, 몰살하고, 온갖 지식과 지혜를 다 동원해서 철저하게 죽여주겠어.”

“억지 헛소리도 이렇게까지 지껄일 수 있다는 것이 참 훌륭하군요. 당장 환영마저 사라질 것 같은 상태인데 어떻게 나를 죽이려고요? 슬슬 마주 보기도 거슬리니까 사라지세요.”

해방한 신의 기운을 환영체를 목표로 집중시킨다.

육체라는 의지처가 없는 단순한 환영은 이렇게만 해도 분명히 싹 사라져야 했습니다.

"그래, 최후의 준비를 시작해볼까."

"읍?! 어째서……?!"

그러나 예상과 달리 환영은 사라지지 않았습니다.

그뿐 아니라 방금 전까지 신의 기운에 노출되어 흔들리고 있었던 윤곽이 불현듯 또렷해졌습니다.

"아까 말했잖냐? 곧 이곳에 오겠다고."

부우웅! 소용돌이치듯 검은 불꽃이 피어오르더니 카이토를 감쌌습니다.

"분노의 불꽃은 무릇 흑색이어야 한다.

—어디까지나, 어디까지나, 어디까지나 깊은 땅 밑바닥에서 타오르기 위하여.

—단 하나, 무엇 하나, 모든 불꽃이 가서 닿도록. 불변의 불꽃이 될 수 있도록.

—태워라, 태워라, 모든 것을 태워라. 자신을 태워서 모든 것을 태워라.

—금제도, 재앙도, 방해도, 죄다 태워서 부수고 걸어 나가기 위하여.

—나를 증명하는 이름에 맹세하니, 나는 모든 것에 저항하는 악귀의 불꽃이다."

증오의 불꽃이 말의 형태를 가진 듯한 목소리가 울려 퍼지고, 주위의 빛을 집어삼키는 듯한 어두운 색의 불꽃이 한층 더 커다랗게 불타오른다.

“『—【대죄의 검, 분노도의 파계귀】.”

그렇게 불타오르는 불꽃을 밀어젖히며 나타난 것은 검은 불꽃을 두른 채 어느 틈인가 실체를 획득한 카이토였습니다.

그 모습은 불꽃에 감싸이기 전과 똑같이 마치 여행자처럼 활동성을 중시하는 복장. 하지만 전신에서 분출되는 검은 불꽃은 여행자 차림의 가벼움을 덮어 칠하는 듯한 무거움을 가지고 있었습니다.

그리고 손에 든 것은 본인이 말했던 대로 증오의 불꽃을 모아 굳혀 냈다는 생각만 드는 형태의 대검.

칠흑빛 칼날과 피처럼 붉은 색깔의 문양. 그런데도 어딘가 투박하다는 느낌마저 받은 이유는 저 대검에는 여분이라고 할 만한 것이 섞여 있지 않다고 생각돼서겠지요.

항상 흩뿌려지고 있는 거뭇한 불꽃은 카이토 본인이 두른 불꽃과 같이 섞여서 발밑 부근의 꽃을 까만 숯덩이로 바꿔 놓습니다. 저 모습은 정녕 자신의 증오를 주위에 흩뿌리는 것 같았습니다.

그래요, 마치, 옛날이야기 속에 나오는…….

“……——마왕과, 다를 바 없군요.”

“그렇게 만들어준 게 너희들이잖냐?”

오싹, 무언가 등을 기어가는 듯한 감각.

아, 이것은, 이른바 트라우마라는 현상이겠지요.

이유와 관계없이 반드시 죽여야 하는 상대.

이런 커다란 전력 차가 존재하는데도 묘하게 상대를 적이라 인식하게 되는 나 자신의 나약함.

'좋아요, 한 번 더 내가 당신을 죽여드리지요.'

"라무네시아 언니, 아무래도 다시 결판을 내야 할 상대가 남아 있었나 봐요."

"어머, 그랬니?"

라무네시아 언니는 불온한 분위기를 감지했는지 불안이 묻은 표정을 짓고 있었습니다.

'아아, 어떻게 이럴 수가. 라무네시아 언니가 이런 표정을 짓게 만들어버리다니!'

나는 아릿한 마음을 달래기 위해 꽉 거머쥔 손을 자신의 가슴께에 가져갑니다.

"걱정하지 마세요. 라무네시아 언니는 제가 지켜드릴게요. 두 번 다시, 아무도 상처 입히게 놓아두지 않겠어요."

그렇게 새롭게 다진 결의를 가슴에 간직하며, 라무네시아 언니를 안심시키기 위해 미소를 지어 보였습니다.

"자, 라무네시아 언니, 잠시만, 이곳에서 가만히 계셔주세요. 금방 끝날 테니까요. **안심하고 지켜봐주세요**."

"그래. 알았어, 알레시아."

라무네시아 언니는 내 말을 따라서 불안해하던 표정을 바꿔 평온하게 미소를 지어주었습니다.

그래요. 내가 라무네시아 언니의 얼굴에서 보고 싶은 것은 이런 표정입니다.

“『――……『꽃봉오리의 꽃잎(클리어 베일)』.”

푸웃, 마치 비눗방울처럼 투명한 막에 라무네시아 언니가 있는 정자가 감싸였습니다.

툭 건드리면 깨져 나갈 것 같습니다만, 겉모양과 달리 분명하게 보증할 수 있는 강도를 자랑합니다.

“오래 기다렸습니다.”

라무네시아 언니의 안전을 확보한 뒤 나는 정자의 짧은 계단을 내려가며 아공간에 수납해 둔 한 자루의 가느다란 검을 꺼내 들었습니다.

레이피어처럼 가느다란 칼날과 꽃무늬의 새김이 각인된 자루.

신의 힘을 빼앗은 이후 만들어 낸 검인지라 아마 세상에서 가장 훌륭한 검이겠지요.

당연히 나의 힘에도 잘 어우러지고, 신의 힘을 두른 검이 엷은 분홍색의 인광을 띠고 있습니다.

“**인형 놀이**는 다 끝났냐?”

“어머나, 싸움을 앞둔 상대가 강할 때일수록 공포를 누그러뜨리기 위해 천박한 말투로 상대를 도발하는 버릇은 바뀌지 않았군요. 살짝 겉모양만 훌륭해졌고 정작 알맹이는 소심한 꼬마 그대로예요.”

“그러는 너는 짜증이 나면 말수가 많아지는 버릇이 여태 안 바뀌었군. 거창하게도 행동을 벌인 녀석인데 의외로 발전이 없어.”

싸아, 계단을 다 내려가자 포근하게 불어온 바람이 발밑에서 꽃잎을 감아올린다.

“자, 마지막 살육전을 시작할까요?”

"그래, 이게 정말로 마지막이다. 나 자신이 다 타오르는 순간까지 이 검은 불꽃으로 즐겨주마."

그렇게 최초의 충돌은 특별히 아무 신호도 없이, 하지만 마치 사전에 합의한 듯한 자연스러움으로 맞부딪쳤습니다.

키이이이이이잉!!

찌릿찌릿 팔에 전해지는 충격이 온몸을 달리며 몸의 뼈가 삐걱이고 비명 지른다.

알레시아의 가느다란 몸을 보아선 상상하지 못할 만큼 강력한 힘은 신의 힘을 흡수함으로써 존재의 밀도가 불어난 것이 원인일 테지.

그뿐 아니라 힘의 공급원이 되어주는 숙주들, 세계수의 씨앗을 심겨 거름이 된 인간들이 온 세계를 뒤덮고 있기 때문에 저 힘은 이미 인간을 벗어난 영역에 도달했다.

"후! 헉, 허억!!"

"크! 느아아아!!"

초고속의 검격이 겹쳐 들면서 목에 경련을 일으키는 비명과 같은 날카로운 금속음이 울려 퍼진다.

두 번, 세 번, 칼날이 서로의 몸과 서로 마찰할 때마다 갈 곳을 잃은 충격이 공기를 뒤흔들고 발밑의 꽃들에게서 색을 빼앗는다.

"후후훗, 뭐죠? 나같이 가녀린 여자의 검은 거뜬하게 받아쳐주셔야죠."

"어깨 근처에도 걸리지 않을 고양이 가죽이나 끄집어내고서 무슨 헛소리냐, 망할 년이."

"어머, 무서워라. 일국의 공주를 상대로 정말 상스러운 언사네요."

"공주는 또 뭐야, 자기가 자기 나라를 멸망시키고 할 말이냐."

고속으로 이동하며 벌이는 충돌은 한 번 부딪칠 때마다 주위 장소를 황폐케 한다.

아름다운 꽃밭은 달려 다니는 다리에 파헤쳐지고, 짓밟히고, 흐트러져서 까맣게 물든 지면을 노출시킨다.

"전혀 멸망시키지 않았답니다?"

"국민들 거의 대부분을 괴물로 만들고도 지껄일 수 있는 네가 가장 끔찍한 괴물이다."

내 검이 두른 검은 불꽃과 알레시아의 검이 두른 연분홍 인광이 서로서로를 침식하고자 맞부딪치고 있다.

칼날과 칼날 사이에서 한계까지 치솟은 압력은 어느 순간에 폭발하며 터져 나갔고, 나와 알레시아는 바람에 날아가듯이 거리를 벌렸다.

"괴물이라니요. 몇 번이나 말했을 텐데요? 그들은 무척 행복한 존재가 된 거예요. 낙원을 떠받치는 소중하는 사도들. 어떤 의미로 인간이었을 때보다 훨씬 숭고한 존재로 변화를 한 셈이지요."

톡, 날개라도 달린 것처럼 가볍게 충격을 상쇄한 알레시아는 휭, 검을 휘두르며 미소 지었다.

도취하며 미소를 띠는 알레시아의 모습은 어떤 의미로 청명한 소녀 같았다. 손에 든 검이며 꽃잎 흩날리는 주위 상황과 잘 어우러지기에 아무것도 모르는 인간이 보면 한 폭의 그림 같겠지.

다만 저 아름다움은 안쪽에 숨겨 둔 추악한 저주의 발로에 불과함을 나는 잘 알고 있다.

"그나저나 솔직히 의외네요. 신의 힘 앞에서 당신 따위가 버텨 내리라는 생각은 안 했거든요."

"흥, 배알이 뒤틀린다만, 내 힘도 근본을 거슬러 올라가면 신에게 받은 힘이라서 말이다. 신 유사종을 달랑 흡수한 너쯤이야 충분히 상대할 만하지."

"신 유사종? 자신에게 힘을 준 상대를 유사종이라고 부르나요? 정말 후안무치하네요. 당신에게 힘을 빌려준 상대야말로 신에게 힘을 나누어 받고 힘에 거만해졌던 신 유사종인데 말이지요."

"……음? 뭐냐, 너, 몰랐던 거냐? ……그래, 그렇게 된 건가."

알레시아의 대답에서 느낀 위화감을 나는 납득하며 고개를 끄덕거렸다.

아마도 이 녀석은 지구의 신과 자신이 흡수한 루나리스의 관계를 알지 못한다.

물론 현지 신의 존재 정도야 아는 듯한데 대강 분위기가 루나리스보다도 격하의 사역마 정도로 생각한다는 인상밖에 없다.

이제 와서 신의 사정에 대해서 허세를 부릴 의미가 없다. 그리고 유일한 신인 루나리스를 흡수했다고 착각하고 있기에 여유로운 태도를 무너뜨리지 않았을 테지.

어쩐지 우리가 도주하는데도 가만히 지켜보더라니. 게다가 이후 우리를 추적하는 기세도 어설펐더랬지.

하지만 혼자 납득하는 내가 거슬렸는지 알레시아의 눈이 가늘어진다.

"무슨 뜻이죠?"

"뭐, 됐다. 네가 알든 알지 못하든 아무것도 달라질 게 없으니까."

"마음에 안 드네요, 그 태도. 내가 무엇을 모른다는 말이죠?"

"가르쳐줄 리 없잖냐, 멍청아!"

다음 순간, 잠시 벌어졌던 서로의 거리가 다시 좁아지며 커다란 검 소리가 한 차례 울려 퍼진다.

"……그러면 당신을 고문한 다음 강제로 대답을 듣겠습니다."

알레시아의 검이 두른 인광이 한층 더 강한 빛을 뿜는다.

검이 자체적인 인광뿐 아니라 내가 두른 불꽃처럼 알레시아의 온몸에서 발출되는 빛을 두른 까닭이다.

그에 따라서 맞부딪치는 검에 가해지는 압력이 폭발적으로 커졌다.

"할 수 있다면 해봐라!!"

다만 나 역시 가만히 당해주지 않았다. 흑염이 상대에게 호응하듯이 마치 굶주린 짐승과 같은 탐욕을 드러내며 기세를 떨쳐 나간다.

검 다루는 솜씨는 내가 앞서지만, 단순한 능력치의 차이에서 알레시아가 우위에 있다.

그럼에도 신의 힘을 완전하게 지배하에 둔 알레시아의 신체 능력을 따라갈 수 있는 이유는【대죄의 검, 분노도의 파계귀】의 효과 덕분이었다.

이 심검은 나의 분노에 호응하여 신체 능력을 증강해주고, 적에게 받은 고통을 자신의 힘으로 덧칠해서 거두어들인다.

그리고 내가 만들어 낸 흑염은 자신이 사용 가능한 모든 능력을 재현, 강화해서 활용할 수 있다. 또한 이 능력으로 재현한 힘은 방해 계열의 영향을 배제할 수 있다. 내가 이곳에 전이해서 나타났던 것도 【천재(天在)의 전이검】을 더욱 강화해서 사용했기 때문이다.

다만 한 번 발동하면 미리 대상을 정한 분노의 감정이 정당하게 발산될 때까지 해제할 수 없고, 발동하는 동안은 자신의 흑염이 쭉 몸을 태운다.

신체 강화의 가중이며 자신의 힘의 재현 및 강화는 나 스스로를 태우는 흑염을 소비하지만, 흑염의 기세는 어느 정도 스스로 조절이 가능하다. 다만 흑염이 활활 타오르는 기세에 비례하여 몸을 들쑤시는 고통이 거세진다.

무슨 일이 있어도 사라지지 않는 불꽃은 분노의 근간을 잘라 내지 않는 한 영원히 나의 몸을 불사른다.

"뒈져라……!!"

"우후훗, 뭘까요? 조바심이 보이는군요?"

탐색전 격의 충돌은 끝났고, 전투의 격렬함은 멈출 줄을 모른 채 올라간다. 다만 한계가 슬슬 보이고 있었다.

'쳇……. 역시 단순한 힘겨루기로는 불리한가.'

내 힘은 모두를 안에 품음으로써 비약적으로 성장했다.

그러나, 그럼에도 불구하고 단순한 힘과 속도에서 뒤처지고 있다.

"조바심은 무슨! 기뻐하는 거다. 너를 상대하는데 심심한 싸움이 되면 얼마나 맥 빠지겠냐!"

"헛소리에도 기세가 사라졌는데요? —휘감아 덮어 가리는 잿빛의 꽃, 『불타는 수목의(플라네시아) 꽃잎』."

검만을 겨루는 대결에서 각자의 스킬을 주고받는 양상으로 변화한다. 흑염이 제 성질을 바꿔 용이나 호랑이, 칼날이 달린 수레바퀴 및 무수히 많은 수리검으로 형태를 바꿔 알레시아에게 들이닥친다.

그러나 알레시아는 모든 공격을 본인이 만들어 낸 꽃잎으로 튕겨내고, 감싸고, 베어 갈라서 손쉽게 무력화한다.

나의 스킬 공격은 무엇 하나도 용종이 상대라도 한 발로 숯덩이를 만들 수 있는 강력한 위력이 도사리고 있었지만, 전혀 효과를 발휘하지 못한 채 무산되어버린다.

그뿐 아니라 내가 온몸을 불사르며 고통 속에서 날린 공격을 알레시아는 충분히 여유를 갖고 대응하고 있다.

"꽃잎은 검의 칼날과 춤춘다, 『검왕의 꽃잎(플라워 엣지)』."

"큭! 끄윽?!"

나의 공격을 제압하고 있는 꽃잎들 틈에 숨어서 경질화하여 칼날이 된 무수히 많은 꽃잎이 덮쳐든다.

미처 방비하지 못한 칼날이 몸에 예리한 붉은 선을 긋는다.

"어머나, 뭐하세요? 어라? 움직임이 자꾸 둔해지는데요? 빈틈투성이잖아요."

"끄핫!!"

충격은 등 쪽에서 왔다.

세게 부딪치는 대량의 꽃잎 덩어리는 마치 거인의 주먹에 얻어맞은 것 같은 충격과 함께 나를 날려버린다.

"아무래도 이게 한계인가 보군요? 뭐, 당연한 결말이라고 말할 수 있겠지요."

지면에 다리를 박아 기세를 죽였을 때 알레시아는 마력으로 만들어 낸 꽃잎을 조종하며 이쪽을 보며 비웃었다.

“신나서 이곳에 온 사람치고는 너무나 한심합니다. 정말 어리석은 남자야…….”

퉤, 입속의 피를 뱉어 내고 흑염을 써서 몸의 상처를 치료한다.

확실히 지금 출력으로는 알레시아를 따라잡지 못한다. 그렇다면 더욱 출력을 끌어올리면 된다.

“이제야 좀 아픔에도 익숙해지는 참이라서 말이야. ……제2라운드다.”

“무슨 소리를…… 윽!”

순간, 나에게서 피어오르던 흑염의 기세가 더욱 거세진다.

“꺼억, 끄윽?!”

타오른다, 타오른다, 타오른다, 타오른다.

눈도 코도 귀도 입도, 손도 다리도 목도 배도 가슴도.

더할 나위가 없으리라 생각했던 아픔의 한계치를 단숨에 뛰어넘어서 온몸의 거죽이 벗겨지는 것인가 여겨질 만큼 몸의 표면이 고통의 집합체로 뒤바뀌어 간다.

하지만……. 하지만, 그럼에도.

“몸의 안쪽보다는, 훨씬 버틸 만하군.”

“앗! 『불타는(플라네) 수목의』, 아흑?!”

순간, 나는 알레시아의 배후에 흑염으로 성능을 끌어올린 『전이』의 힘을 발동한다.

나의 전이는 많은 마력과 집중을 필요로 하기 때문에 전투 중 단

거리 전이로 쓰기에는 적합하지 않다. 이런 사정을 잘 알고 있었던 알레시아는 물론 완전히 허를 찔렸다.

그럼에도 최대한으로 강화한 돌려 차기는 위력 대부분을 불완전하게 전개된 꽃잎에 막혀버리고 말았다.

하지만 방어력을 넘어선 몫의 충격이 이번에는 알레시아를 날려버리며 방금 전 광경을 배우만 바뀐 채 재현한다.

“아직 끝은 멀었다. 아직 시작하지도 않았어. 알레시아, 너를 죽인다. 내가 죽인다. 무슨 일이 있어도, 어떤 사태가 벌어져도. 그게 나의 소원이자 바람이며 내가 맺었던 모든 사람들과의 계약이니까.”

줄곧 줄곧 몸 안쪽에서 연기를 내고 있었다.

불꽃, 역시 불꽃이다. 이 증오의 덩어리는 내 안쪽에서 신음 소리를 내지르고 있는 불꽃 그 자체.

나의 존재 그 자체.

아픔이 필요하다면 바치겠다.

슬픔까지 필요하다면 바치겠다.

아예 나의 존재마저 필요하대도 바치겠다.

“큭, 후후훗, 뭐야. 역시나 첫 번째 세계에서 내가 했던 말이 맞았잖아요.”

알레시아는 뺨에 묻은 흙먼지를 털고 나를 쳐다본다.

“단지 인간의 거죽을 뒤집어썼을 뿐 괴물이야. 거죽 아래에 있는 것은 어떻게 할 방법도 없이 저열하고 추악한…… 구제 불능의 괴물. 증거로, 봐요.”

자기 얼굴에 미소를 띠며, 하지만 눈동자는 독수(毒水)처럼 싸늘하게.

“이제는 사람의 거죽마저 찢어지려고 하잖아요.”

알레시아의 말대로 분수령을 넘은 흑염의 출력은 나의 외양에 변화를 일으켰다.

나의 몸 표면은 쩍쩍 갈라진 지면처럼 무수히 많은 균열이 생겨났으며, 그 틈에서 피가 섞인 듯 검붉은 색을 띤 불꽃이 분출되고 있다.

이제껏 쏟아졌던 흑염과 한데 섞여서 무기질적이었던 불꽃에 혈관이 쭉 뻗어 나가는지라 마치 의사를 지닌 짐승과 같이 스스로의 존재감을 바꾸고 있다.

이런 겉모습은 확실히 껍데기를 안쪽으로부터 찢으려 하는 인간이 아닌 무언가로 보였을 테지.

그래서 어쩌라는 거냐. 인간의 일선 따위야 얼마든지 넘어가주마.

그런 정도로 멈출 이유가 대체 어디에 있나.

“후우우우……. 자, 계속할까.”

“좋아요, 결국 본성을 드러낸 괴물을 퇴치하도록 하죠.”

일어선 알레시아가 다시 꽃잎을 조종한다.

“그렇죠. 고금동서의 이야기를 따라서 괴물 퇴치라면 파티를 만들어 임하도록 할까요.”

그렇게 말한 알레시아는 좋은 생각을 떠올렸다는 듯이 입꼬리를 끌어 올리더니 손에 든 검을 지면에 박아 세웠다.

그 장소를 중심으로 커다랗게 마법진이 펼쳐지더니 이윽고 알레시아의 눈앞에서 여섯 개의 빛기둥이 되어 마력이 수렴되어 간다.

맥동하는 듯한 마력의 본류가 한층 더 커다랗게 고동을 때리는 순간, 눈부신 빛과 함께 주위에 여섯 개의 인영을 만들어 낸다.

"으갓, 어엉? 뭐냐, 여기는……?"

"……이곳은 대체, 왕성은 아닌 듯한데."

"여기는……. 수인국은 아니군. 어떻게 된 거지? 무슨 일이 일어난 거냐?"

"어라, 이곳은 어디인가요? 소리?"

"으응, 가갈란드? 벌써 아침이야?"

"히힛, 참으로 아름다운 장소로구나."

나타난 자는 전사(가갈란드), 기사(기더트), 무투가(레온), 마술사(유미스), 무희(미미냐), 암살자(골드).

주변 상황에 당혹감을 내비치는 여섯 인물은 내 기억 속에도 있는 전투용 장비를 착용한 상태에서 저곳에 나타났다.

"어떤가요, 그리운가요? 생전의 용사 파티에 속한 분들이랍니다♪"

"그래, 동감이군. 이 녀석들이 진짜였다면 미친 사람처럼 기뻐했을 텐데 말이다."

생긋 웃음을 보인 알레시아에게 나는 싸늘히 쏘아붙였다.

막 나타난 여섯 인물은 분명 기억에 있는 모습과 똑같았다. 첫 번째 세계에서 나를 바짝 추적했던 녀석들이 생전 모습과 똑같이 저곳에 서 있었다.

다만 저기에 있는 것들은 내가 미친 듯이 애태웠던 복수 상대가 아니다.

저것들에게는 내가 바랐던 상대의 혼이 없었다.

저년이 라무네시아라고 부르는 텅텅 빈 인형과 마찬가지다. 알레시아의 기억 속에 있는 녀석들을 재현한 꼭두각시 인형에 불과하다.

“무슨 상황인지는 잘 모르겠다만……. 일단 저 자식을 때려 죽이면 될 테지? 왕녀님.”

“흠, 왕국의 적이 분명하다면 기사단장으로서 상대를 처단할 뿐.”

“용사여, 마(魔)에 떨어지다니 한심하구나. 수인국을 대표하여 내가 저세상으로 보내주마.”

“허허, 여기서 또 죽일 보람이 있는 상대를 만나는구먼.”

“으음~ 나는 딱히 아무런 생각도 없지만 말야. 가갈란드를 위해서라도 죽어주면 좋겠네.”

“아, 시체는 제가 연구에 쓰고 싶습니다. 이계의 인간은 정말 흥미로운 연구 재료니까요.”

혼란을 딛고 일어서서 의사 통일을 마친 여섯 인물은 동시에 완벽하게 연계하며 나를 목표로 덤벼들었다.

“『아류, 굉뢰일섬, 으아아앗!!』”

“『왕국류 검술, 빛살 베기』.”

“『중격, 사자강격』!!”

“허허, 『암살류, 그림자 칼날』.”

전위직 네 명이 각각 손에 든 무기를 휘두르며 내게 들이닥친다.

나는 즉각 비어 있었던 왼손에 검을 만들어 냈다.

오른손에 든 대죄의 검이 날렵하게 꺾이며 가느다란 장검으로 바뀌고, 왼손에도 같은 형태를 지닌 검이 쥐여졌다.

“꺼져라아앗!!”

왼편에서 오는 가갈란드의 횡일섬을 좌측 검으로 튕겨 내고, 정면에서 오는 기더트의 종일섬을 우측 검으로 튕겨 내고, 오른편에서 오는 레온의 정권 지르기를 막 튕겨서 날린 기더트의 일격으로 요격한다.

배후를 덮친 골드는 돌아보지 않은 채 마력을 두른 다리로 돌려차기를 써서 날려버렸다.

“『무도술, 모래 먼지의 춤』.”

“『녹뢰일섬(라이트닝)』!!”

내가 전위를 상대하는 틈에 마력을 끌어올린 미미냐와 유미스가 무수히 많은 모래 먼지의 칼날과 몇 가닥 궤적을 그리는 녹뢰를 쏟아 냈다.

“쳇!!”

흑염을 조작하여 막 들이닥치는 마법 대다수를 쳐내 떨궜다만, 결국 숫자가 부족한 탓에 몇몇은 직격을 허용한다.

물론 무방비하게 얻어맞는 짓은 안 한다. 흑염을 방패로 써서 위력을 감쇠시켰지만, 얼마간의 대미지는 받고 말았다.

“그럼에도, 뭐, 설령 인형이어도 저 몰골을 보고 적의를 일으킬 수 있다면? 알잖아? 자꾸 끓어오른다고. 결국 복수하지 못했던 상대까지 섞여 있고 말이지.”

나의 몸에서 피어오르는 흑염은 더욱 세차게 기세가 거세졌다.

“후훗, 강한 척해도 이쪽이 유리하다는 건 달라지지 않는답니다? 어디에 숨겨 놓았는지 모르겠습니다만, 귀여운 동료분들을 어서 불러내는 게 어떨까요?”

뻔한 도발의 말. 아무래도 내가 이곳에 복병을 준비했다는 생각이라도 하는 것 같았다.

확실히 틀린 생각은 아니다만, 딱히 이곳에 숨겨 놓지는 않았다.

“……그렇군, 역시 혼자라서 손이 꽤 부족하니까. 다른 녀석들의 도움을 잠깐 받아야겠다.”

나는 두 손에 쥔 대죄의 검을 지면에 박아 세운다.

그에 호응하듯이 나에게서 대량으로 분출된 흑염은 소용돌이치며 다섯 개의 덩어리로 바뀐다.

미나리스, 슈리아, 레티시아, 마이, 메테리아.

이윽고 인간의 형태를 취하기 시작한 불꽃들은 마지막으로 각각 한점에 빨려 들어가듯이 다섯 인물의 모습으로 바뀌었다.

“후유, 어, 아앗, 주인님, 오래 기다리셨습니다.”

“오래 기다리시었어요♪”

“후유, 오랜만에 나오는 바깥이구나.”

“자신의 신체가 있는 감각, 반갑군요.”

“후훗, 다시 할 일을 마치도록 하죠.”

막 나타난 다섯 인물은 저마다 각각 주위를 둘러본다.

그 모습은 아무런 힘도 없는 인물이 봤다면 내가 이곳에 전이했을 때와 똑같은 방법으로 저 다섯이 나타났다고 생각할 테지.

“훗, 후후훗, 아하하하하하핫!!”

그러나 엉성하게나마 신의 힘을 손에 넣은 알레시아에게는 본질이 보였다.

“어째서 혼자 이곳에 나타났나 의아했습니다만, 별로 대단한 이유도 아니었습니다! 용사, 당신은, 동료들을 자기 스스로에게 흡수해버렸군요!!”

“…….”

“악당, 악당, 그야말로 악당! 킥킥, 이제는 외모도 행동도 마물과 똑같아졌어요. 그랬군요. 신을 넘볼 수 없다는 이유로 결국 동료를 잡아먹은 거예요. 아아, 너무나 역겨워라.”

그렇게 말하면서도 알레시아의 얼굴에는 조소가 떠올라 있다.

“닥쳐라, 이제 와서 시답잖은 헛소리는 아무래도 상관없으니.”

내가 다시금 검을 겨누자 상대도 역시 이쪽으로 의식을 집중한다.

“이 녀석들의 혼은 저곳에…….”

나타난 전원을 가리켰다가…….

“그리고 여기에 있다.”

마지막으로 자신의 가슴을 가리킨다.

“네년의 인형 놀이와 똑같이 취급하지 마라.”

“……의미를 모르겠습니다만.”

“모르면 모르는 대로 상관없다고. 얼른 또 붙어볼까.”

다시금, 누가 먼저였을까, 전투의 막이 올라간다.

6대7의 대결은 더욱 격렬하게 고조되었다.

전투는, 양쪽 다 고도의 연계를 구사하며 맞부딪쳤다.

아마 다대다의 전투라기보다는 하나의 생물이 서로 부딪치는 양상을 띠고 있었다.

집단 전투에서 연계는 사각을 없애고, 실수를 뒷받침하고, 역할을 분담함으로써 최고의 효율을 목표로 한다. 그런 점에서 가장 중요한 의식의 공유가 우리 쪽도 알레시아 쪽도 두루 극치에 도달했다.

"과연 용사의 패거리군. 인정할 만한 강자이다. 나의 주먹에 쓰러지지 않는 상대는 오랜만이군."

"왕국에 알지 못했던 강자가 이토록 남아 있었을 줄은."

"성녀에 마왕에 다른 세 사람도 여간내기가 아니군, 허허허."

"쳇, 뭐냐, 저 자식들. 되게 강하잖냐. 그나저나 저 엘프 꼬맹이, 유미스, 네 녀석의 여동생이 아니었나?"

"가갈란드, 여전히 당신의 기억 회로는 오류투성이군요? 머리카락 색깔도 피부 색깔도 슈리아와는 다릅니다. 애당초 슈리아가 이렇게까지 잘 싸울 리가……."

"저기? 내 남편을 바보 취급하지 마. 이런 모습이 귀엽단 말야."

서로의 실력은 거의 비등비등했다. 다만 그럼에도 우열은 갈리기 마련인지라 전황은 우리 쪽이 우위를 점하며 기울어졌다.

"저 사자 수인, 이전에 죽였을 때보다 약하네요."

"레온도, 게다가 가갈란드와 미미야, 골드와 유미스도 알레시아 왕녀가 가지고 있는 첫 번째 때 기억에서 재현한 다른 사람이기 때문일 테죠."

"흥, 출력은 제법 올라간 듯하나 그게 전부로구나."

"뭐, 여동생으로서는 행운이네요. 제가 이 세계에 왔을 때에는 몇 사람이나 이미 살해당한 다음이었으니까요. 이렇게 재현된 겉껍데기라도 다시 싸울 수 있다는 게 무척 흥분돼요♪"

"슈리아도 기쁨 마음이어요♪ 이렇게 두 번이나 유미스 언니를 상대할 수 있을 줄은 상상도 못 해봤사와요."

전황은 당사자들의 표정에도 잘 나타나 있다.

"……."

"흥, 뭐야, 불만이냐."

"……예, 조금 예측이 어긋난 것은 인정하지요. 신의 사도가 된 저들이 이렇게까지 밀릴 것이라 생각은 못 했습니다."

"껍데기만 멀쩡한 허수아비한테 질 리가 있겠냐. 저 자식들의 안에는 본인의 혼이 없지. 스킬도 기술도, 본인의 혼에 새겨진 거다. 뒤죽박죽에 힘만 세 봤자 얻다 써먹겠어. 그냥 장난감 주제에 뭐가 신의 사도냐, 아주 웃기는 짓을 다 하는군."

나는 알레시아에게 모멸의 말을 내던진다.

내 말을 들은 알레시아는…… 어안이 벙벙하다는 표정을 지은 채 고개를 갸웃거렸다.

"어머 어머 어머 어머, 무언가 착각을 하시는 게 아닌가요?"

"뭐라……?"

"말했잖아요, 저들은 신의 사도, 신에게 몸을 내바쳐서 섬기는 자들. 신의 성역을 만들어 내기 위한 존재랍니다."

그렇게 말한 뒤 알레시아는 눈앞에서 두 손을 깍지 끼고 말을 잇는다.

"……읏."

"원래 이 싸움은 단순한 여흥이에요. 필요한 역할을 완수할 수 있는 껍데기만으로도 충분하죠."

구웅, 분명히 다 타올랐을 증오가 한층 더 강하게 불타오른다.

알레시아의 저 표정을 나는 몇 번이나 몇 번이나 꿈에서 봤다.

마치 꽃 피어나는 한순간, 아리따운 향기와 함께 벌어지는 짧은 한순간을 잘라 낸 것처럼 미소 띤 얼굴.

달콤한 향기를 뿜으며 방심하는 상대를 옭아매고, 맞닿는 모든 것을 악의의 늪으로 끌고 들어간다.

그렇게 선명한 색으로 피워 낸 얼굴, 독을 덮어서 가린 채 웃는 얼굴.

“당신은 저자들에게 혼이 없다고 말했습니다만, 그 말은 틀렸습니다. 분명 본인의 혼은 아닙니다만, 기틀을 쌓으려면 혼의 힘도 필요하니까요. 제대로 빠짐없이 만들 때 불어넣어주었죠.”

“그딴, 타인의 혼을 짜 맞춘 것을 혼이라고 말하진 않는다.”

분명히 인형 안쪽에는 혼이 있다.

타인의 혼을 잔뜩 반죽해서 만든 일그러진 혼이.

강제로 만들어 놓은 저것은 마치 부패한 내장 같아 보인다.

“명칭이야 아무래도 상관없죠. 필요한 에너지만 잘 갖추면 역할을 완수할 수 있으니까요.”

약속에 매달려서 원래 세계로 도망치고자 했던 나를 절망에 밀어 떨어뜨렸던 때와 똑같은 모습이었다.

나의 세계가 이미 옛적에 망가져버렸음을 선고했을 때와 똑같이 주위 전부를 스스로의 양분으로 먹어 치우며 화려하게 피어나는 단 한 송이의 꽃.

“자, 그러면 아주 잠시만, 초대하도록 하죠. 머지않아 태어날 이상향에.”

아울러 저 꽃은.

듬뿍 모아둔 독의 꿀을 세계에 흘린다.

"우오, 이게 뭐냐아아앗?! 이 몸의 몸이!!"

"앗! 크, 힘이, 안 들어간다……. 알레시아 님, 도대체 무슨……!"

"설마……. 왕녀, 네년, 무슨 짓이냐……!"

"으힛?! 노, 노구가, 쥐어짜인다……."

"아니, 도대체 뭐야, 이 술식은……! 해석이, 못 따라가……!"

"잠깐, 달링, 괴로워……! 살려……!"

알레시아가 만들어 냈던 저 녀석들은 마치 독약이라도 입에 넣은 것처럼 괴로워하기 시작했다.

깨진 달걀 껍질처럼 쩍 갈라지고, 거기에서 쏟아져 나오는 증기 비슷한 빛의 낱알이 하늘로 돌아간다.

모두가 무릎을 꿇은 채 전투 중 훤히 드러난 지면의 흙을 긁어 대고 있었다.

그리고 고통의 소리를 내지르던 녀석들이 꽉 쥐어서 뭉갠 꽃처럼 순수한 무언가의 힘으로 분해되었을 때, 그 장소는 도래했다.

"설마……!!"

딸랑, 딸랑, 딸랑, 딸랑, 석장을 흔드는 듯한 소리가 울려 퍼진다. 하늘도 비유의 말이 아니라 하얗게 물들어 간다.

그 장소를 나는 보아서 알고 있었다.

떠올리는 것은 오싹하리만큼 싸늘한 시선.

지금 알레시아를 앞에 두고도 확실하게 격상이라 말할 수 있는 압력을 느꼈던 공간.

원래 세계와 이 세계를 연결하는 신역.

"신의 영역이라는 말인가……!"

마치 물을 만난 물고기처럼 마구 날뛰는 이제까지와 비교도 되지 않는 알레시아의 존재와 위용.

인간에서 괴물로, 그리고 신의 위계에 다다른 자의 모습.

그 자리에 있는 것만으로도 존재 자체가 짓눌리는 듯한 강대한 위압감을 느끼며 식은땀이 흐른다.

물질적인 육체가 아닌 내 마력으로 존재를 유지하고 있는 까닭에 생리적인 반응이 분명 없어야 하는 미나리스와 레티시아 등등도 알레시아를 상대로 험악한 표정을 짓고 있었다.

"우훗, 우후후후훗! 아아, 이곳이 나의, 우리의 이상향♪ 나와 라무네시아 언니 이외의 모든 불필요한 것을 제거한 진정한 세계!!"

깨닫고 보니 주위의 광경은 전투를 시작했을 때와 다를 바 없는 아름다운 정원으로 모습이 바뀌었다. 조금 떨어진 위치에는 오를레아 왕국 왕성과 닮은 분위기의 성이 만들어져 있었다.

그러나 맨 처음 진입했을 때 느꼈던 현실감이 이 장소에서는 느껴지지 않았다.

완벽하게 연출된 공간인지라 너무 완벽한 탓에 가짜 같았다. 그래. 설령 얼마나 긴 시간이 흐를지라도 무엇 하나 바뀌지 않으리라 짐작되는 인조물 같은 인상을 받는다.

변함이 없는, 변함이 없는, 변함이 없는.

모든 것을 아름다운 불변의 상태로 놓아두고 싶다는 알레시아의 감정이 전해지는 것 같았다.

또한 이렇듯 완벽한 세계에서 군림하는 자는…….

"라무네시아 언니. 어떠세요? 마음에 들어요……?"

"응, 아름다운 꽃밭이야. 무척 마음에 드는구나. 고마워, 알레시아."

"아아, 라무네시아 언니……."

어느 틈인가 알레시아는 라무네시아의 곁에 가까이 걸아가서 기뻐하며 미소 짓고 있다.

마치 우리 따위는 안중에도 없다는 듯이 자신의 인형을 애지중지하고 있다.

미리 상의한 것도 아닌데 우리는 알레시아에게 공격을 펼치고자 했다.

"아흑……?!"

그러나 막 움직이려고 했던 순간에 내 몸을 지면에 붙박으며 갑자기 압력이 거세진다.

'이것은……!'

얼결에 무릎을 꿇은 시선의 너머에서 사태가 가속된다.

"『만마풍인, 칼바람』!!"

"『환염독귀, 염독의 칼날』!!"

"『괴뢰빙대, 라스트 아머』, 『5연속 찍기』!!"

"『마염옥, 염천화사』!!"

"『뇌빙섬, 연환의 선율』!!"

강대한 위압감을 떨쳐 내며 나 이외의 전원이 알레시아에게 들이닥친다.

그 순간, 힐끔 알레시아의 시선이 내게 향했다가 살며시 조소를 짓는 모습이 보였다.

"아아, 시끄러운 날벌레가 있군요."

그것은 정말 날벌레를 쫓아내는 듯한 가벼운 동작이었다.

한쪽 손의 바닥을 빙글 돌렸을 뿐.

"끄윽!"

"꺄훗!"

"끄응."

"꺼억."

"꺄힛."

아주 짧은 몸동작이었는데도 막 날린 술식도, 술사 본인도 함께 지면에 나가떨어진다.

"알, 레시아……!!"

아마도 저 광경을 내게 일부러 보여주기 위해서 나만 움직이지 못하게 묶어 놓았을 테지.

"우후훗, 아하하하하핫!! 아아~! 꼴사납군요! 봐요, 봐요, 도대체 버러지와 뭐가 다르죠? 처음 위세는 대체 어디에 갔죠?"

알레시아는 도저히 못 참겠다는 듯이 소리 높여서 비웃는다.

"어휴, 이래서 이 세계는 추한 거예요. 어딘가에서 당신 같은 찌꺼기 벌레가 자꾸만 기어 나오는걸요. 이렇게 하나하나 밟아 뭉개는 것도 귀찮으니까 신세계에서는 절대 생겨나지 못하도록 없애버려야겠죠?"

"너, 너는, 설마……."

그 말에 알레시아가 무엇을 계획하는지 한 가지 추측이 성립한다.

"세계를 처음부터 다시 만들 작정이냐……?"

"네, 맞아요."

알레시아는 아무렇지도 않게 대답했다.

게다가 저 말은 분명히 사회 구조를 바꾼다거나 그런 의미가 아니다.

그게 목적이라면 세계수의 씨앗을 심어 지배한 수목으로 이미 충분히 달성했다.

"뜻을 이루어 낼 충분한 힘이 있어요. 실행을 안 할 이유가 없겠지요?"

너무나 자연스럽게 알레시아는 말한다.

"지금 있는 세계를 재료로 써서 새로운 세계를 만들겠습니다. 버러지는 찌꺼기 같은 세계에서 마음껏 살아가세요."

요컨대 지금 존재하는 세계에서 힘을 쥐어짤 만큼 쥐어짠 이후, 신역을 흉내 낸 이곳처럼 새로운 세계를 만들어 내겠다는 계획인가.

"……하, 하하."

무심코 헛웃음이 새어 나왔다.

이제 알레시아가 어떠한 계획을 갖고 있든지 아무래도 좋다는 생각만 든다.

나는 단지, 내가 완수해야 할 복수를 실행하자는 생각뿐이었다.

그런데 이렇게까지 **그럴싸하면** 그냥 감탄과도 비슷한 가슴 속 열기를 느끼게 된다.

용사를 배반하고, 여신을 배반하고, 왕국을 배반하고.

그렇게 최후에는 세계를 배반한다.

"그럴 생각이었습니다만……. 역시 해충은 짓뭉개줘야겠어요."

역시나 아무렇지도 않게, 알레시아는 심판을 내린다.

"으읏."

"히, 끅."

"끄으."

"끄앗."

"크읏."

마치 프레스 기계처럼 모두에게 조용히 높은 압력이 가중된다.

일부러 고통 받도록 천천히 가해지는 압력과 함께 고통에 찬 목소리가 나온다.

아직껏 움직임을 봉인당한 내 앞에서 모두의 시선이 나를 향한다.

저곳에 있는 모두에게는 의식은 있어도 생명은 없다.

그럼에도 고통에 찬 표정을 나에게 숨기려 하는 모습을 보면 분명히 잊었던 가슴의 아픔이 다시 욱신욱신 들쑤신다.

마지막 순간, 저 얼굴들을 보고 오로지 분노에 물들었다고 생각했던 나의 눈에서 눈물이 복받쳤다. 모든 것이 흑염으로 환원되고, 아픔과 함께 모두가 나에게 돌아온다.

그리고…….

——『『『『『아아, 미워미워미워미워미워미워미워미워미워미워!!』』』』』

다섯 사람의 분노가 다시 나의 약한 마음을 불살랐다.

이렇듯 나를 떠받쳐주는 소녀들의 감정이 불성실하고, 부도덕하고, 악취미스러운 기쁨을 가져다준다.

이 죽음의 순간, 나에게 남은 최후의 위안.

그러나 이런 사소한 감정도 알레시아의 독 같은 목소리에 더럽혀진다.

"자, 이제 끝내도록 하죠. 길고 긴 악몽이 끝나고, 드디어 행복한 이야기가 시작될 테니까요."

알레시아가 쭉 팔을 벌리더니 한 걸음만 앞에 나선다.

"이야기를 끝내는 마지막 한 문장은 무엇으로 할까요? 대답해봐요, 아무것도 가르쳐주지 않았던 용사님?"

저 웃는 얼굴을 몇 번이나 보아왔다.

"그렇군……. 정말 길었다……."

상황은 절망적이었다.

인간의 모습을 취했을 뿐 세계의 제약에서 완전히 벗어난 상대가 눈앞에 있다.

"이렇게 두 번째 세계가 시작되고……. 줄곧 줄곧 너를 어떻게 죽일까 고민했지."

그래, 처음부터 뻔히 알았던 문제다.

나아가야 할 길은 험하고, 과거에 본 적이 없을 만큼 상대는 강대하고, 악의가 형태를 이루어 나타난 듯한 상대라고.

"되게 이상하군. 한번은 집어던지고자 했는데도, 이런 지저분한 길 밑바닥에 떨어졌는데도……. 훗, 하하하핫, 하하하하하하핫!"

사나운 조소와 함께 힘을 휘둘러 나를 짓밟으려 할 여자임을.

그런 여자임을 처음부터 잘 알고 있었다.

도저히 웃음이 멈추지를 않는다. 멈춰지지가 않는다.

"어머나, 참, 갑자기 웬 웃음이래……. 정말로 아예 망가져버렸나봐요. 결국은 버러지 같은 두뇌밖에 못 가진 존재였으니까 어쩔 수 없지만요."

곧이어 딱, 손가락으로 소리를 내자 알레시아의 배후에서 거대한

꽃이 피었다.

태양의 햇살같이 금색의 빛을 두른 하얀색 꽃의 중심에서 압축된 마력이 은색의 빛을 날린다.

"이봐, 알레시아. 나는 어떻게야 해야 되냐? 여기까지 떨어졌는데도, 그런데도 참을 수가 없다고. 웃음이 멈추지를 않아. 등을 밀어준 것은 저 녀석들이었지만, 그렇다고 이런 상황에서 웃음이 나오는 망할 자식이 되어버렸어."

"어머나♪ 마지막 순간을 맞이해서야 겨우 자신의 존재가 어떠한지를 이해하셨나 봐요. 드디어 자신이 쓰레기만 못한 존재임을 깨달았어요!"

짝짝짝, 박수를 치는 알레시아는 만면의 미소를 띠고 있다.

"그러면 이만, 사라지세요♪ 이 세상에서, 영원히."

그 대사와 함께 하얀 꽃에 비축된 마력이 단번에 방출되었다.

이곳은 알레시아가 만든 세계.

발사된 마력 레이저는 주위에 존재하는 공기며 먼지마저도 분해해서…….

"꺼억, 흑……."

나의 몸 중심에 커다란 구멍을 뚫고, 주위에 두른 흑염과 함께 복부를 싹 날려버렸다.

단박에 암전하는 시야. 뚝, 몸에서 힘이 빠져나가며 실이 끊어진 것처럼 털썩 쓰러졌다.

“우훗, 우후후훗!! 우하하하하하하핫!! 해냈어, 해냈어요! 드디어 커다랗고 불쾌한 버러지를 없앴어요!”

조용한 공간에 알레시아의 홍소가 울려 퍼진다.

“아아! 언니가 있어주기만 하면 괴로웠던 과거 따위야 아무래도 좋다는 생각을 했었는데 말이죠, 고작해야 버러지 한 마리를 짓뭉갰다고 이렇게나 마음이 후련해지다니♪ 귀찮아하지 말고 더 빨리 찾아서 죽여버리면 좋았을 텐데♪ 그렇죠? 라무네시아 언니?”

“잘 모르겠지만……. 알레시아가 기뻐 보여서 나도 좋은걸.”

“후훗, 그렇군요. 애써 만들어 놓았으니까요, 이대로 쭉 세계를 넓혀 버릴까요? 어떤 것들을 갖고 싶으세요? 라무네시아 언니. 원하는 대로 아름다운 것들로 세계를 가득 채울게요. 자, 우선은 무엇부터…….”

“—그래, 가닿지 못하더라도 불꽃은 타오른다.”

입에서 쏟아져 나온 영창은 마치 불꽃을 뱉어 내는 것 같았다.

“……후유, 못살아, 아직도 헛짓임을 못 깨닫는 겁니까? 이미 뭉개진 벌레인데 날갯소리도 안 내주면 좋겠습니다.”

아픔은 옛적에 벌써 한계를 넘어갔다.

재차 분출된 흑염이 꿰뚫렸던 몸의 구멍을 메우고, 피와 살점의 대체물로 바뀌어준다.

"—받은 아픔은 하늘을 태우리라, 받은 슬픔은 땅을 사르리라."

비록 모조품일지언정 신을 흡수한 알레시아가 진짜 무력을 발휘했을 때 나로서는 감당하지 못함을 알고 있었다.

그래, 예상한 대로, **드디어 여기까지 다다랐다**.

"어쩔 수 없군요. 이번에는 전신, 재생할 여지도 없도록 싹 날려버리겠습니다. 라무네시아 언니는 잠시 성 안쪽에서 기다리고 계세요. 이 버러지를 죽인 뒤 같이 점심을 들도록 하죠."

알레시아가 딱, 손가락으로 소리를 내자 라무네시아가 전이의 빛 속으로 사라지더니 허공에 방금 전 레이저를 쐈던 하얀 꽃과 똑같은 물체가 복수 나타난다.

"—윤곽을 침범당하여 돌아가지 못할 때, 그럼에도 불구하고 바라는 때에."

나의, 분노의 대죄의 검이 보유한 능력.

받은 아픔을 흡수하는 힘.

그 비장의 수단을 발동시키기 위해.

스스로 제어 가능한 출력의 흑염으로는 모자라니까.

그래, 예상한 대로, **드디어 여기까지 다다랐다**.

나는, 스스로 검을 박아 넣었던 공범자들을 다시 알레시아에게 죽게 내주는 것을 계획에 포함시켰다. 이 스킬의 발동 조건은 증오하는 대상에게 일곱 번, 살해당하는 것.

레티시아, 미나리스, 슈리아, 메테리아, 마이.

그리고 지금 한 차례 살해당한 나와 첫 번째 세계에서 쫓겨 다니다가 살해당했던 나.

더하여 일곱 번, 나의 내면에 거두어들인 죽음의 감촉.

"이제 와서 무엇을 어떻게 할 방법은 없습니다. 고작 당신의 힘으로, 아니요, 다른 어떠한 힘으로도 신이 된 나를 범접할 수는 없습니다."

방금 전 일격을 맞고 한번은 싹 날아갔던 나의 흑염은 함께 날아간 복부를 다 메운 뒤 또다시 나의 전신에 휘감긴다.

알레시아는 이번에야말로 티끌 하나도 남기지 않고, 저항조차 싹 날려버려서 나를 죽일 작정일 테지.

무수히 많은 꽃의 중심에는 방금 전보다 더욱 위력을 높인 듯한 레이저가 방아쇠 당겨지는 순간을 애태우며 기다리고 있었다.

"—돌아갈 수 있는 길을, 자신의 존재를, 불꽃이 받아들여서 모든 존재에게 재가를 내린다."

"사라지세요. 이번에야말로, 이 세상에서."

"자, 모든 것에 심판을 내려라, 『죄업이 타오르는 날』."

영창이 끝난 순간과 알레시아가 레이저를 발사한 순간은 거의 동시였다.

내 몸에서 분출되는 흑염이 제 성질을 끈적끈적하게 휘감기는 형태에서 맑고 투명한 수정과 같은 모습으로 바뀠다.

또한 도중에 합쳐져서 한 줄기가 된 거대한 레이저와 흑염이 맞부

뒷친다.

"윽, 설마! 어째서……?!"

그 순간, 레이저는 유리를 깨부수는 소리와 함께 존재를 부정당한 채 화르르 타올랐다. 그뿐 아니라 레이저를 더듬어 가서 발사지가 된 꽃까지 검은 불꽃을 피워 올리며 티끌로 없애버린다.

"줄곧, 이때를 기다렸다."

"윽, 커흑……?!"

눈 깜빡이기보다 빠르게 알레시아의 곁으로 이동한 나는 손에 든 심검으로 심장을 꿰뚫었다.

"자, 지금이야말로 맹세를 완수하지. 너를 죽인다. 기필코 죽인다."

이 심장을 꿰뚫은 순간, 순식간에 1천만 번을 되풀이해도 절대 익숙해지지 않을 거뭇한 불꽃이 몸을 가득 채워주는 감각에 취한다. 실을 타고 흐르는 물방울 같은 감정에 뇌리가 깊이 타든다.

"후후훗, 그건, 도저히 무리예요."

하지만 자신의 가슴에 박힌 칼날을 목격하며, 그럼에도 알레시아의 여유는 사라지지 않았다.

"한 가지, 좋은 소식을 가르쳐드리죠. 신이 된 나는 부활의 힘을 손에 넣었습니다. 당신 따위 하등 생물이 아무리 내게 칼을 박아도 나를 죽일 수는 없답니다? 알겠습니까?"

히죽히죽 웃는 알레시아.

"그러면 나도 좋은 소식을 가르쳐주마. 네 영원한 생명의 정체를. 되살아난다는 것이 충분히 지옥이 될 수 있음을."

그래, 이미 전투는 끝났다.

필요한 수순은 전부 밟았다.

이제 기다리는 것은 즐겁고도 즐거운…….

“자, 이제 마지막 장치가 완료되었다!! 우리와 같이 밑바닥까지 떨어지도록 하자, 알레시아아아아아아아아아아아아아아아아아아아아아아앗!”

복수의 시간이다.

“끅……?!”

알레시아에게 박아 세운 검이 강렬하게 까맣게 빛난다.

다음 순간, 알레시아는 안쪽에서 터진 폭발에 산산조각이 났다.

하지만 산산조각이 난 알레시아의 신체 파편은 곧장 꽃잎으로 변화하더니 다시 모여들어 깔끔한 상태의 알레시아가 부활한다.

“후후훗, 말했을 텐데요, 소용없다고. 나는 몇 번이든 부활합니다. 신은 죽일 수 없습니다!”

“…….”

“아하하하하하하하핫!! 기껏 힘냈는데 유감이네요! 버러지 파리 주제에 뭐가 가능하겠어요. 결국 이렇게 끝나는 거죠!”

또다시 터져 나오는 알레시아의 홍소.

“방금 전 나의 꽃을 없앴던 것은 그 심검의 힘이었겠지요……. 이제 아까처럼 검은 불꽃을 두르지 못하는 것을 보아서 정말 여력이 없나 보군요. 괜히 의미심장한 말을 늘어놓아도 결국은 허세. 이미 만신창이의 상태잖아요? 마력도 거의 남아 있지 않고 말이지요…….”

알레시아의 얼굴에 떠오른 것은 유열의 표정.

“그럼에도, 방금 전보다는 힘을 내보죠. 애써 만든 세계에 부담을 주고 싶지는 않습니다만, 일순간에 전신을 티끌로 만들어드리죠. 열심히 감사해주셔요? 아하하하—."

"……정말 그렇게 생각하냐?"

나는 알레시아가 터뜨리는 비웃음 소리를 가로막으며 말을 건넸다.

"신은 죽일 수 없다고, 진심으로 그렇게 생각하냐?"

"그럼요, 당연하지요. 왜냐하면 나는……."

"세계의 위에 올라섰다는 말이라도 할 셈인가?"

알레시아는 웃음을 가로막혀서 언짢아하는 표정을 지으면서도 여유를 가득 담아서 나를 내려다보는 시선은 달라지지 않는다.

"대략 1천만. 이 숫자가 무엇인지 당신의 벌레처럼 조그만 두뇌로 이해할 수 있겠습니까?"

"물론, 너의 예비 목숨이겠지?"

"아! 그, 그래요. 맞습니다. 씨앗을 심은 인간의 목숨만큼 나는 부활합니다. 이 대륙에 있는 거의 모든 인간의 목숨이 지금은 나의 것—."

"그래서? 그래서 어쩌라는 거냐."

"뭐라고요?"

"즉 **너를 1천만 번 죽이면 된다**는, 아주 단순한 계산이잖냐?"

"훗, 아하하하하핫! 그렇게 너덜너덜해져서, 비장의 수단이었던 스킬까지 써서 간신히 **찰과상**을 하나 낸 주제에 어떻게요? 아하, 이제 망상 속으로 도망칠 수밖에 없도록 절망해버렸습니까? 정말 비참하고 가엾고…… 꺼흑?!"

뚝, 불현듯 알레시아의 말이 멎는다.

막 발생한 상황은, 알레시아의 입장에서는 정말 갑작스러웠을 테지.

나의 움직임도, 마력의 낌새도, 아무 조짐도 없었는데 알레시아의 몸속에서 독살스러운 자색을 띤 수정이 솟아 나왔다.

“그러니까 말이야, 알려줬잖냐?”

미처 자제하지 못한 웃음이 새어 나온다.

“장치가 이제 전부 다 끝났다고.”

조용히 웃고 나는 끝의 시작을 알린다.

“어, 어떤 수법인지는 모르겠습니다만, 소용없……. 끼힛?!”

역할을 다한 수정이 사라진 이후 알레시아가 몸에 남은 상처를 치료한 것도 잠시뿐, 갑작스럽게 나타난 무수히 많은 철제 말뚝이 또 다시 알레시아의 몸을 구멍투성이로 만든다.

조금 지나자 다시 철제 말뚝이 사라지고 알레시아는 상처를 치료한다. 일련의 동작은 마치 엉성한 콩트 같았다.

“도, 도대체 무슨 짓을! 무슨 짓을 한 거야! 이 세계는 내가 만들어 낸 세계! 나의 방어를 이렇게 쉽게 뚫고 들어올 수는, 비앗?!”

이제야 당황하는 모습을 보인 알레시아가 일순간 불꽃에 감싸이면서 까맣게 탄 소사체(燒死體)가 만들어진다.

흐슬부슬하게 탄화된 입술이 뜯겨 떨어지는 몰골은 마치 연극의 한 막처럼 나의 마음을 들끓게 한다.

“흐핫! 허억, 허억, 허억.”

머리끝부터 새로 만들어지듯 재생한 알레시아는 헐떡헐떡 숨을 몰아쉰다.

“『죄업이 타오르는 날』은 네게 심판을 내린다. 너에게 학대당한 나의 공범자들의 몫만큼, 그 녀석들의 복수를 네가 받는다.”

"당신의, 공범자들……?"

"그래, 맞다. 너는 이제부터 응보를 받게 된다. 네가 이 꿈같은 세계에 잠겨 있던 동안에 손을 잡았던 대략 1천만 명의 공범자들에게 말이지!!"

내가 또다시 몸을 불사르며 걷기 시작한 이후, 나는 줄곧 장치를 준비해왔다.

온 세계에 세계수의, 아니, 알레시아의 분체가 증식하는 와중에 온 대륙을 돌아다니며 한탄과 증오의 비명을 받아들여왔다.

나 자신의 심검, 분노를 담아내는 대죄의 검은 본래는【복수의 성검】이다. 예전 능력은 더욱 강화된 형태로 계승되었고, 나는 강제로 괴물이 된 사람들의 원념을 전부 이끌고 이곳에 왔다.

그리고 드디어 지금 이곳에서 마지막 피스가 갖추어졌다.

"자알 보도록 해라! 네가 찌꺼기가 되어 사라지라며 내던졌던 세계에서 무슨 일이 일어나는지!"

세차게 팔을 휘두르자 내 배후의 공간을 찢어 가르는 모양새로 올려다봐야 할 만큼 거대한 모니터가 나타난다.

그곳에는 무수히 존재함에도 뚝 움직임을 멈춘 알레시아의 분체 무리가 있었다.

그 중앙에 뻥 뚫린 원에 **나 자신**의 모습과 멍한 눈빛을 띤 인형과 같은 알레시아의 모습이 있었다.

화면 건너편의 나는 스킬이 만들어 낸 심판자 신분의 나다.

또한 심판자 앞에 선 인형과 같은 알레시아들은 본래는 씨앗을 심겨 무참한 나무 인형의 처지가 된 인간들이 형태를 바꾼 모습이다. 알레시아의 분체가 되어 예비용 목숨이 됐던 사람들이 저곳에 있었다.

"씨앗을 심어 지배했던 네 분체는 전부 너 자신의 매개물이 되었다! 분체를 하나 부술 때마다 너는 부서진 분체가 받은 것과 동일한 고통을 느낀다! 전 세계에 흩어진 너를 하나하나 정성껏 괴롭혀서 죽여주겠다!"

이 전투에서 가는 실오라기를 더듬어 겨우 다다랐다.

"괘씸한 짓을 벌였군요……!! 이 버러지가아아아아아아아아아아끼으아앗?!"

악귀와 같은 형상으로 고함을 내질렀던 알레시아의 몸이 납작하게 뭉개진다.

화면 너머에서는 거대한 망치를 손에 든 내가 눈앞에 둔 알레시아의 분체를 다진 고기가 될 때까지 때려 으깨고 있었다.

"읏, 끄윽, 허억, 허억, 헉."

고깃덩이가 된 알레시아는 다시 몇 초 간격을 두고 시간을 거슬러 올라가듯이 몸이 부활한다.

"이런, 말해주는 걸 잊었는데 심판을 받는 인간에게 저항할 권리는 없다. 모든 심판이 끝나는 그 순간까지 죽진 않겠지만, 절대 반항도 용납되지 않아."

"신이 된 나의 힘에, 저항하는 힘이 있다니……."

"힘의 유무는 상관없지. 이 힘은, 세계의 법칙을 만들어 새기니까. 심판하는 사람은 나다. 설령 신일지라도 이 복수를 방해할 순 없어."

번뜩, 톱날 같은 시선이 나를 꿰뚫는다.

“……죽일 거야, 그래요, 그래요, 내가 잘못 생각했어요. 당신은, 꺽, 반드시 죽여야만 할, 해충, 입니다…….”

다음 살해 방법은 간단하게 검을 쓴 꼬치 관통이었다. 무수히 많은 검에 찔려서 뚫린 구멍으로부터 붉은 피가 뚝뚝 떨어진다.

“1천만 번……. 이 스킬은 분명 고통은 가합니다만, 진짜 대미지를 주지는 않는 것 같군요.”

“…….”

무릎 꿇은 알레시아는 증오를 바짝 졸여 낸 표정으로 나를 노려본다.

그래, 좋다, 좋다고, 알레시아. 네가 짓기에 어울리는 표정은 그 표정이라고, 알레시아.

“각오하시죠. 이 스킬의 효과가 끝나는 때, 일순간이라도 힘을 발휘할 순간이 오면, 이곳 일대를 모조리 다……. 아뇨, 대륙과 함께 네놈을 티끌로 만들겠습니다……!”

“아하하하하하핫! 그래, 잘 아는구나, 알레시아! 이게 마지막 게임이다!! 내가 계약한 너의 분체가 다할 때까지 죽이고 죽이고 죽이고 죽여서! 절망 속에서 폐인이 되어 울부짖는 너를 짓뭉개주마……!”

나는 커다랗게 팔을 벌리며 선언했다.

“크, 이것은…….”

내가 딱, 손가락을 튕기자 알레시아의 배후에 검은 십자가가 나타나고, 거기에서 뻗어 나오는 흑염의 사슬이 죄인의 몸을 붙박는다. 더 뒤쪽에 아지랑이처럼 나타난 흑염의 거인이 붙박인 알레시아를 재판관처럼 판가름하듯 내려다보고 있다.

“『쿠오오오오오오…….』”

피가 달라붙은 것 같은 심홍색 갑옷을 껴입었고, 검붉은 불꽃으로 이루어진 증오의 눈동자는 유령과 같이 움푹 파여 있었다. 살짝 벌어진 입에서는 땅속에서 울려 퍼지는 망자의 절규와 같은 숨결이 새어 나온다. 마치 풍선처럼 등 뒤에 떠올라 있는 일곱 개의 구체에는 각각 증오로 일그러진 얼굴이 도드라졌다.

……악귀. 망집에 홀려 자신의 몸마저 증오로 불태우는 악귀.

우뚝 일어선 저 모습은 마치 지옥 자체가 구현화된 괴물 같았다.

"자! 이제부터 온 세계에서 나의 분신이 너를 죽이기 시작한다! 물론 나 자신도 이곳에서 너의 분체를 불러들여 죽여주겠다!"

"아……. 으으……."

소환한 알레시아의 분체 중 하나를 잡아당겨서 멍하니 서 있는 인형을 다리로 후려 지면에 눕힌다.

"마지막 최후의 순간까지 아낌없이 즐기고 또 즐기며 모든 너를 죽여주마! 아하하하핫!!"

"까푭!"

나는 너털웃음을 터뜨리며 지면에 드러누운 알레시아의 목 위쪽을 밟아 부쉈다.

"마지막 최후의 순간까지 아낌없이 즐기고 또 즐기며 모든 너를 죽여주마! 아하하하핫!!"

비웃는다, 비웃는다, 비웃는다.

주체할 수 없는 비웃음 소리가 내게서 나와 울려 퍼지자 머릿속이 어질어질할 만큼 가득히 채워졌다.

1천만 번, 죽여주겠다.

말로 꺼내면 참 바보같이 들리게 되는 저 행위는, 그러나 주체할 수 없도록 감미로운 시간의 속에 있었다.

"꺼으, 끅, 커흑……!"

"아핫, 아하, 아하핫♪"

도대체 몇 명의 알레시아를 죽였을까.

시간 감각이 애매했지만, 적어도 1개월은 족히 이러고 있다.

온 대륙에서, 진짜 알레시아를 앞에 둔 나를 포함해서 전부 열 명의 내가 알레시아를 자꾸자꾸 죽이고 있다. 스킬로 만들어 낸 나이지만, 전원의 감각과 감정은 공유된다.

즉 나는 지금 알레시아를.

베인 상처투성이의 몸을 유산에 잠겨 죽이고,

전신의 피부를 벗겨 강판으로 깎아 죽이고,

끓어오르는 마그마 속에 집어 던져서 죽이고,

초중량의 바위로 으깨 죽이고,

단순하게 난도질해서 죽이고,

사슬로 묶은 사지를 찢어발겨 죽이고,

진공 안쪽에 던져 넣어서 거품을 물고 질식한 폐를 짓밟아 죽이고,

죽이고죽이고죽이고죽이고죽이고죽이고죽이고죽이고죽이고죽이고죽이고죽이고죽이고죽이고—.

"아, 까악, 끄으, ……키이잇!!"

"아하하하하하하하하, 아하하하하하하하하하앗! 아하하하하하

하하하하하하핫!!”

십자가에 붙박인 알레시아는 몇 초마다 발생하는 죽음의 피드백을 받아서 만신창이가 되었다가 부활하기를 끊임없이 되풀이하고 있다.

“이봐, 이봐, 이봐, 이봐.”

1천만 개.

열 명 각자가 알레시아 한 명당 30초를 들여서 쉴 새 없이 죽이고 또 죽여도 대략 1년은 즐길 수 있다.

심판이 다 끝날 때까지 나는 육체의 제약을 받지 않을뿐더러 대상이 된 알레시아도 상태가 고정되어 있다. 잠들지도 않고 이어지는 이 향연이 뇌를 녹아내리게 한다.

“어떠냐, 즐겁구나! 쭉 쌓아왔던 아이디어를 얼마든지 시험할 수 있군! 즐거운 시간 보내고 있나?”

“허억, 허억, 끄아아아앗! 죽어, 죽어, 죽어, 죽어엇!!”

알레시아가 번뜩번뜩 엄니를 드러내는 짐승의 눈동자로 나를 바라본다.

마치 마약에 심장을 적신 것처럼 불타 눌어붙을 만큼 열기를 띤 쾌락.

“아하하……♪”

제대로 된 정신 상태가 아님은 스스로도 알 수 있었다.

육체 상태는 스킬의 효과가 끝날 때까지 항상 최선으로 유지되기 때문에 식사도 수면도 필요하지 않다. 줄곧, 줄곧, 꿈꾸지 않은 나날이 없을 만큼 고대했던 시간인지라 자꾸자꾸 흥분이 치솟는다.

이렇게 아무것도 생각하지 않고 오로지 죽이는 것도 충분히 즐겁다.

"죽인다죽인다죽인다! 꺽, 끼이이이잇! 기필코, 죽여줄 거야!!"

알레시아의 목소리가 이렇게나 기분 좋게 들리는 날이 올 줄이야.

어설프게나마 신의 영역에 걸음을 들여놓은 인물답구나. 정신까지도 보통 사람의 영역을 뛰어넘은 경지에 있다.

죽는 경험이면 단 한 번이어도 정신에 주는 부하가 상당한 수준이다.

제정신을 유지하는 게 오히려 더욱 이상한 만큼 만약에 이상하지 않다면 뭐라 말해야 할까, 분명히 인간의 형태를 부지하지 못한다.

그러니까 이곳에 있는 자는 단순히 두 마리의 괴물이다.

"다음은, 글쎄, 미나리스와 궁리했던 벌레 살해법을 써볼까."

막 불러들인 다음 알레시아의 입에 구더기 벌레로 모습을 바꾼 흑염을 욱여넣는다.

"끅……. 아앗……. 아퍄하, 아퍄하아아아아아아아아!!"

"크크크, 그러냐, 벌레에게 내장을 왕창 뜯어 먹히려니까 아프냐아."

바닥에서 몸부림치는 모습에 비웃음이 새어 나온다.

기분 상쾌한 증오의 시선을 느끼며 결코 망가지지 않을 저 정신이 사랑스럽게 느껴진다.

이 심판이 끝날 때까지 능력을 봉인당해야 하는 알레시아는 내 스킬의 진정한 기능을 파악할 읽어 내지 못한다. 눈앞에서 발생하고 있는 분체가 받는 죽음의 고통을 공유하는 것이 전부라고 생각할지도 모른다.

이대로 가면 대강 1년쯤 심판의 시간이 이어진다.

알레시아는 그동안 또 하나의 장치를 깨달을 수 있을까.

깨닫고 마지막에 무엇을 잃게 되는지 예측을 할 수 있을까.

"커휴……. 삐, 낏……."

"죽어."

"으그게에에에에에에에엑!"

무수히 많은 구더기에게 뜯어 먹힌 알레시아의 분체가 숨을 거둔다.

그 죽음은 곧 본체에 반영되어 알레시아의 입에서 폭포처럼 수많은 구더기가 기어 나온다. 또한 그렇게 구긴 비닐봉지처럼 가죽만 남아 죽었던 알레시아는 불과 몇 초가 지나 압축된 죽음의 체험을 한 뒤에 또다시 부활한다.

"굉장한데, 나까지 깜짝 놀랐다. 1개월이나 비슷한 짓을, 반복하는데도, 질리기는커녕, 자꾸자꾸, 재밌어지는군. 똑같은 살해 방법을 써도, 횟수가 쌓일수록, 점점, 즐거워져."

"아끅, 끄읏, 끽, 깍, 깍, 끄으으으으……."

그다음으로 불러낸 알레시아는 격정을 토해 내듯이 몇 번이나 몇 번이나 손에 든 검으로 꿰찔러주었다.

"아하HA하HA하하하하하하……!!"

더욱 농밀하게, 더욱 깊숙하게, 더욱 뜨겁게.

살육은 멈추지 않는다.

☆

죽음의 감각은, 보통은 결코 견디지 못할 괴로움을 동반했습니다.

자신의 윤곽이 모래처럼 허물어지고, 극단적인 싸늘함과 열기가 서로 반발하하며 벗겨져 나와 떨어지는 듯한 메스꺼움.

오를레아 왕국에서 공주 신분으로 지낸 시절처럼 연약한 사람의 정신을 갖고 있었다면 벌써 옛날에 망가져버렸을 테죠.

"랄라, 랄라라라, 랄라, 라♪"

"끄으가아가가가가아가가아아가가……!"

눈앞의 쓰레기 남자는 뜨겁게 달군 철 막대를 들고 콧노래를 흥얼거리며 내 분체의 입에 쑤셔 넣었습니다.

최악의 광경을 목격하면서 한시라도 빨리 이 상황을 탈출할 수는 없을까 사고를 회전시킵니다만, 완전하게 능력을 억제당한 탓에 돌파구가 보이지 않습니다.

역시 명색이나마 신의 힘 일부를 부여받은 용사였다는 뜻일까요.

"까끅?!"

그리고 또 한 사람, 눈앞의 쌍놈에게 나의 분체가 망가졌습니다.

눈앞에 비치고 있는 아홉 개의 화면 중 하나에서 독을 복용당하며 피부가 적자색으로 물든 내가 쓰러져 있다.

몇 순간의 지체도 없이 내 속에 응축된 죽음의 경험이 들어온다.

내장에서, 뼈에서, 살점에서, 피부에서, 바늘 산으로 콱콱 찔리는 듯한 아픔이 온몸을 타고 달린다.

"가키이이이키키키i키g이g잇?!"

아무리 신의 위계에 다다랐어도 통각을 지워 없애지는 못했던 나의 입에서 자신의 의사와는 무관계하게 고통에 찬 목소리가 새어 나온다.

아파, 아파, 아파, 아파.

"끄아아, 허억, 허억, 허억."

"아하하하하HAHA하하!! 좋구나, 더 많이, 더 많이 괴로워해라. 아알레시아아아!!"

망가진 장난감처럼 키득키득 비웃는 남자를 기쁘게 할 뿐임을 알면서도 새어 나오는 목소리를 억제할 수가 없습니다.

"죽여버릴 거야……! 반드시, 반드시반드시반드시반드시반드시반드시이이이이이이이이이이이이!!"

그러나 육체적인 아픔이 대체 뭐라는 겁니까.

이따위 고통, 라무네시아 언니를 잃었을 때의 고통과 비교하면 아무렇지도 않습니다.

'지금은 실컷 기분을 내세요……! 1천만 번을 죽인다? 그 정도로 신을 죽일 수 있다고 생각했다면 큰 착각입니다……!!'

확실히 나는 치명상을 입어도 지배하에 둔 분체를 소모해서 재생할 수 있습니다. 그러나 무수히 많은 예비용 목숨은 전 세계에 퍼뜨린 분체가 전부는 아닙니다.

나는 마음에 든 상대만큼은 신세계에서 나와 라무네시아 언니를 찬양하기 위한 신인류의 표본으로 쓰기 위하여 나 자신에게 거두어들여 놓았습니다.

세계수의 씨앗을 심겨 완전히 묘목이 된 분체가 아무리 박살 나더라도 최후에 웃는 사람은 나입니다.

이런 페이스가 쭉 이어진다면 이 역겨운 촌극도 대략 1년이 지나 끝을 맞이하겠지요.

신에게 거짓말은 통하지 않는다. 저 쓰레기가 거짓말을 하지 않았다는 것을 안다.

인간은 알지 못하는 많은 부분을 신은 읽어 낼 수 있다.

그러니까 쓰레기가 말했던 대로 본인이 계약했다는 세계에 풀어 놓은 분체의 숫자만큼 끔찍한 죽음의 체험을 버텨 낸다면 이 스킬은 끝난다.

'다음에는 완전히 신의 힘을 제어해서, 산지옥을 보여드리죠……!!'

신역을 만들어 냄으로써 이제껏 전적이 없을 만큼 신의 힘에 취해 버렸습니다.

그 결과가 지금의 참상.

온전하게 신의 힘을 사용해서 여유를 부리지 않고 처음부터 전력으로 때려 부쉈다면 지금의 이 능욕은 애당초 벌어질 수 없었습니다.

'어차피 이렇게 고문을 계속하면 내 마음이 꺾이리라는 생각이나 하고 있겠습니다만……. 아하하핫, 견뎌 보이겠습니다. 그럼요, 견뎌야지요.'

힐끔, 멀리 떨어진 장소에 있는 왕성을 본다.

저곳에서 라무네시아 언니가 나의 귀환을 기다리고 있다.

어떻게 해야 되는지 알 수가 없었던, 아니, 더는 되찾을 수 없다고 포기해버렸던 나날과 비교하면 단지 견디는 것이 전부인 만큼 아무렇지도 않습니다.

'그리고, 라무네시아 언니와 행복하게 살아가기 위해서……. 이 남자는, 반드시 죽일 거야!!'

"아A아아아아아아아아아A아아AA아아아아아아아아……!"

피와 증오와 굴욕에 절여진 채 저것들을 몸 안에 주물러 굳혀 내면서 때가 오기를 고대했습니다.

☆

다시 3개월이 지났다. 남은 기간은 약 8개월.

"아까아아아아아아아까아아아아아아아아까앗!!"

"아하핫♪ 죽어라, 죽어. 어서, 어서. 더욱, 더욱더 비명을 질러봐라, 이 쓰레기 년아!!"

알레시아의 상태에 변화는 없다. 온 대륙, 세계 각지에서 비명이 쏟아진다.

아침도 낮도 밤도 없이 학살을 계속했던 대가로 시간 감각은 옛날에 이미 사라졌다만, 살해 가능한 나머지 수는 항상 정확히 파악하고 있다.

아직 연회는 끝나지 않는다.

다시 3개월이 지났다. 남은 기간은 약 5개월.

"죽인다, 죽인다, 죽인다, 죽인다……."

"그래그래, 장하다! 좋아, 이제 절반도 남지 않았다고 생각하니까 이렇게 너를 난도질하는 손에도 쓸데없이 힘이 들어가는군."

너무 과하게 죽였던 탓에 꽤 익숙해졌는지 알레시아의 입에서 터져 나오는 비명이 작아졌다.

다만 그만큼 알레시아의 내면에 쌓인 증오는 짙어졌고, 그런 상대를 이렇듯 일방적으로 짓밟을 수 있다는 쾌감은 더욱더 강해진다.

다시 3개월이 지났다. 남은 기간은 약 2개월.

"히끼이이이이이이이잇……?! 이, 이 쓰레기가!! 아끼끼끼끼끼끼끼끽!!"

"흐흥흐응~♪ 큭큭큭, 또 멋진 울음소리를 토해주는구나, 이 자식."

숫자가 쌓여 익숙해지는 것은 어쩔 수 없다. 다만 알레시아를 상대로 하는 복수에 저런 타성에 젖은 살해는 필요 없다.

그래서 이제껏 아껴 놓았던 『신경 예민화』와 『통각 예민화』 따위를 부여해줬다.

기분 좋은 비명이 가득가득 차오른다.

그리고 마침내 복수의 종국이 보였다.

마지막 2개월이 지나며 남은 것은…….

"이봐, 드디어, 드디어 여기까지 왔군."

"허억, 허억, 허억, 허억."

지난 1년간, 줄곧 울려 퍼졌던 알레시아의 비명이 지금 잠시나마 멈췄다.

"길었다. 정말, 길었어."

나는 자신이 해온 행동을 반추하고 걸어왔던 길을 회상한다.

"자, 네 분체도 이 녀석이 마지막 하나다."

세계 각지의 상황을 비춰주는 모니터는 이미 사라졌다.

눈앞에서 멍하니 우두커니 서 있는 알레시아의 분체 앞에서 나는 천천히 손에【대죄의 검, 분노도의 파계귀】의 대검을 만들어 낸다.

흑염을 두른 검은 악귀의 이름을 가지기에 충분한 열량을 머금고 있다.

푸욱, 의사를 티끌만큼도 내비치지 않는 인형의 중심에 검을 세워

박는다.

“아깍…… 뜨거…….”

지글지글 소리를 내며 천천히, 알레시아의 분체를 흑염이 태우고 침식한다.

“오로지 복수를 위해 두 번째 인생을 살아왔다.『복수 따위 허망할 뿐이다』라는 말에는 구역질이 나왔지. 왜냐하면, 알잖냐? 용서할 수 없잖아?”

“뜨겄……! 뜨거어어어어어어어!”

불꽃은 조금씩, 조금씩, 기세를 불려 나간다.

“고통 받아라, 어째서 네가 웃는 거냐. 죽어라, 어째서 네가 살아있냐. 용서하지 않는다, 용서할 수 있겠냐. 갈등했던 순간에도, 포기할 뻔한 순간에도, 너를 용서했던 날은 단 하루도 없었다.”

“뜨거어어어어아아아AA이이아이아아아아아아아아아……!!”

치직치직 불타오르는 흑염이 온몸에 퍼져 나가는 데 시간이 많이 걸리지는 않았다.

“……불타버려라.”

“……아, ……아, ……아.”

모든 것이 거뭇한 숯덩이로 바뀌고 허물어진다.

“아까아아아아아아아아아아아아아아아아아아아아아아아아아아아아아아아아아……!!”

순간, 십자가에 붙박인 채 알레시아가 순식간에 불타올랐다.

커다랗게 뚫린 몸체의 자상부터 온몸을 불살라버린 검은 불꽃.

울려 퍼지던 비명이 사라지고, 그리고, 부활한 몸이 또다시 십자가로 돌아간다.

"……후훗, 후후훗, 견뎠어! 견뎠어! 끝까지 견뎠습니다!"

처음에는 작게, 그리고 점점 더 커다랗게 목소리가 울려 퍼진다.

"하하하하핫!! 하하, 하……."

커다랗게, 커다랗게, 알레시아의 웃음소리가 울려 퍼진다. 그러나 십자가에 붙박인 채 달라지지 않은 상황을 인식하며 웃음소리는 결국 작아졌다.

"속인 겁니까? 신을? 아니요, 아니요, 그럴 리가……! 하지만……."

"혼란스러울 텐데 미안하군. 나는 한 번도 거짓말은 하지 않았다. 당연하지. 신에게 거짓말은 안 통하잖아?"

나는 예정한 대로 되지 않아서 당황하고 있는 알레시아에게 대답해준다.

"그러니까 말이야, 아직 안 끝난 거다, 아직."

만끽했다. 육체적으로 죽이는 것은 충분히 만끽했다.

즐거웠다, 즐거웠다. 정말 유쾌했다.

그러니까, 자, 다음 단계로 나아가자.

이다음은 마음을 죽여주겠다. 힘껏 마련한 장치를 선보이자.

"온 세계에 퍼져 있었던, 나와 계약한 너의 분체는 방금 녀석이 마지막이다."

이봐, 알레시아.

정말, 정말로 내가 너를 고문만 하고 풀어(죽여)줄 줄 알았냐?

"그러니까, 내가 계약한 녀석들은…… 이게 마지막이다."

"서, 설…… 마……."

나는 자신의 주위를 둘러싸도록 입방체 결계를 만들어 내고 마지막 배우를 불러들였다.

"라무네시아 언니!!"

불러들인 것은 알레시아가 유일하게 집착하고 있는 인형.

뚜둑, 뚜둑, 뚜둑, 금속 사슬을 강제로 잡아 뜯는 것 같은 소리와 함께 알레시아를 십자가에 구속하고 있었던 흑염의 사슬이 터져 나간다.

이렇듯 자유롭게 풀어줘야 알레시아에게서 더욱 꼴나사운 모습을 볼 수 있다고 생각했기 때문이다.

"라무네시아 언니! 이 쓰레기가!! 언니를, 언니를……!!"

예정한 대로 기어 다니다시피 다리가 뒤얽히며 결계 측면에 달라붙는 알레시아.

"어라? 이곳은……."

"아하하하하하하핫!! 상상한 대로 이 녀석이 최후의 계약자다! 정확하게는 네가 이 인형을 만들기 위해 사용한 인간들 중 다섯 명 몫의 혼이다."

여기 불러낸 라무네시아의 안에는 천 명 가까운 인간의 생명이 주입되었다.

내가 계약을 마친 것은 그중 아주 일부의 혼들이다.

알레시아의 허를 찔러서 계약 가능했던 숫자가 고작 다섯이었지만, 오히려 다섯이면 충분했다.

"도대체 어느 틈에……!!"

"이 스킬을 발동시켰을 때다. 네 몸에 검을 박아 넣었을 때, 너를 통해서 패스를 연결했지.”

그래, 이것이 최후의 순간 꼭 필요했던 장치.

꼭 필요했다. 알레시아가 모든 소원을 쏟아부었던 이 인형이.

“이게……!!”

결계에 꽉 움켜쥔 손을 때리면서 이제까지 본 이상의 증오로 얼굴을 일그러뜨리는 알레시아의 모습.

등줄기를 오싹오싹한 쾌감이 치달린다.

“그보다, 이봐, 너, 눈치챘나?”

“시끄러워! 빨리 라무네시아 언니를 풀어줘!!”

결국 넌 마지막까지 깨닫지 못했구나.

그렇다면, 그래, 지금 화려하게 털어놓자고. 이미 인내의 한계가 왔다.

네 얼굴이…… 공포로 일그러지는 순간을 어서 보고 싶거든.

“내가 쭉 말해줬잖냐? 이 스킬은 심판을 내린다고. 심판하고 판결해서 마지막에는 벌을 내린단 말이지. 복수자의 원념을 풀어주기 위해. 봐라, 저기 있잖아? 네 뒤에, 너를 원망하는 공범자들이, 망집에 사로잡힌 혼들이!”

“아?”

내가 손가락을 내미는 시선의 저편.

지난 1년간 살해당하며 쭉 재판을 받아왔던 알레시아를 줄곧 내려다보고 있었던 흑염의 악귀.

“―히익!”

저 거대한 악귀는 나타났을 때와 변함없이 조용히 우뚝 선 채로 알레시아를 내려다보고 있었다.

다만 모습에는 변화가 있었다.

그것은 엄청나게 많아서 헤아리는 게 아예 미련할 만큼.

—원독에 가득 찬 망령들의 얼굴.

악귀에 몸에 착용한 갑옷에, 몸에, 등에 짊어진 일곱 개의 구체에.

1천만에 달하는 망령들의 혼이 악귀와 일체화되어 저곳에 있었다.

"아……! 끅……!"

"이봐, 알겠냐? 저곳에 있는 것은 네가 되살아날 때마다 생명을 빼앗겨야 했던 내 공범자들의 혼이다."

저곳에 있는 것은 본능을 들쑤시는 공포의 집합체였다.

바짝 졸이고 졸이고 졸이고 졸여서 저주의 화신이 된 증오덩어리.

"아하하하하핫! 저 녀석들은 쌓일 대로 쌓인 원한을 풀 거다! 너의 소중한 것을 모조리 다 빼앗아 가고, 네가 소중하게 아꼈던 모든 것을 덧칠하고, 그리고."

나는 최후의 심판을 내리기 위해서 손에 든 검을 치켜들었다.

"아, 안 돼에에에에에에에에에!!"

"절망의 구렁텅이에서 죽어버려라."

"꺼흑……!!"

그리고 알레시아가 가장 사랑했던 인형에게 검을 내리찍는다.

둔기로 깨부순 것처럼 뿌직, 습기를 머금은 소리를 내며 뭉개진 이후 이제까지와 똑같이 알레시아의 전신도 다진 고기가 된다.

이제까지와 달랐던 것은 여태껏 부숴왔던 분체와 달리 수많은 생명을 쏟아부은 인형이라는 것.

"아퍄아아, 아퍄아아아아아아아, 아퍄아알레시아아아아아……."

츠츠츠츠, 천천히 재생되는 저 모습은 그로테스크하다는 한 마디면 족하다.

어디까지나 인형에 불과하지만, 그럼에도 열 번 정도는 더 이렇게 되살아나겠지.

"허억, 허억, 이 쓰레기 자식이이이이이이이!! 라무네시아 언니를……! 요, 용서하지."

"아니지, 너는 용서할 거다. 용서하게 만들어준다, 너를! 아하하하하핫!"

비웃는다, 비웃는다, 비웃는다.

비웃음으로 말을 모조리 덧칠하면서 막 재생한 인형을 검에 두른 흑염으로 태워 감싼다.

"끼이아아아아아아아아아아아아아악!"

"벌이 내린다! 너는 벌을 받는다! 내가, 우리가 가슴에 담아왔던 것과 똑같은 대가를 네가 짊어져라. 그러니까 너는, 이 행위를 기뻐하며 용서할 거다!"

"무슨 소리를……! 아끄으으으으으으으으으……!"

스킬에 의한 분체의 피드백을 받은 알레시아의 온몸이 불타오른다.

"뭐겠냐, 내 심검이 내리는 벌은, 너의 『좋아한다』라는 감정을 약탈하는 게 대가이니까!"

"아, 끄으윽……. 뭐라, 고요……?"

몸을 십자가에 묶어 받쳐주던 구속이 사라진 알레시아는 죽음의 고통에 무릎 꿇고 있다.

이쪽을 올려다보는 알레시아의 눈동자에서는 내 말을 이해할 수 없다는 당혹감이 보인다.

"그으, 니이, 까아. 네가 사랑하는 마음을 전부. 빼앗아주는 거다."

천천히 타이르듯이 말을 읊는다.

"네가 좋아하는 것은 네가 싫어하는 것으로 바뀐다. 네가 아끼는 것은 네게 혐오의 대상으로 바뀐다. 네가 사랑했던 것은……."

웃는다, 웃는다, 웃는다.

어때, 알레시아, 너도 슬슬 이해했잖아?

"네가 증오하는 것으로 바뀐다. 물론 이 인형도 말이지."

너를 끌어들이고자 하는 망자의 저 손이.

"무슨, 말도 안, 어, 어떻게, 절대, 허황된 말을……!!"

"그럼 마지막 계약자들의 심판을 시작한다, 종막으로 가는 카운트다운이다!! 자, 나머지 세 버언."

"아퍄아아아아아아아아아아……! 아퍄아앗, 까힛?!"

재생된 인형을 난도질한다.

"머, 멈춰……. 멈춰요."

"나머지 두 버언!!"

살해당한 뒤 재생을 반복하는 인형을 부술 때마다, 카운트다운이 하나 줄어들 때마다.

경련이 난 표정을 짓는 알레시아에게서 핏기가 사라져 간다.

이렇게 **자극적인** 표정이 또 있을까.

"안 돼, 안 돼요……. 안 돼, 안 돼, 안 돼 안 돼 안 돼 안 돼 안 돼……!"

"나머지 한 버언!!"

그리고 정말 최후의 한 번만 남았을 때 일부러 천천히 검을 치켜든다.

"저, 저기요, 자, 잘못했어요, 사과, 사과할게요……. 용서해줘, 안 돼, 이러면 안 돼……!"

"그럼, 안 되지이! 용서해주면 안 되지이! 아하하하하핫!"

"꺄아아아아아아아아아아아아아아아아아아아아아아아아아앗!!"

공포로 일그러지는 알레시아라는 최고로 기분 상쾌한 광경을 관람하면서 최후의 일격을 내리 휘두른다.

"끄삣……."

세로로 양단된 저 인형이 털썩 쓰러진다.

다만 최후의 판결은 알레시아에게 피드백되지 않았다. 다만.

"『쁘b꾸이에r@j후아fbs응dgmklilavodfgh;owertqdkt!』"

그 순간, 알레시아의 뒤에서 지옥 밑바닥이 빠지는 듯한 포효가 울려 퍼졌다.

언어화 불가능한, 저주를 응축한 듯한, 수많은 인간의 목소리가 한데 뒤섞여 으르렁대는 소리가 터져 나온다.

"안 돼에에에에에에에에에에에에에에에에에에에에에!!!"

부글부글 늪 밑바닥에서 솟아 나오는 거품처럼, 여태 가만히 내려다보고 있었던 악귀의 몸에서 원령들이 분리되더니 알레시아에게 쇄도했다.

뿌득, 삐칫, 까득, 벅벅, 알레시아에게 몰려든 망령들이 알레시아의 무언가를 씹어 삼키는 소리가 울려 퍼진다.

망령들에게 육체는 없다. 따라서 알레시아의 몸에는 상처 하나도 나지 않았다.

그럼에도 망령들은 본인들의 증오를 쏟아부어 알레시아에게서 소중한 것을 빼앗아 간다.

"아각, 아, 아, 안 돼, 멈춰, 안 돼, 안 돼 안 돼! 사라져버려, 그건 내가! 내가아아아아아아아아아!"

알레시아는 마치 물에 빠져서 패닉을 일으키는 사람처럼 아무렇게나 손발을 휘젓고 있다. 하지만 저런 발버둥으로 증오의 불꽃이 꺼지지는 않는다.

"빼앗지 마, 아아아, 나는 어째서, 아냐, 어째서 죽여버렸던 거야? 싫어, 이러면 돼, 그렇지 않아!"

"크힛, 크히히히히힛, 전부, 전부 덧칠해주마. 네가 해왔던 것, 노력했던 것, 그 의미를 전부 반전시켜주마. 너의 인생, 전부, 전부, 무엇 하나도 좋을 게 없었던 인생으로 바꿔주겠다! 자, 추락해라, 추락해라! 지옥 밑바닥에서 숨도 못 쉬다가 빠져 죽어라!!"

"꺄아아아아아아아아아아아아아!! 머릿속이, 뒤죽박죽이 되어버려어……!"

"아하하하하하하하하하하하하하하하하하핫!"

알레시아의 비명이 울려 퍼지자 나는 비웃음 소리가 멎질 않는다.

"아아……. 아윽, 아끅……. 아, 아……."

일순간이었던가, 아니면 긴 시간이었던가. 탁류처럼 알레시아에게 쇄도했던 망령들의 기세가 수그러든다.

알레시아는 전신에 망령들의 증오를 두른 채, 미처 감당하지 못한 망령들이 매달리다시피 원독의 목소리를 줄곧 내지르고 있다.

"자, 알레시아, 속죄의 때다."

나는 천천히 결계를 해제했다.

그리고 증오에 휩쓸려서 가치관이 뒤죽박죽으로 바뀐 알레시아의 앞에.

……이 여자가 다른 모든 것을 희생하며 숨도 못 쉬도록 갈망했던 인형을 굴려뜨린다.

"네가 꿈꿨던 모든 것을……."

"까앗, 끄으으, 아아……. 알레시아……?"

신음 소리를 흘리는 저 인형은 기어가다시피 알레시아에게 가까이 다가간다.

그러나 한편, 알레시아는 스러지기 직전이었다.

초점이 맞지 않는 눈동자는 불규칙적으로 흔들리고, 몸은 한기를 견디려는 듯이 떨리고 있다.

마치 들이마시지 못하는 숨을 갈구하듯 가쁜 호흡은 죽기 살기로 무언가를 억제하려고 하는 저항의 표출이었다.

그래, 끝나는 때는 한순간이었다.

"……자기 손으로, 죄다 부숴버려라."

"우아아아아아아아아아아아아아아아아아아아아아아앗!"

"까, 흑……?"

짐승 같은 표효를 지른 알레시아의 손이 인형의 심장을 꿰뚫는다.

"알레, 시아……? 아프, 단다?"

"죽어죽어죽어죽어! 죽어버려라아이아아아아이아아아아앗!!"

알레시아는 이미 눈앞의 상대가 누구인지도 알지 못하는 상태였다.
“아카아아앗! 끄으아앗! 어째서 이딴 여자를! 아아아아아아아아아아아앗!!”
“아끅, 아끅, 으끄으으읏!”
증오에 사로잡힌 듯 이성을 날려 보낸 알레시아는 도구도 마법도 아무것도 쓰지 않고 오로지 원시적인 수단으로 눈앞의 저것을 부숴 나간다.
거듭거듭 주먹으로 꿰뚫어서, 몸을 잡아 찢어서, 물어뜯어서.
“아핫, 아하하하하하핫! 그래, 그거다. 아아, 드디어, 드디어 여기까지 추락해주었구나, 알레시아아아아아앗! 크하하하하하하핫!!”
자신의 안쪽 무언가가 충족되는 것을 느낀다.
쏟아붓고 쏟아부어도 쩍 갈라진 빈틈으로 흘러 떨어져버리던 무언가가, 그렇게 흘러 떨어진 분량 따위 문제가 되지 않을 만큼 찰랑찰랑 차오르는 것을 느낀다.
길었다, 길었다, 길었다. 하지만, 드디어 여기까지 다다랐다.
드디어 여기까지 끌어내렸다.
“아하하하하하하핫!! 아하하핫, 아하하하하하하하하하하핫!!”
“어째서 너 따위를, 아아아아아아, 잘못했어요 잘못했어요 잘못했어요오오오!!”
“……까힛, ……히, 낏…….”
비웃음이 멈추질 않는다. 줄곧 줄곧 웃고도 또 웃었는데도 도저히 비웃음이 멈추지를 않는다.
나의 비웃음 소리와 알레시아의 절규와 재생하지 못한 채 거듭거듭 살해당한 인형의 신음이 끈적하게 한데 섞여서…….

"허억, 허억, 허억, 어라, 나, 어째서, 이런 짓을 하고 있었죠? 어라, 어라? 어라라라라라라라라라라라라라라?!"

스르르, 마치 모래처럼 바뀐 채 알레시아가 심혈을 쏟아부어서 만들어 냈던 인형은 부활하지 못했다.

"아아~ 망가뜨려버렸군♪ 망가져버렸어♪ 네가 소중하게 소중하게 아꼈던 꿈의 결과물. 아니, 결과물이었떤 잔해인가? 이봐, 이봐, 기분이 어때? 모든 것을 다 희생해서 만들어 냈었는데 결국은 자기 손으로 부숴버렸잖아. 후련하냐? 하긴 너한텐 이미 그냥 잡동사니를 넘어 혐오의 상징이잖냐♪"

"이상한데, 응, 이상한데? 뭘 해왔던 거야? 안 돼? 뭐가 좋아? 어라? 어라?"

"뭐가 이상하긴, 당연한 거 아니겠냐. 네가 전부를 이상하게 만들었고, 너를 우리가 이상하게 만들어줬으니까!"

많은 것들을 빼앗겨왔다.

많은 것들을 잃어왔다.

그러니까 이제 이 장소에 있는 것은 이상해져버린 인간뿐.

"이상해진 것은 이 세계다."

나는 검을 손에 들고서 거의 다 망가져버린 알레시아의 곁에 가까이 다가간다.

"제발, 돌려줘!! 제발, 돌려줘!! 소중한, 정말 소중한 거야!! 나한테, 나한테, 나한테에에에에에에에!! 내가 미워?! 싫어, 어째서, 나는 잘못하지 않았어, 내가 잘못한 거야?! 아아아아아아아악!"

“이게 진짜로 마지막이다. 더는 두 번 다시 부활하지 못하게 이 검으로 네 혼과 정신을 불살라주마.”

아름다운 얼굴을 일그러뜨린 채 가느다란 손가락으로 얼굴과 머리를 쥐어뜯으며 알레시아는 마치 애원하듯 나에게 한쪽 손을 내뻗는다.

“그래, 너와 시작이 이런 꼴이었지.”

구도는 전혀 다른데도, 경위도 전혀 다른데도, 의미마저 전혀 다른데도.

—『반갑습니다. 잘 와주셨습니다, 용사님』.

저렇게 말한 지난날의 알레시아와 모습이 겹친다.

전부, 그 말에서 망가지기 시작했다.

“이 꿈같았던 계속된 나날도, 이제 끝이다. 나의 맹세도, 드디어 끝난다.”

그럼 마지막은 이 얼굴로 끝내도록 하자.

분명 잘 마무리를 지을 수 있을 테니까.

“싫어, 싫어싫어싫어, 이런 건 싫어, 나는, 나는 틀리지 않았어, 싫어, 아니야, 이런 나는 고통 받다가 죽어야 해……! 모든 행동이 전부 잘못밖에 없었던 나는 죽어야 해……! 아니야!! 나, 나는, 꺄아아아아아아아아악!! 무엇을 위해서어어어어어어어어어어!!”

“그러니까 몇 번이나 말해줬잖냐? 너의 전부를 쓰레기 부스러기로 만들어주겠다고. 너에게는, 단 한 줄기의 빛도 허락해줄 뜻이 없다. 지난 인생마저 망가져버린 채 죽어라.”

그러니까 나는.

복수의 길 끝에서.

최고의 비웃음을 지어주었다.

“꺄아아아아아아아아아아아아아아아아아아아아아아아아아아아!!”
“……그래, 끝내주는군.”

검을 통해서 전달되는 푸쉭, 울리는 반응이 너무나 달콤하게, 씁쓸하게, 뜨겁게, 싸늘하게.
그저 나의 내면을 채워주었다.

☆

“어우, 전부 끝났나?”
“그래, 그렇군. 끝났구나…….”
알레시아가 만든 신역은 사라졌고, 단지 전투의 여파로 헤집어진 지면만이 남았다.
그 밖에 있는 것은 나와 지난 1년간 쭉 나의 복수를 지켜봤을 토와코와 그리고 인형처럼 힘없이 누워 있는 알레시아의 빈껍데기 같은 몸뿐이었다.
“이제 해결이군. 신을 흡수했던 유해가 확보되었으니 루나는 현지 신이 될 만한 힘을 되찾을 거야. 뒷일은 레오네에게 맡기면 루나를 잘 보조해주겠지."

"이봐, 벌써 일 얘기야? 조금은 여운에 잠길 시간을 줘도 되잖아."

"1년이나 즐긴 주제에 무슨 소리를 하나? 반대로 1년이나 기다려야 했던 사람의 마음도 알아주게나."

"……그야, 뭐."

"무엇보다 자네는 『열쇠』를 이식받았으니까 말이지. 자, 우물쭈물할 시간은 없어. 자네의 복수를 돕기 위해서 나는 협력했지. 이번에는 우리가 맺은 계약을 수행해주실까."

"그래, 알고 있다고. 그야 나에게도 충분히 죽일 가치가 있는 상대이니까."

"그러면 빼앗도록 하지. 자네가 이식받은 그 열쇠를."

"그래, 이야기의 끝에는 에필로그가 필요하니까."

그렇게 말한 뒤 나는 토와코를 상대로 한 차례 고개를 끄덕였다.

☆

같은 시각.

"하으, 좋은 이야기였습니다."

온통 하얀빛으로 채색된…… 아니, 백색 이외의 어떤 존재가 용납되지 않는 듯한 한 장소, 그곳에서 마음에 드는 소설의 마지막 권을 다 읽은 것처럼 섭섭함과 달성감이 묻어나는 한숨을 쉰다.

"이렇게 이 세계도 끝이네. 진부한 결말이었지만. 이제 내가 직접 난입해서 세계의 관리 권한을 빼앗고 리소스를 착취하면 또 다음 세계를 찾아야겠네."

1년이라는 시간을 써서 용사는 게임의 끝을 연출했다. 저 세계에서 신의 자리를 채우고 있던 자가 사라지며 힘의 집합으로 환원되었다. 솔직히 1년은 너무 길다는 생각이었는데 슬슬 싫증이 났던 놀이를 끝내준 답례 삼아서 가만 놔둬주었다.

"자, 슬슬."

나는 책장을 덮으러 가기 위해서 일어선다.

저 남자의 복수극도 끝났으니까 이제 『열쇠』를 건네주었던 용사를 표식으로 강림하면…….

"응? 응응응응응?"

꿈틀, 하계에 내려가기 위해서 문을 열고자 했던 손이 멈췄다.

쩌적, 쩌적, 공간이 갈라진다.

누군가가 이 신역에 비집고 들어오고자 한다?

"도대체 누가…… 앗?!"

다만 해답은 내가 떠올리는 것보다 빨리 이곳에 나타나서 내게 손을 뻗었다.

"윽……?"

"아, 드디어 만났구나. 줄곧 줄곧 자네의 존재를 바라보고 있었지."

쨍, 결정적으로 공간이 깨져 나가며 나타난 것은 막 방금 전까지 훔쳐봤던 남자 본인이었다.

"너는, 용사……!"

"우선은 인사부터인가? 처음 뵙겠습니다. 나의 이름은 쿠로이 토와코. 그리고."

"우케이 카이토다."

목을 한쪽 손으로 아슬아슬하게 죄어들고 있는 자는 방금 전 막 복수를 마친 최후의 용사.

그런데 한 인물에게 두 사람이 깃들어 있다. 전혀 다른 사람이 하나의 몸을 공유하고 있는 것 같았다.

"조금 볼품없는 건 용서해줘라."

"내가 가지고 있는【탐욕】의 힘으로 섞여버려서 말이지."

""그러면 당장 용건을 마치도록 할까, 지구의 신.""

"앗?! 설마……?"

싸락싸락 나의 신체가 수정으로 바뀌어 간다.

"오오, 제대로 술식이 작동하는군."

"당연하네. 이때를 위해 쭉 술식을 만들어왔단 말이지. 한 가닥의 저항을 용납할 틈도 만들어 두지 않았어."

확실히 복잡하며 치밀하게 짜인 술식인지라 이미 신의 영역이라고 말할 수 있는 수준이었다.

대항 조치를 미리 준비할 틈이 있었다면 모를까, 지금 이 자리에서 대처하기는 불가능하다. 기껏 알아낸 것은 이것이 봉인 계통의 술식이라는 정보뿐.

"어라라, 이러다간 완전히 봉인되겠네요, 훌륭해요. 작정하고 용사급 존재 자체를 봉인 술식으로 바꿔서 쓰면 못 버티죠. ……그래서, 저를 봉인해서 어떻게 할 작정이에요?"

"자네를 죽이겠어. 자네의 몸을 죄다 마력으로 바꿔서 우리가 전부 약탈해주지.”

“저를요……?”

“몇 년이든 몇 년이든 시간을 들여 너를 모조리 분해해주지. 한 조각 남김없이, 자네라는 존재 자체를 말소해주지. 그리고 엉망이 되어버린 이 세계의 밑거름으로 써주겠어.”

“우훗, 우후훗, 아하하하하하핫! 멋지네요, 정말 멋져요♪ 요즘 들어서 가장 자극적인 놀이예요♪ 다 받아들일 수 있겠어요? 괜찮겠어요? 신의 존재력은 막대하답니다?”

효과를 알게 되면 조금 더 술식의 전체상도 보이기 마련이다.

술식 자체를 매개로 주위에 힘을 환원시키는 구성이다.

“술식(당신), 견딜 수 있겠어요?”

놀랍게도 공간을 사이에 둔 나까지 강제적으로 끌려가서 수정으로 바뀌고 있습니다.

정말 감탄할 수밖에 없는 완성도의 술식입니다.

“그래, 문제없다. 어쨌든 우리는 혼자가 아니니까 말이지.”

그곳에는 초대부터 마지막 당대까지, 대죄에 자신의 몸을 추락시킨 용사들이 혼이 있었다.

그뿐 아니라 긴 세월을 들여 용사의 힘에 비축해왔던 혼이 있었다.

“후후훗, 이번에는 고작 1년으로 안 끝날걸요? 몇십 년, 몇백 년, 자칫하면 몇천 년까지…….”

“괜찮아. 영원의 시간이라도 어울려줄 테니. 나는, 복수자니까 말이지.”

“그런가요, 그러면 게임을 시작하죠. 아하하하하하하하하핫!”

그렇게 나는 웃으며 몸 전체가 수정으로 바뀌기를 기다렸다.

하나의 큰 수정이 되어 천천히 공간의 균열을 넘어가서 지면으로 떨어진다.

그렇게 길고 긴 이야기가 막을 닫았다.

승자는 없이 오로지 최후만을 맞이하던 이야기가.

드디어 끝을 고하는 순간이었다.

에필로그

신성 하이델키아 왕국.

역사만큼은 무척 오래된 터라 『수목의 허무』라는 나무와 닮은 괴물이 날뛰던 중에 세계의 9할 이상이 멸망했던 이후, 검왕 『노노릭 아델하이트』가 측근 『레오네 볼트』와 만들어 냈던 4천 년 이상의 역사를 보유한 국가.

다소 넓은 곡창 지대를 가졌을 뿐 이러다 할 특색이 없는 이 나라는, 다만 그 덕분에 타국과의 전쟁도 없이 평화를 구가할 수 있었다.

나는 이러한 나라의 제2왕자로 태어났다. 언젠가 형님이 나라를 계승했을 때 보좌를 맡기 위해서 다섯 살 무렵부터 10년간 이런저런 학문을 닦아왔다.

온화하고 위엄 있는 국왕, 아버지. 조용하고 다정한 왕비, 어머니. 다정하고 훌륭한 왕태자, 형님. 명랑하고 조금 말괄량이인 누님. 그리고 최근에 태어난 막내 여동생.

다른 나라에서는 계승권 싸움 때문에 가족끼리 사이가 나쁜 왕가도 있다 들었지만, 나라의 역사적 특색 덕분인지 우리 가족은 아주 무사태평했다.

"도리도리도리, 까꿍~."

"아~! 웅~!"

얼굴을 흔들다가 두 손을 가져다 대서 펼치고 까꿍 소리를 내자 눈앞의 갓난아이는 똥글똥글한 눈을 이쪽으로 향한다.

"……왕자, 나를 이런 곳까지 데려와서 대체 뭘 하자는 건가?"

후우, 한숨을 쉰 저 사람은 왕성 제일의 괴짜 연구자, 모더트 노사였다.

전직 궁정 마술사이자 은퇴 후 상담역 겸 식객으로서 왕성에 눌러 살며 역사 및『수목의 허무』이전의 고대 문명을 연구하고 있다.

오늘도 변함없이 왕성 서고에 틀어박혀 있던 사람을 내가 억지로 데려왔다.

"모더 영감, 아니, 보라고. 요즘은『도리도리 까꿍』을 해도 별로 괜찮은 반응이 아니라서 말이야."

나는 요람 안에 있는 여동생을 가리켰다.

"그야 그리할 테지. 매일같이 날마다 몇 번이나 똑같은 놀이를 반복하면 아무리 갓난아이여도 익숙해진다네."

"그래서, 모더 영감의 지혜 주머니 속에 다른 수법이 있나 궁금하군!"

"그런 얘기는 나 같은 주름투성이 늙은이에게 묻기 전에 근처의 메이드에게나 물어봐야 할 게다."

"물론 물어봤지. 그런데 더는 물어볼 게 없어서 한가해 보이는 모더 영감을 데려온 거야."

"나도 연구를 하느라 바쁜 사람이네만. 아니, 왕자도 지금은 가정교사에게 수업을 받아야 하는 시간일 텐데? 땡땡이인가?"

"누가 들으면 오해하겠군. 과제를 다 마친 다음에 이렇게 여동생을 만나러 온 거야."

제시받은 과제가 마침 빠르게 풀린 덕분에 이렇게 왔을 뿐이다.

"어라, 큰일 났군. 벌써 아버님이 부른 시간이 됐어!"

문득 시계가 눈에 들어왔다. 곧 아버님이 가족을 방으로 부른 시간이 다가옴을 알려주고 있었다.

"모더 영감이 서고에서 투덜거리니까 시간이 바닥났잖아!"

"어이구, 됐네. 빨리 가보게나. 훠이, 훠이."

한숨을 쉰 모더 영감은 기막히다는 표정으로 나를 방에서 쫓아냈다.

약간 불만이 남았다만, 실제 이 이상 꾸물대면 정말 약속했던 시간에 늦어버린다.

나는 왕성 안쪽을 걸어서 왕의 개인실로 향했다.

'그나저나 도대체 무슨 볼일이시지? 벌써 저녁인데 이야기라니…….'

불현듯 창문으로 바깥을 보면 주홍색으로 물든 성 아래의 거주지가 보인다.

나는 붉은색이 좋았다. 그러니까 석양에 비추이는 풍경도 좋았다.

그게 전부가 아니다. 사람들이 따뜻하게 삶을 누리기 위한 불꽃의 색이고, 내가 좋아하는 달콤새콤한 과일의 색이고, 아버님이 등에 멘 망토의 색.

"좋아, 안 늦었군. 복장을 좀 가다듬고."

그때의 나는 어제와 똑같은 행복이 오늘과 마찬가지로 매일매일 쭉 이어지리라 생각했다.

"흠, 아버님, 조금, 늦었, 습니다……."

그러니까 그때 나는 예상도 할 수 없었다.

"어? 뭐, 뭐야? 이게 뭐야……."

내가 아주 좋아했던 색깔을, 이토록 싫어하게 될 날이 올 줄이야.

"아버님……."

끼익, 살짝만 무거운 문을 밀어서 연 건너편.

"어머님……."

방 안은 본 적이 없는 붉은색, 알지 못하는 붉은색으로 물들어 있었다.

"형님……."

녹슨 철 냄새와 불쾌하게 후덥지근한 공기.

"누님……."

부정할 방법도 없이, 부정할 방법도 없이, 부정할 방법도 없이.

피에 완전히 물든 방 안은 단 하나도 산 사람의 기척이 나지 않았다.

부서져버린 육편이 방에 흩어져 있고, 머리만 남은 가족의 얼굴이 있었다.

"으아아아아아아아아아아아아아아아아아아아아아아악!"

'이게 뭐야, 이게 뭐야, 이게 뭐야!'

시야가 뒤집힌다. 속수무책으로 세계가 망가져 간다.

"늦었는가……! 여봐라, 위병! 제2왕자가 발광했다!"

어딘가 멀리서 목소리가 들려온다.

시야 한쪽에 큰 목소리로 외치는 대신과 허둥지둥 들어오는 위병의 모습이 보였다.

'그래, 분명히, 이건 악몽이다. 그렇지, 그렇고말고.'

모든 감각이 애매한 채로 시간만이 흘러간다.

정신을 차렸을 때 나는 지하 감옥에 갇혀 있었다.

내일이면 나는 자신과 막 태어난 여동생을 제외하고 왕족을 모조리 죽인 대죄인으로서 처형당한다고 한다. 그러나 도무지 현실감이 솟질 않아서 아무 감정도 떠오르질 않았다.

그런 주제에 머릿속에서는 새빨갛게 물든 핏빛 광경만이 거듭거듭 거듭거듭 흘러 다녔다.

"어째서……. 어째서……."

악몽이다, 악몽이다, 악몽이다. 이렇게 생각은 해도 머릿속 어딘가에서 꿈이 아님을 이해하고 있다.

그러니까 사고가 마비되어 움직이지 못한다. 의미가 없는 물음만이 빙글빙글 회전한다.

그러던 중 철컥 감옥의 자물쇠 열리는 소리가 났다.

"왕자, 멍하게 굴 틈이 없다네."

"……모더, 영감?"

멍하니 시선을 보낸 그곳에 나타난 자는 모더 영감이었다.

"경비들 눈을 속일 수 있는 시간은 짧아. 뭐하나, 어서 일어나게. 얘기는 가면서 하지."

억지로 손을 잡아끌리며 나는 걸음을 뗀다.

"우선 내 연구실로 가지. 그곳은 연구 명목으로 몰래 전이 방해의 술식에 구멍을 만들어 놨네. 추적자가 쫓아오지 못하게 이 전이 결정을 써서 무작위로 장거리 전이를 감행하세나."

그렇게 말한 뒤 모더 영감이 억지로 전이 결정을 쥐여줬다.

"모더 영감, 아버님과 어머님, 형님과 누님은……."

"……죽었네. 아주 철저하게 죽여 놓았어."

'아, 역시나 꿈이 아니었군.'

모더 영감의 말에 그제야 실감이 끓어오른다.

견딜 수 없는 눈물이 흘러넘쳐서 시야가 일그러져버렸다.

"잔혹하지만 현실일세. 대신이 수상쩍은 움직임을 보인다는 것은 눈치를 챘었건마는 설마 이리도 성급하게 사태를 일으킬 줄은……. 끄응, 여기까지 와서!"

"난처합니다, 모더트 님. 아무리 노사여도 왕을 살해한 대죄인을 꺼내주다니요. 제정신으로 할 짓이 아니잖습니까?"

낯익은 모더 영감의 연구실 앞까지 도착했을 때 스륵 그림자에서 생겨나듯이 배후에 인영이 나타난다. 그곳에 있었던 자는 당시에 나의 포박을 명령했던 대신이었다.

"흥, 비열한 찬탈자가 웬 망발인가. 왕족을 죽이고, 그 죄를 왕자에게 뒤집어씌우고, 어린 왕녀를 꼭두각시로 내세우겠다? 그야말로 삼류 이하의 시나리오군."

"뭐?! 죽였다고?! 대신이?!"

제대로 된 사고력이 있었다면 분명히 금세 다다랐을 결론은, 하지만 현실에서 쭉 눈을 돌려왔던 나의 사고를 후려치는 듯한 위력을 발휘했다.

"후후훗, 이것은 정의를 위한 행동이라오. 지난 왕가에서는 이 나라를 더 이상 성장시킬 수 없었으니."

"무엇이 성장인가! 쓸데없이 군비를 확충해도 백성에게 부담이 늘어날 뿐이잖은가! 정의와 전혀 걸맞지 않아, 단순히 야비한 욕망이다!"

"후유, 이렇게 노인은 생각이 딱딱하니까 곤란하군. 야비한 욕망? 쯧, 카아아아아아아아윽!"

대신은 하늘을 우러르며 몸을 젖히더니 번뜩번뜩 휘돌리고 있다.

"아니다, 아니다, 아니다, 아니다! 아무것도 몰라, 아무것도 몰라, 아무것도 몰라아아아아아아아앗! 이것은 천명! 신께서 내려주신 나의 사명!! 이 세상을 움직이는 정의의 발현! 운명, 그렇다, 운명이니라아아아아!! 알겠는가, 알겠는가, 알겠는가아아아아아?"

자꾸만 번뜩번뜩 움직이던 눈이 내게서 뚝 멈춘다.

제정신 같지가 않은 광태인지라 숨을 죽이는 듯한 비명이 무의식중에 새어 나왔다.

"영문도 모를 소리를……. 쯧, 돌아버렸군."

"아아, 파아아아아……. ……후우, 역시 이해를 안 해주시는 겁니까."

쓱, 자세를 다시 가다듬은 대신에게서 방금 전까지 소름 끼치던 모습은 사라지고, 내가 잘 아는 예리한 인상으로 돌아와서 서 있었다.

하지만 저 온화한 말투는 방금 전 광태를 본 다음인지라 도리어 더 오싹함이 거세질 뿐이었다.

"어쩔 수 없군. 지금 왕자를 놓칠 순 없다. 이곳에서 처단해드리지!"

대신이 영창도 없이 마법의 불꽃을 만들어 낸다.

"윽!!"

그 불꽃은 미세한 흔들림과 함께 새하얀 빛을 발사했다.

온도의 높고 낮음으로 바뀌는 색채에 의한 것이 아니라 『성화』라고 불러야 할 법한 부정을 용납하지 않는 불꽃.

곁에 있기만 해도 끌려들어 가버릴 것 같은, 하지만 가만히 보기만 해도 불안감을 들쑤시는 이형의 불꽃.

“오오, 이것이 바로 신의 불꽃!! 나의 신께서 하사하신 위대한 힘의 구현! 세계를 정화하는 진정한 불꽃! 아아, 신이시여, 신이시여! 신이시여어어어어어어어어어어!”

“얕보지 마라, 애송이! 이 노인이 그리 간단히 쓰러지리라 생각하지 마라!”

유열에 흠뻑 젖어서 홍소를 지른 대신에게 혼란이 가시지 않은 나를 지키려는 듯이 앞으로 나선 모더 영감이 힘을 쥐어짜서 거대한 창염을 만들어 낸다.

일순간의 간격 뒤, 서로에게 지팡이를 마주 겨누며 양쪽 다 화탄 마법을 발사했다.

대신이 날린 화탄은 모더 영감이 날린 화탄의 절반 정도 크기에 불과했다. 그러나 일순간의 맞버팀 이후에 마치 모더 영감의 불꽃을 불사르듯이 지워 없애더니 대신의 마법이 모더 영감을 목표로 날아든다.

“끄응!”

“모더 영감!”

아주 잠시도 기세를 늦추지 않고 덮쳐든 화탄은 몸을 빼내지 못한 모더 영감의 어깨에 명중했다.

딸그락, 손에 들고 있었던 지팡이가 지면에 떨어지고 모더 영감이 무릎 꿇는다.

"정말로 늙으셨군요, 노사! 이제 끝입니다! 아아, 신이시여, 지켜보소서! 신의 적을 멸하는 저의 활약을!"

아직껏 혼란이 다 가시지 않아 제대로 움직이지 못하는 나를 향하여 또다시 화탄이 날아왔다.

'아……! 나는, 이렇게 죽는 건가?'

눈앞에 닥쳐드는 하얀 불꽃이, 거기에 실려 있는 살의가, 어쩔 도리가 없는 절망감이.

뇌리에 때려 박아서 들어오는 듯 강렬한 『죽음』의 이미지로 온몸이 굳어서 움직이지 못한다.

"왕자!"

쿵, 옆에서 충격이 가해지며 방 안으로 날려 갔다.

마치 시간의 흐름이 느려진 것처럼 보인 세계 속에서 모더 영감이 눈에 들어온다.

『살아라』라고 모더 영감의 입이 움직이는 것이 보이고, 다음 순간에는 저 온몸이 불꽃에 집어삼켜진다.

"크!!"

"음, 그 손에 들고 있는 물건은 설마 전이……. 흥, 어림없다!!"

그러나 눈앞에서 숯덩이가 되어버린 모더 영감을 생각할 여유도 없이 내가 손에 든 전이 결정을 알아봤는지 대신이 추가 공격을 위한 화탄을 발사한다.

"……크, 전이!"

그 화탄이 한쪽 팔에 맞는 것과 거의 동시에 전이 결정의 마력이 해방되었다.

최후의 순간 시야에 비쳤던 것은 가증스러운 표정을 지은 대신의 얼굴이었다.

"꺼흑!"

전이 때 특유의 어지러움과 함께 이제껏 느낀 적 없는 격통이 왼팔에 치달리고 있다.

대신의 화탄이 적중했던 왼팔은 술사에게서 멀리 떨어진 지금도 여전히 사라지지 않는 하얀 불꽃에 침식당하고 있다.

"끄으아아아아아아아아아아아아악!!"

아프다, 아프다, 아프다.

기세를 누그러뜨리며 결코 사라지지 않는 불꽃은 손목에서 팔꿈치로, 팔꿈치에서 어깨로 천천히 내 팔을 불살라 간다.

"아아아, 제길, 제기랄!"

'어째서, 어째서 이렇게 됐지!!'

그저 오로지 뇌리를 지배하는 것은 포학의 아픔과 부조리에 대한 맹렬한 분노.

"제기라아아아아아알! 웃기지 마라, 웃기지 마라, 웃기지 마라!!"

아무것도 하지 못했다, 아무것도 하지 못했다!

아버님도, 어머님도, 형님도, 누님도, 다들 살해당했는데!

그런데 나는 현실 도피만 하고, 그러다가 모더 영감까지 살해당하고!

여동생까지 내팽개치고 고작 혼자서 도망쳤다!

눈앞에 모든 사태의 원흉이 있었는데, 혼란에 빠졌을 뿐 욕설 한 마디 못 하고!

전부, 전부 다 잃어버렸다!

용서할 수 있겠나, 아악, 용서할 수 있겠나!

"허억, 허억, 용서 못 한다. 절대, 절대로 용서 못 한다. 죽여버리겠다!!"

『하하핫, 설마 또 그 말을 듣는 날이 올 줄이야.』

"누구냐!!"

공간 전체에 울려 퍼지는 듯한 목소리가 들려서 퍼뜩 놀라며 주위를 놀라본다.

전이해서 온 장소는 어딘가의 유적 같았다.

낡아 빠진 신전과 같은 구조의 방에는 보통은 신상을 모셔 놓았을 장소에 거대한 수정이 배치되어 있었다.

일곱 색깔로 빛나는 그 수정은 아마 지하에 위치했을 이 장소에서 유일한 광원이 되어주고 있었다.

"수정 안쪽에…… 사람이……?"

은은하게 빛을 발하는 수정을 바라봤더니 그 안쪽에는 한 명의 남자가 있었다.

『거슬리는 기척이 느껴지더라니. 그것은 신의 불꽃인가? 평범한 사람의 몸으로 꽤 거창한 벌을 받았군그래.』

벌? 이 불꽃이, 벌?

이것이 정녕 벌이라면, 내가 저지른 죄는 무엇이지?

무언가 나에게 정녕 죄가 있다면, 그 죄는 이 부조리를 감수할 만한 죄인가?

……죄가 있다면, 이렇게 되도 어쩔 수 없다고?

"후훗, 아하핫, 아하하하하하하하하하핫!! 웃기지 마라, 웃기지 마라!!"

설령 어떠한 죄를 짊어졌을지라도 용서할 수 있겠나, 감히 용서할 수 있겠나!

"이것이 정녕 신의 벌이라면……. 그 작자도 죽여버리겠다."

주체할 수 없는 증오를 품으면 인간은 아픔을 잊어버린다고 한다.

아직껏 불꽃이 사라지지 않는 팔보다도, 한낱 팔보다도 심장에 깃든 증오가 더욱 고통스럽다.

『……흐음, 뭐, 모조리 죽인 줄 알았던 기척이 왜 그 불꽃에서 느껴지는지 신경 쓰인다만……. 뭐, 아무튼 간에.』

"윽?!"

팟, 수정에서 검은 빛이 쏟아진다.

츠바아아아앗, 소리와 함께 나의 팔뚝을 태우던 하얀 불꽃이 까맣게 물들더니 이제껏 치솟던 아픔이 거짓말처럼 사라져 간다.

"이것은, 네가……?"

『괜찮겠나? 꽤 혹독한 가시밭길인데.』

나의 질문에 저 목소리는 답하지 않는다.

『언젠가 분명 시간이 네 마음을 풍화시켜주는 날이 올지도 모른다. 모든 것을 잊고 행복해질 수 있는 날이 올지도 모른다.』

언젠가 분명? 도대체 무슨 소리지.

그딴 언젠가가— 도대체 언제 온단 말인가.

『복수의 길을 선택해서 도착하는 곳은 지옥의 밑바닥이거나, 피 바다에 가라앉거나.』

지옥 밑바닥도, 피 바다도.

아무런 짓도 안 했는데 먼저 다가왔잖은가.

『안식이라는 말은 없어진다. 그럼에도 네가 복수를 원한다면, 내가 계약해주지. 너의 복수에 힘을 빌려주겠다.』

"……소원에, 계약에, 마치 옛날이야기 속 악마 같군."

『크크크, 뭐, 비슷비슷하다. 자, 어떠할 테냐?』

"그래, 좋다. 혼이든 수명이든 다 가져가라. 복수만 마칠 수 있다면, 그럼 상관없으니. 어차피 이미 죽은 신세나 마찬가지이니까."

그렇다.

이대로 무력하게 계속 살아가 봤자 그따위 삶은 죽은 시체와 다를 바 없다.

그렇다면 모든 것을 버려서라도 힘을 얻어주마.

그렇게 하는 방법밖에, 나에게 더 이상 『삶』은 없다.

"당신의 존재가 무엇이든 무슨 상관일까! 계약할 테니 힘을 내놔라! 가증스러운 대신을 죽이기 위한 힘을!! 가족의 원수를 갚기 위한 힘을! 부조리를 되갚아주기 위한 힘을!!"

쩌적, 쩌적, 수정에 균열이 치달린다.

팔의 아픔까지 모조리 다 잊어버린 채 나는 수정 속 남자를 향해 부르짖었다.

"복수를 위한 힘을, 나에게 내놔라아아아아아아!!"

그 순간, 쨍그랑, 한층 더 커다란 소리를 내며 수정이 부서진다.

"아하하하하하핫! 결국, 아무리 발악해도 나는! 골수까지 복수자

노릇밖에 못 하는 셈인가! 설마, 세 번째에서도 또 복수에 참가해서 걷게 되다니 말이다!!"

수정에서 해방된 남자는 큰 목소리로 웃었다.

그리고 위를 향하여 손바닥으로 검은 불꽃을 만들어 내자, 그것이 일순간에 어둠의 색을 띤 단검으로 바뀐다.

"자, 한 번 더 걸어가도록 할까. 망나니밖에 걷지 못하는 복수의 저 너머를 보기 위해서."

그렇게 말한 남자는 그윽하게, 그윽하게.

마치 세계 자체를 저주하는 것처럼.

……그렇게 끝내주는 조소 띤 표정을 짓고 웃었다.

To be Continued?

두 번째 용사는 복수의 길을 웃으며 걷는다 8
~영원무궁의 복수자~

초판 1쇄 발행 2021년 11월 20일

지은이_ Kizuka Nero
일러스트_ Sinsora
옮긴이_ 김성래

발행인_ 신현호
편집장_ 김승신
편집진행_원현선 · 권세라
편집디자인_ 양우연
관리 · 영업_ 김민원 · 조인희

펴낸곳_ (주)디앤씨미디어
등록_ 2002년 4월 25일 제20-260호
주소_ 서울시 구로구 디지털로 26길 111 JnK디지털타워 503호
전화_ 02-333-2513(대표)
팩시밀리_ 02-333-2514
이메일_ lnovellove@naver.com
L노벨 공식 카페_ http://cafe.naver.com/lnovel11

ISBN 979-11-278-6263-3 04830
ISBN 979-11-278-4600-8 (세트)

값 10,000원